大　師　名　作　坊

MASTERPIECE 906

樹上的男爵

伊塔羅・卡爾維諾◎著
紀大偉◎譯

卡爾維諾作品集

目次

作者前言

novel（小說）和romance（羅曼史）❶在英文裡是不同的兩個詞語，在義大利文裡只有romanzo這個字。雖說義大利文只運用romanzo這一個詞，可是我們仍然懂得區分「小說」和「羅曼史」。依我看，收在這本書裡的三個故事，就該被視爲英文中的羅曼史。不過，在一九五〇年代，人們要求義大利文壇（尤其要求我）提供小說，而不要羅曼史——也因此，當書中的三個故事在義大利面世的時候，讀者就皺眉頭了。從我開始發表著作以來，人們就一直把我認定爲「寫實主義」的作家；說得更貼切一點，我算是「新寫實主義」派——「新寫實主義」這個當時通用的詞，擷自電影圈❷。讀者的失望也讓我錯愕，因爲我本來只把《分成兩半的子爵》看成遊戲之作，想偷偷發表，並不打算引起讀者注意。結果，讀者居然抗議我的戲作、認爲我背棄了文學使命——這些大驚小怪的反應，我始料未及。

我在一九四六年寫下自己的第一本小說以及第一批短篇作品，內容都是義大利戰時的浪徒歷險以及戰後的社會騷動。我一直努力生產寫實主義的小說，想要反映義大利的社會問題——可是，我覺得夠了。（那時，我被稱爲「具有政治使命感的作家」。）而在一九五一年的時候，我正值二十八歲、一點也不確知自己是不是會繼續寫作，我開始自然而然去做我想要做的事——也就是，追索自童年起記憶裡頭最摯愛的人事物。讀者希望我發表某種小說，要求我寫下我「應該」寫出來的書——而我偏要避開這種約束；我寧可去想像一本我自己樂於享受的書：這種書可能出自不知名的作家，或許來自異國時空，說不定在閣樓角落積塵多年之後才爲人發現。

我一讀再讀某些作家的小說，也不知不覺將他們視爲榜樣——R・L・史蒂文生❸就是其中一位。我重視史蒂文生，因爲他寫下他自己愛看的書；此外，也因爲史蒂文生身爲一位精雕細琢的藝術家，懂得仿寫古老的歷險故事，以他自己的生命讓這些舊作復活。對史蒂文生而言，寫作就意味著翻譯一份看不見的文本——所有的歷險情節，奧秘故事，千百作家著作裡意志與激情的衝突，都將精華匯集在這看不見的文本之中。史蒂文生運用他那準確而幾無瑕玼的文體，以及他那舞步一般既激越又節制的韻律，將這看不見的文本其中精華加以翻譯。（在世界文壇，仰慕史蒂文生的人少而精。仰慕者裡頭最顯要的一位是波赫士❹）。

我私淑的另一典範，是「哲學故事」(conte philosophique)，尤其是伏爾泰❺的《贛第德》(*Candide*)。《贛第德》深得我心，因爲它準確、輕盈、音韻宜人；再說，我對十八世紀向來偏愛。此外，我也欣賞某些日耳曼浪漫主義作者的部分作品：比如沙彌索(Chamisso)，霍夫曼(Hoffmann)，阿爾寧

(Arnim)，以及艾興多夫(Eichendorff)。

當然，我的文學啓蒙並非只限於以上作品。有一位十九世紀的義大利小說家，名叫伊波利托・尼耶佛(Ippolito Nievo，一八三一—一八六一)，英年早逝，可惜他在義大利以外的國度沒有夠高的名聲。他的作品就影響了我的《樹上的男爵》。以中古時期查爾曼大帝宮廷武士爲題的騎士羅曼史不少，《不存在的騎士》即僞裝爲其中一種版本。這些文學傳統雖然未必在其他國家發揮持久的魅力，然而長年以來卻一直在義大利文壇和大衆之間廣受歡迎；甚至直到今天，我們仍然可以在西西里的傀儡戲中看見中古文學的蹤跡。

我想要說明的是，透過上述這些文學形式的濾鏡，我可能比較有能力來表現我的意念；如果我直接從自己的經驗動手，反而不見得能夠呈現夠好的成果。躲藏在屏幕後面，我的書寫可以更自在。至於要寫什麼呢？我當然書寫自己必須說出來的唯一一回事：該如何面對我的時代、我的生命裡的難題。

書中的三個故事透露了我的個人經驗。先談地理景觀罷。雖然這些故事設定於想像中的國度（《不存在的騎士》發生於騎士詩歌中的不特定場景），故事之中卻都洋溢著地中海氣息：這也正是我這一輩子一直都在呼吸的空氣。許多義大利文學都具有地域的根源。我向來迴避地方色彩，因爲地方色彩的認祖歸宗特質並不合我意；可是，我的個人歷史也的確是從一個特定的地域展開。我的家鄉在聖雷莫（San

Remo)，位於里維拉(Riviera)海濱；在上個世紀，英國人闖進里維拉之後就愛上這塊樂土，這裡的戰後建設已經全面改變原來的風貌。我的嬰兒期、童年、青春期，都在聖雷莫度過，一直到我二十五歲爲止，都沒有離開這裡的高山大海，我父親的家族更在此地居住了幾世紀之久——所以，當我想要述說發生在想像國度的想像故事時，我自然會以我的生長地——里維拉——來形塑故事裡的場景。也因此，雖然里古利亞的(Ligurian)海濱樹林早已滅跡多時，我卻在《樹上的男爵》中將該地風光描寫成綠意盎然的聖地。

書中的三個故事有其共同之處。故事的起點都是非常簡單、非常鮮明的意象或情境：劈成兩半的男子，兩片人體各自繼續過著自己的生活；爬到樹上的男孩不願意下來，一輩子在樹上度過；一具中空的甲冑自認爲是一名男子，不斷貫徹它自己的意志力。這些故事由意象滋長出來，而不是來自我想要闡述的理念；意象在故事之中的發展，也全憑故事的內在邏輯。這些故事的意義——準確地說，這些故事以意象爲基礎而衍生的意義網絡——總是有點不確定的；我們無法堅持一種毫無疑義的、強制認可的詮釋。

我尤其想請讀者注意故事意象和情節所提供的道德課題。《分成兩半的子爵》討論了缺憾、偏頗、人性的匱乏；《樹上的男爵》的題旨則包括孤立、疏遠、人際關係的困頓；《不存在的騎士》探索空洞的形體以及具體的生命實質，自我建塑命運以及入世的意識，還有出世的全然撤離。除了以上這些基本要點之外，我不想再提供其他解釋：因爲讀者必須以自己的意願去解讀這些故事——或許讀者也根本不必費力解析故事，只要讀了愉快就好——這樣的讀者反應，就讓身爲作者的我心滿意足了。所以，不論這些故事被當成存在主義還是結構主義的作品，被馬克思主義還是新康德主義的讀法詮釋，或者進入佛洛依德還是榮格的方法分析，我都開心接受。畢竟，我想欣然指出：據我所知，光憑單單一支鑰匙就想打開一切的鎖，是不可能的事。

《分成兩半的子爵》寫於一九五一年，《樹上的男爵》寫於一九五七年，《不存在的騎士》寫於一九五九年。在這些故事中，也可以嗅見我寫作當下的文化界氛圍：

《分成兩半的子爵》表露對於冷戰分裂的嫌惡：其他國家的割碎，也牽連國土並未分化的我們；《樹上的男爵》探討了知識份子在理想幻滅的時候，該如何在政治洪流中知所進退；《不存在的騎士》則對「機構人」❻提出批判。老實說，雖然在三個故事中，《不存在的騎士》的時空乍看之下和現世的距離最爲遙遠，可是我卻認爲這個故事也最深切觸及我們當前的處境。

我一直以爲，此三部曲可以爲當代人類描畫出一幅家譜。所以，我把這三本書合併重印於一冊，稱爲《我們的祖先》：如此，可以讓我的讀者瀏覽一場肖像畫展，從畫像中或許可以辨識出自己的特徵，奇癖，以及執迷。

---

❶「羅曼史」在台灣社會指稱愛情小說，然而在英美文學領域的意涵卻非如此。相對於著重呈現社會與歷史的「小說」，「羅曼史」的幻想成份高、抽離近當代情境。比如，以十九世紀資本主義發展爲背景的敍事作品會被視爲「小說」，而述說中古世紀騎士鬥龍的文本則會被當成「羅曼史」。不過兩者之間未必有截然的區隔。

❷義大利電影圈在第二次世界大戰之後，年輕一代的電影導演紛紛以殘破器材拍攝戰敗國的民不聊生，蔚爲風潮，稱爲「新寫實主義電影」。代表作包括狄西嘉(De Sica)的《單車失竊記》(*Ladri di biciclette*)等。

❸史蒂文生(Robert Louis Balfour Stevenson，一八五〇—一八九四)，蘇格蘭詩人、小說家。代表作包括《金銀島》(*Treasure Island*)以及《化身博士》(*The Strange Case of Dr. Jekyll and Mr. Hyde*)等。

❹波赫士(Jorge Luis Borges，一八九九—一九八六)，阿根廷詩人、小說家、學者。代表作包括《小說集》(*Ficciones*)以及《砂之書》(*El Libro de arena*)等。

❺伏爾泰(Voltaire，一六九四—一七七八)，法國當時極具影響力的作家、哲學家。

❻「機構人」在英譯本中爲organization man，意思應指「處於機構中的人」、「受困於制度的人」。

——獻給帕洛瑪

1

一七六七年六月十五日，我的哥哥柯西謨．皮歐伐斯哥．迪．隆多最後一次和家人坐在一起。往事猶歷歷在目，彷彿昨日。當年，我們住在翁勃薩，在家中飯廳用餐時，透過窗櫺，可以看見公園裡碩大冬青槲的濃密枝椏。一天中午，我們一家依例進行傳統的大餐；我們才不像大部分追隨風潮的貴族一樣，模仿懶散的法國皇族，耗費大半個下午吃飯呢。我記得，海上吹來一陣風，擾動了樹葉。柯西謨說：「我說過了！我一點也不要吃！我不吃！」，說著便把一盤蝸牛大餐推開。我們從沒見過有人膽敢如此忤逆。

家父亞米紐．皮歐伐斯哥．迪．隆多男爵坐在餐桌首位。他戴了一頭覆蓋耳朵的路易十四風格假髮；他就像路易十四一樣，全身上下都過了氣。坐在哥哥和我之間的人是弗歐樂弗樂神父，他平日代替我家向平民布施，並擔任我們兄弟倆的家教。家母坐在我們對面，她名叫柯拉笛娜．迪．隆多男爵夫人，綽號是「女將軍」。姐姐芭蒂斯妲也坐在我們對面，是個老處女。在餐桌另一頭與父親對坐的人是阿沃卡多．耶尼亞．夕歐維鷗．卡列嘉騎士，騎士叔叔在我家的領地上擔任律師、總管以及水利工程師。他是沒有名分的叔叔，雖然他算是家父的半個兄弟，但他生來就是個私生子。

在幾個月之前，柯西謨達到十二歲，而我也八歲了，於是我們便獲准和父母同桌用餐。依我當時的年紀，本來並沒有資格和父母同桌，但因爲不能讓我一個孩子單獨一桌吧；於是托哥哥的福，我同他一起換桌吃飯。托哥哥的福——其實才算不上是福氣呢；和父母同桌，即表示柯西謨和我原本的無憂生活終告結束；我們眞懷念躲在小房間裡、和弗歇樂弗樂神父一起吃飯的時光。神父是個長了很多皺紋的無趣老頭子，聽說還是個詹生敎派份子❶；他本來就是爲了要逃避宗教裁判，才離開他的家鄉道芬內❷。神父行事原則頗獲稱許，他嚴以律己也嚴以待人；然而，我們兄弟倆積習難改，生性懶散懈惰、心不在焉，於是神父的原則也終有棄守的一刻。這好比他凝望空中、沉思良久，卻只感到強烈的疲倦和厭煩，而得不到心靈的滿足；經歷各種難題之後，他發現眼前的運命根本不值得全力以赴。我們兄弟倆和神父共餐時，總要先來一段禱告，之後一舉一動都要照規矩來，默聲舀湯，如果有誰膽敢一邊俯頭喝湯一邊抬眼看人，或在喝湯時發出任何咂嘴的聲響，他就完蛋啦。不過啊，只消在第一道菜結束之後，神父就已經累了、倦了，雙眼無神，每啜一口酒就咂嘴一聲，恐怕只有最浮妄膚淺的刺激才能夠打動他。待吃主菜時，我們乾脆放下刀叉直接動手；吃完飯的時候，我們互擲梨核取樂。偶爾，神父會吐出一些虛軟的嗓音：「……噢噢噢，好呀！……喔喔喔，算啦。」

但，待我們兄弟倆和家人同桌吃飯之後，我們就感受到一種雖然親密卻也苦痛的惡感襲來。這就是童年的苦難啊：家父家母永遠坐在我們面前，享用鷄肉的時候不得不用刀叉，我們必須直挺背脊並且放下手肘——眞是要命的規矩！更不消說，我們還要面對姐姐芭蒂斯姐！也因此，一連串的好戲登台了：彼此毒罵，爸媽動用體罰，惱人瑣事層出不窮——直到有一天，柯西謨拒吃蝸牛大餐，並且決意把他的命運和全家割離。

我自己在稍晚之後才發覺家中逐漸高昇的怒氣。畢竟，當時我才八歲，任何事情對我而言都是嬉戲，小孩和大人之間的爭執在孩童世界中本來就很常見。我並不知道——哥哥柯西謨的固執之下，還深埋了某種心結。

我們的男爵父親的確是個無趣的傢伙，不過也不算壞人：他顯得無趣，因爲他的生命中充斥互不相容的觀念，在多變的時代裡究竟難免。時代巨輪運轉，有些人便發覺與時代一起搏動的必要——不過他們卻非驅動自己前進，反而是更大幅度地後退。於是，家父一見世事紛擾，便決意取回弛廢時日的翁勃薩公爵頭銜：他腦子裡想的事情，不外是道統、繼承、家族的競爭對手以及與遠近權貴的結盟關係。

在我們家的生活，就宛如永無止盡的彩排，等待有朝一日在王公貴族面前正式演出。我們想像該如何覲見奧匈帝國的皇帝，或是法國的路易某世，甚至杜林山上的大公。譬如，當火鷄端上餐桌時，家父便會戒愼觀察我們切肉去骨的方式是否符合皇家規矩——也因此，神父幾乎不敢稍碰桌上的火鷄，以免觸犯任何禮儀上的疏失：神父頗可憐喔，（因爲家父也會數落他。我們也發覺騎士叔叔另一張欺世盜名的面目：他竟會偷走整隻火鷄腿、埋藏於他的土耳其袍子縐褶中，待他有空時再躲在葡萄園裡慢慢啃食竊物；我們甚至可以發誓指出（我們從來沒能在現場取締他的惡行，因爲他的動作太敏捷了），騎士上桌吃飯時早已備妥一大袋啃過的骨頭，以便用來和桌上大餐掉包。家母——女將軍——倒不會困擾我們。她在餐桌上的表現總是粗線條的軍事風格，她喊道：「喔！還有一點點！好！」❸但沒有人會抱怨她。家母並不計較我們的用餐禮儀，她只強調紀律；她以閱兵的口令支援家父：「安靜坐好！把你的鼻子淸乾淨！」❹唯一在用餐時感到愉快的人是芭蒂斯妲，她是家中的老處女；她坐在餐桌前以極端的細心切碎鷄肉，撕出一根根鷄絲。她所使用的餐刀頗像外科醫生的解剖刀具，這種玩意也只有她會用。家父本來想把芭蒂斯妲立爲全家人値得效法的好榜樣，但是這時連他也不敢多看她一眼：姐姐瞪人的目光僵直拘謹，她那張像嚙齒動物的蠟黃嘴臉，正咬牙切齒哩——她的氣勢甚至也嚇著我爹了。由以上可知，我家的餐桌充斥各種紛爭與衝突，愚行與僞善肆行無阻；也難怪柯西謨總有發作脾氣的一刻。爲了描述全家共餐的情景，我耗費許多筆墨，並不無道理——總之，我哥最後一次和家人同桌吃飯的情形就是如此，沒有錯。

我們只有在餐桌上才見得到大人。在其他時刻，家母都躲在她的閨房裡，忙些蕾絲、刺繡、針織花邊之類的事；說實話，我們的女將軍只有在重拾傳統婦女手藝時，才能夠宣洩她的戰士幹勁。出於她手中的蕾絲和刺繡，往往以地圖爲圖案；家母會在座墊和織錦上裝置大頭針和迷你軍旗，展現出皇位爭奪戰當時的戰場布署，當年沙場情景她仍然牢記在心。她也在織錦上呈現加農炮圖形：炮口吐出炮彈的軌道，炮彈隨軌跡飛行，調整炮座角度的痕跡她也不忘加上幾筆。家母對於炮彈的發射學問極在行；我的將軍外公把他的藏書盡數移交給家母，其中包括不少軍事協定合約、地圖集以及軍火記錄表。家母系出馮・克特維茲，她閨名叫康拉婷，她父親就是康拉亭・馮・克特維茲大將軍；外公當年曾統帥瑪麗亞・特烈莎女皇的軍隊，佔領我們現在的地盤。外公早年喪妻，總愛牽著家母巡遍一個個軍營；這事說起來並不浪漫，因爲我外公和家母必須全副武裝在身，帶了僕人在頂級的城堡上紮營，家母還要倚在椅墊上花好幾天來織蕾絲。人民對於家母隨同外公上戰場的軼事津津樂道，拿來當成傳奇故事來傳頌一番。家母雖然天生對軍事充滿熱情，不過她畢竟是一名平凡女子，臉蛋桃紅，鼻子塌扁；她熱中軍事，可能是爲了找個藉口，避免自己和男人湊對終其一生吧。

在我們這裡，家父是少數支持保皇派軍隊的貴族之一。他熱情歡迎馮・克特維茲將軍，把我們自己的僕役交給將軍使喚，甚至娶了將軍的女兒康拉婷，以示他對保皇派忠心不二。家父對保皇派討好，無非是想要換得公爵的名位——可是保皇軍不久就離開了，於是家父就遭到狠毒的秋後算帳，熱內亞人又來跟他征稅。不過家父畢竟賺到一個好老婆——女將軍；外公在出征普羅旺斯時逝世，瑪麗亞・特烈莎女皇賞賜家母浮花織錦包裝的金項圈致意，此後家母就有了「女將軍」這個雅號。家父和家母幾乎如魚得水，雖然家母在軍營中出生長大，滿腦子只有軍隊和戰役，平日最愛批評家父徒為沒出息的地主，可是他們兩人仍然恩愛。

不過家父家母在某些方面還是同床異夢。在皇位爭奪戰的年代，家母惦念軍火，家父心繫家譜。家母幻想她的幾個男孩可以加入軍隊，就算加入敵軍也無妨；而家父則期盼兒子們可以娶得王公將相的掌上明珠……他們在乎這種事，並無礙於他們成為好爸媽；然而他們對於功名的執迷已經走火入魔，根本沒有心思理會童年時期的柯西謨和我。父母疏於管教，究竟是好還是壞呢？柯西謨和我一起長大，不過他的人生逸出常軌，而我卻保守而拘謹；我們也有共通之處：我們對於大人世界的偏執均毫不在乎，我們也都想找出別人沒有走過的路。

我們爬樹。（童年時期的天真遊戲，在今日的我眼中看來竟有未卜先知的意義，是種預兆；不過，那時有誰想得到這麼多呢？）我們溯溪。我們在岩石間跳躍。我們探訪海邊山洞。我們把階梯的大理石扶手當作滑梯，溜下來。溜了幾次，結果給大人逮住了，於是柯西謨首次與爸媽嚴重衝突，柯西謨聲稱他遭受不當的處罰。從此之後，柯西蹊對家庭（或社會？或世界，如果更廣義的說？）便養了一肚子怨氣，而他的恨意就將稍後在六月十五日爆發。

說實在的，大人早就禁止我們在大理石扶手上頭玩溜滑梯了。他們並非擔心我們會摔得折手斷腳，因爲爸媽根本不擔心我們出事，我想我們也很耐得住摔；他們惱怒我們滑溜下來的衝力——家父在每一層樓的階梯扶手轉角處，都放置了列祖列宗的塑像，如果我們在扶手上嬉玩，就會把塑像撞翻。其實柯西蹊有一回在溜滑梯時，就撞倒了一位主教的塑像：那主教生前位高權重，是我們祖父的祖父的叔父。柯西蹊挨罰了，從那時開始他便學了乖，懂得在每個扶梯轉角之前煞車，在撞上塑像的前一刻跳下來。我也學下這個技倆——其實柯西蹊的所作所爲我都加以模仿——不過我比他小心謹慎，我會在溜一半的時候就跳下來，或者我會在接近塑像時一段一段慢慢滑、不斷細碎地煞車，以策安全。有一天，柯西蹊又從扶手上飛馳滑下，無巧不巧，遇上弗歇樂弗樂神父走上階梯。神父一階一階慢慢爬，手上攤開每日祈禱書，像隻母鷄似地邊走邊啄。假使神父和以往一樣心不在焉也就罷了！不料這一天他竟然生出莫名而來的精神，顯出偶爾才展現出來的專注力和觀察力。他一見囂張的柯西蹊，便思忖：樓梯扶手……扶手上的塑像……小蹊會撞上塑像……他們一定也會同時怪罪我……（我們每回惡作劇被逮，神父也會挨罵，因爲爸媽責怪神父沒有好好管教小孩）於是神父撲到扶手前，想要攔住我哥。結果柯西蹊撞上神父，神父和小謨兩人一起溜下扶手（神父這老頭只是皮包骨而已），這下柯西謨赫然發覺他再也不能煞車，他們兩個以加倍的衝力撞上一座塑像：他們撞上我們參加十字軍聖戰的祖先，嘉恰奎拉・皮歐伐斯哥。神父、柯西謨以及粉身碎骨的祖先（祖先是石膏製品）在階梯腳疊成一堆。之後，柯西謨不斷挨罵，吃了一頓皮鞭，還被迫吃下麵包和冷湯。柯西謨覺得委屈：他覺得錯不在他，而在神父。柯西謨忍不住氣沖沖脫口而出——「爸，你那些祖先有什麼了不起！」他已經提早宣示他的造反行動。

我們的姐姐也是一個反骨。自從她和馬契西諾・德拉・美拉交往的那回事告終之後，家父便管束她的生活範圍，於是她只得孤獨度日。姐姐也一直有個反叛而寂寞的靈魂。她和馬契西諾之間到底有什麼故事，其實我們都不很清楚。試想，那傢伙來自我們家的敵對家族，如何進得了我家大門？而且，他幹嘛來呢？那傢伙一定是來誘拐我姐，噁喲，還要強暴她哩——這是家父說的，當時我家和對方家族之間的糾紛還沒完沒了。其實，我們男孩子實在無法想像那個畏縮的呆頭鵝也懂得誘拐女人，更別說要動我姐的歪腦筋了。我姐肯定比對方壯碩，而且我姐是聞名的腕力高手哩。更何況，當時喊救命的人爲何是他，而不是我姐？再說，當家父領了一批僕人趕往姦情現場時，怎會發現他的褲管撕成碎片，彷彿曾經遭受母老虎襲擊呢？德拉・美拉家族根本不承認他們的兒子曾經試圖侵犯芭蒂斯妲的貞操，也不同意讓這對男女成婚。於是，我姐就永遠關在屋子裡了，打扮成修女的模樣，雖然她連最基本的守貞誓言都沒有宣讀過。畢竟她的修道生活並不尋常。

鬱卒的她，只好躲在廚房裡。她的確是烹飪高手，廚藝頗佳，勤勉又有想像力：她每回露一手，我們的餐桌上就有無窮驚奇出現。有一次，她做了一些肉醬土司，十分精緻，原來肉醬是以老鼠的肝臟搗泥製成；她本來無意告訴我們肉醬的眞實材料，直到我們吃光肉醬連聲叫好之後，她才吐實。又有一回，她在甜點上鋪出馬賽克圖案，材料竟是又脆又碎的蚱蜢腿。還有一次，她烤了一整頭沒有拔掉尖刺的刺蝟給全家人吃，不知她爲何不把刺拔掉，大概是希望大家在掀開鍋蓋看見刺蝟時能夠感受加倍驚喜吧；就連口味向來詭異的她自己也拒絕嘗一口，雖然這隻刺蝟還是頭幼獸，肉紅汁多，不吃可惜。其實，她手下的大部分奇異菜餚都很重視色香味；她並非故意端出噁心食物，以攪壞大家胃口來取樂。她精製的佳餚，是以動植物爲材質雕琢而成的藝術品：她在貂的頸毛上裝置花椰菜當作頭顱，並插上野兔耳朵作爲裝飾；她在豬頭的嘴裡塞進烤紅的龍蝦，龍蝦看起來像是吐出的豬舌，而蝦螯也夾住豬舌，像是要把豬舌拔出來。她也終於端出蝸牛大餐：我不知她剁下多少蝸牛頭——她把這些又小又軟、牛頭似的肉塊逐一塞進鐵網中，我想她是以牙籤作工具吧。端上桌的蝸牛頭，看來像是一群高飛的迷你天鵝。這道菜的模樣固然嚇人，但更恐怖的是芭蒂斯妲的心態：她滿腔熱血準備這道菜，以她的巧手捏碎無數蝸牛死屍，眞不知她腦裡在想些什麼？

我們想出了一個計畫來應付。每當騎士叔叔帶一籃可食用的蝸牛回家，就把蝸牛倒進地窖的木桶裡，讓蝸牛挨餓，頂多也只有麥麩可吃，如此牠們的體內穢物才會排乾淨。只消掀開蓋住桶子的木板，就可以看見地獄景觀：餓昏的蝸牛向上爬，有氣無力，死亡陰影已經不遠；桶底是一層麥麩、不透明黏液凝塊的痕跡以及雜色的蝸牛糞便——綠草藍天美好舊時光的紀念品。有些蝸牛已經脫殼而出，伸長頭部，觸角掀動；有些則畏懼蜷縮，露出一對謙遜的觸角；有些像三姑六婆湊成一圈；有些關在殼裡發夢；更有些蝸牛早已絕氣，甲殼翻覆過來。我們爲了拯救蝸牛逃離邪惡的廚娘，也爲了解放自己免受姐姐的統治，我們便在木桶底部鑽了小孔，然後以嚼碎的青草泥和蜂蜜來誘引蝸牛出洞，誘餌穿過地窖中的衆多木桶和工具，前往一個小窗口，外頭即是一條雜草蔓長的荒涼小徑。

第二天，我們爬下地窖探看結果，舉燭檢視牆面和走道。「這裡有一隻！……那兒還有一隻！……看看這隻要往哪兒去！」已經有一列蝸牛鑽出木桶，爬上石板和牆壁，通往小窗口。我們鋪設的誘餌奏效了。「快啊，蝸牛寶寶！加油，快溜！」眼看這些小動物的動作緩慢無比，不時脫隊，在粗糙的地窖牆上疲乏轉圈，偶爾還被蒼蠅糞與黴菌吸引開來——我們便忍不住朝著蝸牛大喊加油。地窖漆黑雜亂，希望沒有人會發現蝸牛的逃亡，讓牠們得以逍遙法外吧！

我姐芭蒂斯妲向來不安份，往往也在夜裡出沒，四處尋找老鼠。她一手持毛瑟槍，一手握燭台，潛入地窖。她在燭光映照下發現天花板上有一隻迷途的蝸牛，蝸牛身後牽了一條銀色黏液的痕跡。於是槍聲響起。我們全部從床上跳起來，但又隨即把腦袋放回枕頭上，畢竟我們對於家裡老處女的夜間狩獵已經不再大驚小怪。芭蒂斯妲擊斃那隻蝸牛，天花板也被她轟落一大塊。她開始以尖利嗓音大喊：「救命哪！牠們全逃啦！救命哪！」衣衫不整的僕人們趕到她眼前，家父帶來一把軍刀，神父還來不及戴上假髮就衝過來了。而騎士叔叔根本不明白發生了什麼事；他躲進森林以免惹上麻煩，躺在稻草堆裡繼續大睡。

每個人都舉起火炬，搜尋散置地窖各處的蝸牛。當然並沒有人眞心希望把蝸牛找回，大家的努力只是爲了保全面子，免得給人以爲自己不敢吃蝸牛。大人在木桶底部發現鑽孔，馬上料中是我們幹的好事。家父把我們兄弟倆從床上揪起來，用馬夫的鞭子好好侍候了我們一頓。於是，我們的背部、屁股、大腿全都覆滿紫色的鞭痕；我們被關進窄小污穢的禁閉室。

我們被關三天，只能吃麵包、生菜、牛肉、乳酪皮、冷湯，也只有水喝（値得慶幸的是，我們反而偏愛這些正常食物）。然後，彷彿之前什麼事都沒發生過似地，大人讓我們加入六月十五日的全家午餐，這是我們兄弟倆首次和全家吃午飯。廚房總監——我們的姐姐芭蒂斯妲——爲我們準備的大餐無他，湯和主菜的內容都是蝸牛！柯西謨一口也不願意嘗。「吃掉！不然就再讓你們關禁閉！」我屈服了。我開始咀嚼可憐的軟體動物大餐。(我的懦弱表現,讓我哥相形之下更顯得孤單。他離開我們全家人的原因之一,就是要向我抗議,因為我讓他失望。不過,我當時只不過八歲而已,我身為一個孩子的意志力怎麼可能和我哥一輩子的超人韌性相提並論呢?)

「吃啊?」家父對小謨說。

「不吃!我再也不吃!」柯西謨喊著,便把餐盤推開。

「那麼你滾!」

家父還沒來得及把話說完,柯西謨就已經背向大家,走出飯廳。

「你去哪裡?」

我們透過窗戶,眼看柯西謨爬上冬青槲大樹。柯西謨的打扮極為正式——雖然他當時只有十二歲,但家父堅持要讓我哥穿戴整齊才可以上飯桌。柯西謨的頭髮撲了粉,別上緞帶,頭戴三角帽,衣裳飾有蕾絲邊,身著燕尾的綠袍,腳穿肉色襪,佩劍,腿上掛了白皮革的長襪帶,其中只有襪帶適合我們的鄉間生活。(我當時只有八歲,所以在節慶之外的時間並不必在頭髮上撲粉。我也不必佩劍,雖然我心裡其實好想要一把。)柯西謨攀上多瘤的老樹,沿著枝椏挪動手腳,動作確實而快捷,畢竟我們兄弟倆練習爬樹已不是一兩年的事。

我說過，我們兩兄弟把許多時間花在樹上。我們和其他男孩不同：別人爬樹往往是出於實際的動機，只不過是為了摘取水果或鳥巢。我們兄弟倆卻在爬樹的艱難歷程中獲得歡愉；我們拚命向上爬，在樹頂找個好地方棲息，以便俯看樹下的世界，向路過的人們喊叫調笑。柯西謨一遭受大人的苛責，便立即爬上冬青槲——這在我眼中看來，再也自然不過了。我們兄弟倆對這棵老樹十分熟悉。老樹的枝椏伸展至飯廳窗戶的高度，柯西謨就攀在樹枝上，朝向全家人展示他受辱卻仍然驕傲的風度。

「小心喲！小心喲！❺他就要摔下來了，可憐的孩子！」家母驚惶大喊。如果我們身陷槍林彈雨中，我想她連一根汗毛也不會顫抖；然而，此時孩子的遊戲卻讓她慌亂了。

柯西謨爬到大樹枝的分叉處，舒坦坐下，兩腿晃啊晃的，雙臂抱胸，手心握著手肘，他的頭倚著肩膀，三角帽斜掛額頭上。

家父探出窗外。「等到你在樹上玩膩了，你就會後悔的！」他大喊道。

「我不會後悔。」我哥在樹上叫道。

「等到你回到地面，你就知道後果了！」

「我不會回到地面去！」我哥說到做到。

❶詹生(Cornelis Otto Jansen, 1585-1638)，係荷蘭的天主教神學家。他認爲人類天性腐敗，否定自由意志，並宣稱基督只是爲選民而死（而非爲全人類犧牲）。

❷道芬內(Dauphiné)爲古行政區名，現位於法國東南方。

❸德文。

❹德文。

❺在此，英譯版故意保留德文的「小心」而不翻譯。譯者猜測這是故意的：以顯示德裔的女將軍情急之下便脫口說出母語德語。

2

柯西謨攀上冬青槲。枝椏伸展，高懸空中。微風習習，日頭灼灼。陽光落在枝葉上，所以我們要以手遮光才得以看見樹上的柯西謨。柯西謨人在樹上俯看世界：從樹上觀之，一切景物都不復尋常，視野的改變饒具趣味。巷弄、花床、繡球花、山茶花、花園裡的鐵製咖啡桌，樹下情景看來新鮮有趣。視線放遠一點，可以見到疏開的樹尖，與廚房花園相接的石牆梯田。再眺望，橄欖樹一片墨綠，林外的翁勃薩村落遍是石板屋頂以及褪色磚房，也看得見港口那邊的城垛。目光盡處就是海，海平面看來頗高，小舟漫遊。

男爵和女將軍喝完咖啡之後，便走入花園。他們站著賞玩玫瑰，佯裝毫不關心柯西謨的樣子。他們兩人原本手挽著手，不久之後便放開對方的手，一面討論一面比手畫腳。我故作輕鬆來到冬青槲下，假裝一個人玩得很開心，然而其實是想要吸引柯西謨的注意力。柯西謨仍然惱怒我的不是，留在樹頂眺望遠處。於是我躲在一張長板凳下方，以便偷偷觀察他，又不至於被他發現。

我哥守在樹上，像個哨兵似的。他檢視樹下的一切，樹下的世界也盯著他瞧。有位提籃子的婦人走過檸檬樹下。路上出現一名揪住騾鬃的趕驢人。婦人和趕驢人並沒有看見彼此：婦人一聽見鐵蹄聲，便轉身走向小路，不過待她走上小路時，騾子和趕驢人已經走遠了。她突然哼起一支曲子，而趕驢人雖然走遠了卻還聽得見；他聽著，揮起皮鞭，對騾子吼了聲「呃！」沒別的事發生。柯西謨把一切都看在眼裡。

接下來經過樹下小路的人是弗歐樂弗樂神父，他手裡攤開每日祈禱書捧讀著。柯西謨從樹枝上揪住了什麼怪東西，丟向樹下神父的腦袋。柯西謨並不確定自己丟出了什麼：大概是一隻小蜘蛛或是一塊樹皮吧。總之，沒有擲中神父的頭。接著，柯西謨在樹洞中摸索他藏起來的佩劍，結果樹洞裡飛出一隻被激惱的蜜蜂；柯西謨用他的三角帽趕開蜜蜂，盯著牠飛停在南瓜上頭。這時，騎士一如以往的速率從屋內飛奔而出，衝下台階，跑入花園，消失於葡萄藤間——柯西謨攀上高一點的樹枝一探究竟，發現葡萄枝葉間響起一陣拍翅聲音，一隻畫眉鳥飛出來。原來樹下世界一直有許多新鮮事發生著，柯西謨一直到爬上樹上之後才知曉，他很惋嘆自己的後知後覺。他的目光在陽光下繼續掃描任何有趣的人事物。可惜沒了。沒啥好看了。

冬青槲旁邊有一棵榆樹，兩樹的樹冠幾乎相接。榆樹的一根樹枝交疊在冬青槲的樹枝上，所以我哥輕而易舉地攀爬至榆樹的樹頂。以往我們沒有爬過這棵榆樹，因爲它沒有夠低矮的樹枝可供地面上的我們抓附。哥從冬青槲移往榆樹之後，又轉爬向榆樹旁邊的稻子豆樹，接著又攀到一棵桑樹上。我眼看柯西謨由一棵樹轉向另一棵樹，其間他完全留在半空中，沒有踏過花園地面。

大桑樹的部分樹枝延伸至我家圍牆處，越過圍牆就是翁達麗華家族的花園。雖然翁達麗華家族和我家算是鄰居，我們對他們卻幾無認識，只知他們之中有好幾個翁勃薩的侯爵貴族。家父所宣稱擁有的封地，有好一些被翁達麗華家族佔據了好幾代，於是我們兩家難免看彼此不順眼，兩家土地也以堡壘似的圍牆隔開。圍牆是我家還是他家所建，我就不得而知了。在此我要補充一點：翁達麗華家族對於他們自己的花園抱有一種偏執的熱愛，聽說花園中滿是奇花異卉。其實，翁達麗華侯爵的祖父就曾經是植物學家林奈的學生❶，他們家族散置於法國和英國宮廷的親戚派人從各殖民地送來最菁華的珍奇植物；好幾年來，他們家派船運來一包包種子、一捆捆接枝、一盆盆矮木，甚至根部包裹完好的整棵大樹。聽說，他們家的花園已經成爲一座雜種的森林，血統來自印度、美洲以及新荷蘭❷。

但從我家只見得到他家花園裡的少部分枝葉，從圍牆上探出頭來。那是剛從美洲殖民地進口的新植物，名叫「木蘭花」，黑色枝椏上蹦出又肥又白的花朵。站在我家桑樹上的柯西謨已經抵達圍牆邊，他的手扶在牆上，然後一躍就翻到圍牆的另一頭去，躲在木蘭樹的花朵和樹葉之間。然後我就見不到他的人影了。我接下來所要敍說的故事——包括柯西謨此後的生平——要不是他在日後向我描述的，就是我從一些零散線索和惴測之間所推敲出來的。

柯西謨站在木蘭樹上。雖然木蘭樹的樹枝緊密挨在一起，不過對我哥這樣的爬樹老手而言這棵樹根本難不倒他。樹枝質地柔軟，可以承受我哥的重量，但我哥的鞋尖不免在黑樹上刮出白色痕跡。樹葉的清新芬芳包裹住他，風吹樹葉翻現出不同色調的綠，有時綠得凝重，有時綠得刺眼。

整座花園盈滿香氣。因爲樹影濃密，所以柯西謨還不能看出花園全貌。不過，他已經開始探索花園的氣味，試圖追尋繽紛香氣的來源；這些氣味是他早已知悉的，因爲香味經常被風吹進我家的花園裡。彷彿，香氣也屬於翁達麗華家族的一部分奧秘。柯西謨盯著樹枝瞧，發現一些沒看過的葉片：有一些又大又亮，似乎時有流水加以澆灌；有一些又小又呈羽毛狀。有些樹皮完全平滑，有些則是鱗狀的樹皮。

安靜極了。一群小鶺鴒飛起，吱喳叫著。這時，可以隱約聽見有人在哼歌：「噢啦啦……盪秋千噢……」柯西謨往樹下瞧。附近的一棵大樹懸掛了一個秋千，上頭坐了一個大約十歲大的小女孩。

是個金髮碧眼的小女孩。她的髮式梳得很高，是種不適合孩子的髮型；她身上的綠洋裝也顯得太老氣。當她的裙襬隨同秋千高飛時，裡頭的襯裙都翻出來了。女孩的眼睛半開半闔，鼻尖高舉在空中，似乎很習慣使喚別人的樣子。她仔細啃著一顆蘋果，並不是以蘋果就口而是將頭靠近握蘋果的手，於是她的手必須握住蘋果並且同時抓牢秋千的繩索，以便保持平衡。每當秋千由半空中盪下來，她就會用她的小鞋跟抵地輕輕使力推動，吐出蘋果皮碎片，並且唱著：「噢啦啦啦……盪秋千噢……」看來她的心緒並不在秋千上頭，也不在歌曲上頭，也不很在乎蘋果（可能有一丁點在意吧），似乎另有所思。

柯西謨就從木蘭樹頂跳降到稍低的樹枝上，兩腳跨在分叉樹枝的兩邊，手肘靠在眼前樹枝上，彷彿他就倚在窗台前。秋千飛起，把小女孩提高至柯西謨鼻頭下的高度。

她沒有仔細張望，沒有注意到柯西謨。之後，她才突然發現柯西謨的存在：男孩頭戴三角帽，腿縛襪帶，站在樹上。「噢？」她說。

蘋果從她手上跌落，滾到木蘭樹腳。柯西謨見狀就抽出佩劍，站在最低矮的樹枝上傾身下來，叉起蘋果，交還給女孩。女孩此時使勁晃動秋千，又盪得老高。「拿去吧。並不髒。只不過稍微壓壞了一邊而已。」

美麗的小女孩這時看來有些後悔——方才木蘭樹上的不知名男孩突然現身時，女孩表現出過多的驚訝，實在不夠體面。她又重拾輕蔑的神氣，鼻頭翹得好高。「你是個賊嗎？」她說。

「我是賊？」柯西謨驚喊，覺得很受侮辱。但他轉念一想，卻又覺得何妨。「是啊，我是賊。」他說著，一面舉帽向女孩行禮。「有意見嗎？」

「那麼你來我家偷什麼?」

柯西謨瞧了一眼叉在劍尖上的蘋果,突然查覺他餓了,因爲他剛才幾乎完全沒碰家裡的食物。「我來偷這顆蘋果。」他說,然後便開始用劍刃削起蘋果皮來;原來他違反家規,竟然維持佩劍的鋒利唷。

「那麼你就是個水果賊了。」女孩說。

我哥想起翁勃薩那群窮孩子。那些男孩翻過圍牆籬笆,打劫果園;大人總是教我們去鄙視防備那些壞男孩的。我哥這才發現,原來野孩子的生活自由不羈,令人羨慕。好極了;從現在起,他要變得像他們一樣,過起野孩子的生活。「我就是水果賊啊。」他說。他將蘋果切片,開始吃起來。

美麗的女孩突然大笑,直到她的秋千盪上去又盪回來之後才平息笑聲。「喔?你再說嘴啊!水果賊?每個水果賊我都認識!他們全都是我的朋友!他們光腳走路,不穿外衣只穿襯衫,頭髮亂七八糟,而且,沒有人穿襪帶、沒有人在頭上撲粉!」

我哥的臉變得像蘋果一樣通紅。他頭髮撲粉被嘲笑也就罷了,反正他最恨撲粉;但他的襪帶也被奚落,這可是他珍愛的服飾呢!女孩竟然認爲他的外表比不上水果賊;在一刻鐘前,他自己還很瞧不起那些野孩子呢!更糟的是,這個看來安穩待在翁達麗華花園的女孩竟然把所有的水果賊當朋友,而不把他當一回事!這一切,讓他覺得惱怒、嫉妒、羞愧。

「噢啦啦……穿襪帶，還撲粉！」小女孩在秋千上哼著。

柯西謨的尊嚴受挫了好一會兒。「我才不是賊，才不像妳認識的那些男孩！」他喊道。「我根本不是賊！我剛才說我是賊，只是爲了要唬妳，如果妳果眞知道我的眞正身分，妳一定會嚇死！我其實是個強盜！一個可怕的強盜！」

小女孩繼續在他的鼻頭下盪來盪去，似乎想用她的鞋尖去戳柯西謨。「噢？別胡說啦。如果你是強盜，你的毛瑟槍在哪兒？強盜全都有毛瑟槍呀！還有弩弓呢！我家的馬車曾經在路上給強盜攔住五次！」

「不過妳遇見的強盜都不是頭目！而我才是強盜頭目！強盜的頭目才不必隨身帶著毛瑟槍呢！只要佩劍就夠了！」說著，柯西謨便舉起他的小佩劍。

小女孩聳聳肩。「強盜頭子啊，」她說，「是個名叫吉安・德・布魯吉的男人，每逢聖誕節和復活節他就會帶禮物給我！」

「啊！」柯西謨驚呼著，憶及家族的宿怨，「那麼家父說對了！他說翁達麗華的侯爵就是附近強盜和走私客的靠山！」

女孩盪回地面，卻沒有繼續驅動秋千，反而以腳輕快微踩以便煞車，然後她跳下秋千。空下來的秋千彈回半空中。「馬上從樹上給我下來！你竟敢來到我家的土地上！」她狂喊著，憤怒指向樹上男孩。

「我沒去過你家的土地，將來也不會。」柯西謨以等量的熱度回嘴：「我從來未曾把腳放在你家的土地上。就算給我全世界的黃金，我也不會這樣做！」

接著女孩非常冷靜地拾起柳條椅上的一把扇子，雖然天氣不熱她卻開始搖扇，來回走著。「好。」她堅定說道，「我就叫僕人把你從樹上拉下來，好好打你一頓！然後我再教你如何侵犯我家的土地！」女孩說話的腔調變來變去，每一變換都讓我哥感到錯愕。

「我所在的地方，並不是土地，當然更不是妳的土地了！」柯西謨宣稱著，然後他忍不住多嘴了幾句：「而且，我就是翁勃薩的公爵，我是這整個地區的主人……」說到這裡他就住口了；這些話是家父自己反覆敍說的句子呀，我哥不想學舌。畢竟他和家父吵了嘴，逃離了家父的飯桌，他才不要模仿家父呢。他不想學舌，也不覺得這些話有道理；這些主張公爵主權的話，本來總讓柯西謨覺得荒唐。他，柯西謨，何必像大人一樣自吹自擂、自稱公爵呢？但他又不想拆自己的台，於是他繼續胡說任何他想得到的話。「我所在的地方不屬於妳家。」他再解釋道，「土地才屬於妳家；如果我把腳踩在地面上，我才算侵入妳家的土地。可是在空中時，我就是自由的。」

「噢。所以在空中的範圍都算是你的……」

「沒錯！空中的一切都歸我所有！」他胡亂指向枝幹揮舞手臂，指著陽光下的樹葉，指向天空。「樹枝以上的範圍都屬於我。妳就叫僕人來抓我呀！我要看看他們有什麼能耐可以動我！」

這般吹擂之後，柯西謨有點期盼女孩還會對他嘲弄一番。沒想到，女孩反而顯得興味盎然。「噢，是嗎？那麼，你擁有的範圍有多大？」

「只要樹幹通往的地方都屬於我。這裡，那裡，牆外，橄欖樹林，山上，山丘的另一面，森林，主教的土地……都算是我的。」

「包括法國嗎？」

「還包括波蘭和薩克森尼。」柯西謨說。他對地理其實一竅不通；家母在談論皇位爭奪戰時說過幾個地理名詞，而我哥也只知道這些而已。「不過我不像妳一樣自私。我邀請妳進入我的國度。」現在，他們兩人已經開始用「你」來稱呼對方；是女孩先採用「你」的❸。

「那麼，秋千算是誰的？」她說。女孩坐下，打開扇子。

「秋千是妳的。」柯西謨宣布道，「不過秋千又繫在樹上，所以它是不是果真屬於妳，要由我決定。妳在盪秋千時，如果妳的腳著地，妳就算待在妳的領域；一旦妳盪到空中，妳就進入我的勢力範圍了。」

女孩輕推一下，秋千就盪起來了。她的雙手緊抓秋千的繩索。木蘭樹上的柯西謨跳到另一根粗幹上頭；秋千就懸在這支樹幹下面。柯西謨揪住樹幹下的繩索，開始推動秋千。秋千越盪越高。

「妳怕了嗎？」

「沒有，我才不怕。你叫什麼名字？」

「我叫柯西謨……妳呢？」

「我叫薇奧蘭特，不過大家都叫我『薇奧拉』。」

「大家也叫我『小謨』。因爲柯西謨聽起來是老男人的名字。」

「我不喜歡這個名字。」

「妳不喜歡叫我柯西謨？」

「不。我不喜歡叫你小謨。」

「啊……妳還是可以叫我柯西謨啦。」

「夠了！你給我聽著：我們該把事情談淸楚。」

「妳這是什麼意思？」柯西謨叫道。女孩說出來的每句話都可以驚動他。

「我這是什麼意思？我可以光顧你的勢力範圍，而且會被你待爲上賓，不是嗎？我想去就去，想走就走。你呢，就不一樣了。雖然你在樹上一副神聖不可侵犯的模樣，但畢竟因爲你人在你自己的地盤；一旦你把腳踩在我家花園的土地上，你就會變成我的奴隸，我要用鐵鍊把你捆起來。」

「不會的。我不會踏進妳家的花園一步，我也永遠不會接近我家花園的土地。地面對我來說全是敵區。妳到樹上來陪我吧，也叫妳的水果賊朋友上來，說不定可以讓我的弟弟畢雅久加入，雖然他有點懦弱。我們來組成一支樹上的軍隊，好給地面上的人一點教訓。」

「不，不，不是這樣。讓我再解釋一下。你擁有樹上的統治權，對吧？不過，如果你的腳踏上地面一步，你就會喪失你現有的整個王國，變成最卑賤的奴隸。你懂嗎？只要你所踩的樹枝斷裂，只要你從樹上跌落地面，你的末日就到來了！」

「我這輩子都沒有從樹上跌下去過！」

「當然你還沒有。可是一旦你摔下來，只要你摔下來，你就會化爲一把灰燼，被風吹散。」

「妳在說什麼天方夜譚！我才不要回到地面，因爲我根本不想。」

「喔！你眞討厭！」

「不，不。我們繼續。我可以盪秋千嗎？」

「可以啊，只要你完全不碰到地面就行了。」

薇奧拉身旁還有另一個秋千，也是懸在同一枝樹枝上。這個秋千是收起來的，繩索打了結，以免被薇奧拉所坐的秋千撞上。柯西謨抓住秋千的繩索，從樹幹上爬下來；這種運動是我哥很拿手的，因爲家母總是逼他練習體操。他的手探到繩索上的結，把結解開，然後站在秋千板子上，藉著蹲下來增加身體的衝勁，然後前後搖盪他的身子。於是他越盪越高。兩個秋千盪得一般高，但兩者運行的方向相反，盪回地面時兩人擦肩而過。

「如果你試著坐下來，用你的腳往地上推，你就可以盪得更高。」薇奧拉向他暗示著。

柯西謨向她扮了一個鬼臉。

「你下來嘛，幫我推一把。快，來推我。」女孩對他甜笑。

「不要。我說過，無論如何我都不要回到地面……」柯西謨覺得自己又被對方耍了。

「你下來推我吧，拜託！」

「不要！」

「啊哈！你差點就落入我的圈套啦！如果你的腳碰到地面，你就什麼都沒有啦！」薇奧拉跳下秋千，開始輕推柯西謨。「噢！」她突然推翻我哥所踩的秋千板子。幸好，柯西謨仍然緊緊抓著繩索不放。不然他就要像香腸一樣跌落地面了。

「妳作弊！」柯西謨喊道。他想利用秋千的兩條繩索爬回樹上，然而往上攀比向下爬困難許多，更何況金髮女孩還惡意地拚命拉扯繩索。

好不容易他才爬上一根大樹幹，跨坐在上頭。他用胸前的蕾絲邊擦拭額頭上的汗。「呵！呵！妳沒有抓到我！」

「差不多抓到了。」

「我本來還把妳當成朋友呢！」

「你作夢！」她又開始搖起扇子。

「薇奧蘭特！」此時突然響起尖銳的女子聲音。「妳在和誰說話？」屋前的白色台階上，出現一位又高又瘦的女子，她身穿很寬的裙子。她手持長柄望遠鏡，搜索著。

柯西謨一驚，連忙縮回樹葉中。

「我在和一個年輕男子說話。阿姨。」小女孩說，「這男人是在樹上出生的，他遭受詛咒，一輩子都回不了地面。」

柯西謨滿臉通紅，心裡猜測：這女孩是否故意在姨媽面前調侃他——還是故意在他面前捉弄她姨媽——難道這也是遊戲的一部分嗎——或者她根本不在乎他，不在乎姨媽，也不在乎遊戲？他發現長柄望遠鏡正瞄準他自己；那女士向樹走近，盯著他瞧，彷彿他是某種異國進口的鸚鵡。

「唔。這是皮歐伐斯哥家族的人吧，這年輕小夥子，我猜。走吧，薇奧蘭特。」❹

柯西謨覺得羞愧無比。姨媽很輕易就認出他的身分，完全不對他爬在樹上的行徑感到困惑；姨媽立即喚回女孩，口氣雖然不嚴厲但也很堅定；薇奧拉馴服地遵從姨媽的命令，頭也不回就走——原來，她們根本不把他當一回事，彷彿他根本就不存在。於是，他的不凡午後，便化為一攤自憐的夢。

女孩突然對姨媽使了個手勢；姨媽低頭，女孩說了些悄悄話。姨媽便以長柄望遠鏡指著柯西謨道：「嗯，年輕人，」她說：「你要不要跟我們一起吃盤巧克力呀？好讓我們好好認識你。」她瞟了薇奧拉一眼，「畢竟你也算是我們家的朋友了。」

柯西謨坐在樹上，睜大眼睛盯著這對女人。他的心跳好快。他居然被翁勃薩的翁達麗華家族所邀請；翁達麗華可是這一帶最有權勢的家族哪。之前的羞辱，在此刻又轉變成勝利：他向家父扳回一城，因為家父痛斥的敵人家族竟然把他視為賓客；薇奧拉也對他獻慇懃了，他可以正式成為她的朋友，可以和薇奧拉在獨一無二的翁達麗華花園嬉戲。這一切讓柯西謨覺得虛榮，不過他也同時感受到一種混亂、相斥的情緒：這種情緒結合了羞怯、驕傲、孤獨以及拘謹。我哥心裡五味雜陳；他抓住頭上的一根樹枝，攀上去，鑽進葉片繁密的樹冠，跳上另一棵樹，然後不見蹤影。

❶林奈(Linnaeus)，十八世紀的瑞典植物學家，創始植物分類法。

❷新荷蘭係指荷蘭於十七世紀的北美殖民地，即今日的紐約附近。

❸某些歐洲語言嚴格區分「你」和「您」的用法。為了表示禮貌——或表示生疏——陌生人之間要用「您」相互稱呼；為了表示親密，就改用「你」。由「您」改為「你」，即表示親疏關係的變化。

❹女士說的這句話是法話。翁達麗華家族的成員偏好說法語；可能是因為他們具有法蘭西血源，也可能是為了故作風雅。

3

那個下午眞是沒完沒了。我們一聽見花園中時而發出的聲響，便衝上前一探究竟，希望是柯西謨回來了。不過，他並沒有回到地面來。我看見木蘭樹頂一陣騷動；柯西謨從圍牆的另一邊探頭出來，爬回我家這邊。

我爬上桑樹，與柯西謨會面。他一見我，臉色顯得不悅；他仍在生我的氣。他坐在我頭上的桑樹枝上，用他的佩劍削起樹皮，看來他並不想和我說話。

「爬桑樹眞容易，」我叫道，想隨便找個話題。「以前我們都沒有爬過桑樹……」

他繼續用劍削著樹枝，然後才酸溜溜說道：「嗯？蝸牛大餐好吃嗎？」

我交給他一只籃子。「小謨，我帶給你一些無花果蜜餞，還有一塊派……」

是**他們**派你來的嗎？」他怒斥著，仍然疏遠我；不過他一看見籃中食物，便開始流口水了。

「才不呢！我剛剛從神父那裡逃出來；」我匆匆說道，「他們逼我做一整個下午的功課，根本不要我跟你見面，還好神父那老頭打瞌睡，我才溜了出來。媽媽很擔心你會從樹上摔下來，便很想派人來找你；可是爸爸見你沒有留在冬青槲上，以爲你已經從樹上爬下來，不知躲在哪兒面壁思過了，便要我們別再爲你擔心。」

「我根本沒有回到地面過！」我哥說。

「你沒有到翁達麗華的花園嗎？」

「有哇。可是我一直停留在樹上，根本沒有碰過地面！」

「爲什麼呢？」我問道。這是我第一次聽他說起這條原則；但從他的語氣聽來，他彷彿早把他的原則當成我們之間的共識了，似乎他想要向我證實他說到做到。於是，我也不敢苦苦逼問他爲什麼。

他並沒有直接回答我的問題。「你知道嗎，翁達麗華家族的花園好大，要花好幾天的時間才逛得完！如果你看得他們家的樹林就好了！那都是從美洲進口的！」說了他才記起他和我之間的怨隙，他根本不該和我一起分享他的喜悅。他冷冷換了另一種語氣：「總之我不會帶你去他們家玩的。從現在起，你就陪芭蒂斯妲或騎士叔叔玩吧！」

「不！小謨，讓我和你在一起！」我叫道，「你不能爲了蝸牛的事情怪罪我！蝸牛眞的很噁心，可是我怕他們罵我，我只好吃下去……」

柯西謨嚼著我帶給他的甜點。「我要考驗你的忠誠度。」他說，「你必須證明你是屬於我這一國的，而不是他們那一國。」

「那麼你說我該怎麼做嘛。」

「去幫我拿一些繩索來，我要夠長夠強靭的繩索。我要把自己捆縛起來，從樹上懸吊到其他地方。我還要槳架、螺絲、釘子……大一點的……」

「你想要做什麼呢？你想造一座吊車嗎？」

「我們要把很多東西吊到樹上來，再看看吧；還要木板，竹竿……」

「你要在樹上搭建小屋！要建在哪兒？」

「看情形吧。待會再選地點。這段期間，你可以把我要的東西放在橡樹樹洞裡留給我。以後，我會用繩子把籃子垂到地面，你可以把給我的東西放進去。」

「可是，爲什麼呢？聽起來，你好像要在樹上躲很久的樣子……他們會原諒你的，不是嗎？」

他把頭轉開，氣得滿臉通紅。「他們要不要原諒，我才不在乎呢！我並不是在躲避；任何人我都不怕！你怎麼了，你是不是不敢幫助我？」

我雖然明白我哥在短時間內不會願意從樹上下來，我卻故意裝作聽不懂他的意思——我希望他可以明白說出他究竟要在樹上待多久，他抗議的瘋狂程度爲何。比如，我希望聽見他說：「是的，我要一直留在樹上，直到下午茶時間爲止——或直到黃昏爲止——或直到晚餐爲止——或直到天黑爲止……」然而，他卻完全沒有說出這種句子；我開始心慌了。

樹下有人喊叫著。是家父。他先喊道：「柯西謨！柯西謨！」之後他才了悟柯西謨根本不願理他，才改喊我的名字：「畢雅久！畢雅久！」

「我去看看他們要幹什麼。然後我再回來告訴你。」我匆匆說道。老實說，我之所以急於爲我哥通風報信，原因之一是要趕緊從桑樹回到地面，我害怕他們發現我和我哥一起在樹上聊天，我才不要和我哥一起接受處罰哩。但小謨似乎沒有從我的臉上查覺任何懦弱神色；他讓我走，稍微聳聳肩，表示他根本不在乎家父想對我說些什麼。

當我回去找他時，他仍然留在樹上。他找到一個可以棲息的好地方——一截修整過的樹枝。他縮坐那裡，兩臂抱腿，下巴抵在膝蓋上。

「小謨！小謨！」我一面喊，一面上氣不接下氣地爬上樹。「他們已經原諒你了！他們在等你呀！桌上擺好下午茶了，爸媽坐在那裡分配蛋糕呢！那個蛋糕是奶油巧克力口味的，而且不是芭蒂斯姐做的，你知道嗎？她一定躲在她房間裡，氣得臉都發綠了！他們搔了搔我的頭髮，對我說：『快去叫小謨下來吧！我們談和！不要再計較了！』快，我們下去吧！」

柯西謨嚼著一片葉子。動也不動。

「嘿，」他說，「拜託你，幫我拿一條毯子過來，不要讓別人看見。夜裡，在樹上一定冷極了。」

「你要在樹上過夜？不會吧？」

他沒應我。他的下巴仍然擱在膝蓋上，繼續嚼著樹葉，盯著前方。我順著他的視線，發現他正直盯向翁達麗華花園的圍牆。白色木蘭花探出牆頭，老鷹在空中盤旋。

*

然後吃晚飯的時間到了。僕人們奔走備妥餐桌，飯廳裡已經燃起蠟燭。待在樹上的柯西謨一定把這一切都看在眼裡。家父轉身朝向窗外的暗影喊道：「如果你想留在樹上，你餓死算了！」

那一頓，是柯西謨首次缺席的晚飯。他跨坐在冬青槲樹幹上，側坐著，我們只見他的腿不住甩動。爲了要看看他，我們要把脖子伸出窗外仔細瞧；屋內燭光明亮，屋外卻一片漆黑。

就連騎士叔叔也覺得他有義務探頭向柯西謨喊話，可是他一如以往沒辦法表示任何具體意見。他所能說的只是：「唔……好強壯的一棵樹……一定可以活過一百年……」，然後，他吐出一串土耳其語，大概是土耳其語裡的「冬青槲」這個辭吧。事實上，他所關心的對象似乎是樹木，而不是我哥。

而我姐芭蒂斯妲卻顯出一副嫉妒柯西謨的模樣。她向來喜歡使些瘋狂技倆，讓全家人嚇得雞飛狗跳；可是現在卻由柯西謨大出鋒頭，沒人把她放在心上。她只好不斷啃著指甲洩憤。（她啃指甲的時候，並非舉高手指讓嘴去咬；她反而翹起手肘，手指垂下，然後壓低腦袋，以嘴就手。）

家母女將軍突然憶起：在斯洛伐尼亞還是波莫拉尼亞的軍營，士兵會爬到樹上站哨，以便觀察是否有敵人在附近，避免埋伏攻擊。剎那間，這段軍旅記憶讓家母暫時擱下身為人母的憂慮，讓她重新沉浸於她所熱愛的沙場氛圍中；於是，她似乎理解柯西謨的古怪行徑，冷靜下來，簡直要覺得驕傲了。不過沒有人相信家母的推理，只有弗歇樂弗樂神父例外：他嚴肅聽著家母的戰場傳奇，點頭同意，也信服家母對於柯西謨行為的評斷。原來，神父急於為柯西謨事件找出一個解釋，如此他才不至於對樹上奇事大驚小怪，如此他才可以心安理得又免負責任。所以無論家母說什麼，他都願意相信。

晚飯之後，我們很早就上床睡了；雖然當夜並不尋常，但我們卻沒有改變平常作息。家父家母已經痛下決心，再也不要去理柯西謨了，因為再多的關心只會讓小謨更加得意；他們寧可讓樹上的柯西謨累得精疲力盡，放任夜間的冷風去教訓他，屆時小謨就會講理了。每個人都回到自己的房間。百葉窗的縫隙透出蠟燭的金黃色光線。對困在寒夜的柯西謨而言，我家這幢屋子好接近他啊，他感覺好熟悉啊，屋子裡是多麼舒適呵，充滿溫暖的記憶！我從房間窗戶探出頭來，在冬青槲主幹和樹枝之間的凹洞發現柯西謨身影。他裹在毛毯中——我猜——他身上還捆了繩索，以免從樹上跌落。

月亮很晚才昇起，光輝灑在枝頭上。燕子睡在窩裡，像柯西謨一樣蜷縮身體。夜晚，原野，庭園的寧靜，本來該是不受擾動的；無奈，無數細碎聲響起，遠方聲音傳來，勁風像刀刃一樣鋒利。有時可以聽見遙遠的呢喃：那是海。我聽見窗口傳來柯西謨的呼吸聲。我試著想像：如果，只有夜幕包裹著他，如果就在他身旁數碼之遙，他所熟悉的這個家並不存在……？愛樹的他，縛在粗糙的樹皮上。樹皮上鑿了無數個小孔，毛蟲在孔裡安睡。

我上了床，但沒有把蠟燭吹熄。或許，點在房間窗口的一支蠟燭可以陪他作伴吧，讓他不至於孤獨。柯西謨和我共用一個房間，房裡有兩張床。我看了看他的床：平整的，沒人睡過；我也看了看窗外的一片漆黑：他人在外頭承受風寒。我鑽進被單，大概是有生以來第一次發現：裸著身子、光著腳板在白色溫暖被窩中睡覺，眞是一大樂事！我也似乎可以感受到柯西謨的痛苦：裹在粗毛毯裡的他縛綁在樹上，襪帶還穿在腿上沒脫下來，沒有辦法翻身，一定全身筋骨痠痛！自從那晚開始，我就一直覺得：只要有張床、有乾淨的被單、有柔軟的床墊，就是人生一大享受！我們一整天的心思都鎖定在小謨身上，好不容易才可以暫時不去惦記他。才一會兒，我就打盹睡著了。

4

書裡頭寫了一個故事，我不知道是不是真的。從前從前，有隻羅馬猴子從一棵樹跳到另一棵樹上，然後再跳到下一棵樹上，一路跳下去——最後，牠居然抵達西班牙，而且沿途都留在樹上，沒有碰過地面！在我們那個年代，樹林茂密的地帶就只限於翁勃薩海灣、山谷一直到山頂這一塊地區。這塊地區林木遍布，遠近馳名。

不過，現在卻不一樣了。當法國人來的時候，人們開始砍樹，把樹林當成草皮來對待，彷彿砍去的樹會在第二年長回來，像野草一般。不幸樹木並沒有長回來。起初，我們以為都是戰爭搞的鬼，都是拿破崙惹的禍，不然樹木應該會長回來呀。我們現在一見光禿禿的山丘，都感到怵目驚心：我們知道，以前不是這樣的。

總之，在那個年代，不管我們走到哪裡，天空和我們之間總是隔著樹木的枝葉。檸檬樹是唯一長得矮的，濃密的葉冠遍布果園，一直延伸至山丘，其間偶有彎扭的無花果樹探出頭來。果園裡還有褐色樹枝的櫻桃樹，柔嫩的榲桲，桃樹，杏仁樹或梨樹苗，大梅樹，酸蘋果樹以及稻子豆樹，偶爾還有桑樹和多瘤的胡桃樹。果園的盡頭，就是橄欖樹叢的起點：一片銀灰色雲彩，停泊在半山腰的高度。在這片繽紛植物後方，在港口和山岩之間，夾著百姓的村落。在村子裡，樹冠也裝飾了屋頂：法國梧桐啦，橡樹啦，都顯得高傲、疏遠而騷動——一種守秩序的騷動。貴族建了別墅，把樹木圍在他們的庭園裡。

橄欖樹叢的上方，就屬於森林地帶了。我相信在很久以前，整個灣區曾經長滿松樹；它們仍在山坡上遍長，一如落葉松一樣可以在海邊發現踪跡。就我看來，當時的橡木林比現在濃密許多；當年，橡木是最早遭受砍伐的樹種，因爲橡木值錢。在更高處，松樹就讓出地盤給栗樹了；栗樹蔓延至山腰，肉眼看得到的範圍都是。我們翁勃薩的子民居住在樹海世界，而我們自己卻渾然不覺。

最早認眞想過這片樹海的人，是柯西謨。他發現，因爲樹林如此稠密，所以他可以在樹枝之間跳躍，連跳好幾哩都碰不到地。有時他遇上林木稀疏的荒地，就只好繞路而行；不過，他馬上把所有重要路徑摸得一清二楚。他測量距離的方式，變得和我們的大不相同；他腦海裡總記得樹間行進的迂迴路線。有時候，他就算縱身一跳也搆不到最近的樹枝，而必須使出各色招式——不過，我要稍候再談小謨的花樣。到現在爲止，我們的進度才抵達小謨在樹上的第一個清晨而已：他醒來時，發現自己和鼓翅的燕子一樣駐留在冬青槲樹頂，涼露沾滿全身，不得不打噴嚏，全身筋骨酸痛，螞蟻爬遍四肢——可是他還是滿心喜悅，起身迎接樹上新世界。

他跳到庭院盡頭的那棵樹上，一棵法國梧桐。他站在樹上往下看：山谷在他下方敞開，雲淡風輕，像石堆一樣聚在山巖後的石板小屋有煙昇起。無花果樹和櫻桃樹群集成另一面織錦。稍低處，伸展出梅樹和桃樹的灰色枝幹。一景一物都清晰鮮明，即使是草皮的每一細片都可以逐一看得清楚。土壤間，南瓜葉片蔓延，萵苣四散，農作物星羅棋布。山谷開展爲V字形，兩邊景緻相彷，整座山谷是高地駛向海洋的運河。

山光水色間，忽然閃過一陣戰慄的氣息：看不見什麼，也大概聽不見什麼，但確實有種不安的感覺存在。突然響起一陣尖銳的叫喚，又可以隱約聽見物件跌落的聲響，可能是有樹枝折斷碎裂吧。響起更多的叫聲，這次不一樣，聽起來是憤怒的聲音，凝聚於先前叫聲響起處。然後又沒聲息了，只剩空無的感覺，彷佛之前動靜來自他處。可是聲音又響起了，卻似乎來自山谷的另一處，反正就是來自櫻桃樹葉在風中參差搖曳的地方。所以，柯西謨心裡閃過一個念頭——他的半個腦袋在漫遊，另半個腦袋卻似具有預知力——他認爲，是櫻桃樹在說話！

他開始把身子挨近最鄰近的一棵——或一叢櫻桃樹。櫻桃樹長得高眺，葉蔭濃綠，垂滿黑櫻桃。不過，我哥當時的視力還沒有訓練好，還沒辦法迅即辨別樹枝上究竟有些什麼。他停住不動。先前的聲響已經不見了。他站在櫻桃樹最低的樹枝上，可以感覺到所有的櫻桃在他頭上懸垂壓頂。不知爲何，他硬是覺得櫻桃們偏偏要群集在他頭上——彷彿，這棵樹並非長滿櫻桃，而是長滿監視他的眼珠子！

柯西謨抬起臉，一粒過熟的櫻桃啪地一聲砸在他額頭上。他逆著陽光（越來越強熾了），拚命想看清楚——原來，在他這棵樹上，以及在其他樹上，全部爬滿小男孩。

那些男孩知道他們已經被人看見之後，就不再保持沉默了。他們彼此叫喚，嗓音雖然壓低卻還是很尖銳，聽起來他們好像是說：「看看他穿衣服的德性！」他們撥開自己眼前的樹葉，每個孩子都往低處爬，他們的目標是頭戴三角帽的貴族男孩。這些野孩子要不是沒帽子戴，就是只戴破爛草帽，或者就用蔴袋裹住腦袋。他們穿著破衣衫，舊馬褲。他們要不是光腳，就是只穿破布鞋，其中有一兩個人把木屐掛在頸背上，想必是因爲脫下木屐才好爬樹。這一夥孩子，是一大批水果賊；以往柯西謨和我很是聽從父母的訓示，所以總是盡可能迴避這些賊娃娃。當天早上，我哥早就有心理準備，早就預知可能遇上水果賊，但他並沒有把握和他們交鋒的下場會是如何。

他站住不動，等候一個個水果賊向他逼近。他們以尖刻的口吻丟出一句句話來，比如，「這傢伙自以爲是什麼大人物呀，哼！」他們不時朝向我哥吐出櫻桃核，或者是把蟲子或畫眉鳥的鳥嘴充當石頭，擲到我哥身上。

「喲！」他們突然驚喊。他們看見我哥身後不住搖晃的佩劍。「你們可看見他帶了什麼傢伙在身上？」他們笑得更猖狂了。「他眞像是賣破銅爛鐵的呀……」

然後，他們壓抑笑聲，彷彿期待什麼狂野滑稽的事情就要發生。他們之中有兩個野孩子悄悄爬到柯西謨頭頂上的樹枝上，準備垂下一只蔴袋口，以便罩住柯西謨。（這種髒蔴袋，一定是用來裝贓物用的；沒裝贓物時，就捲在他們頭上、肩上，充當遮風帽。）只要再過一分鐘，我哥就會傻呼呼地被人裝進蔴袋，遭人像香腸似地捆捲起來，然後讓野孩子隨心所欲痛打一頓……

柯西謨可能知道大禍臨頭，也可能不知情。他知道賊娃娃們在嘲笑他的佩劍，而他也故意拔出劍來，炫耀一番。當柯西謨正要揮劍炫耀時，劍刃畫破了蔴布袋，從兩個小鬼頭手中扯下來，於是他們只好把布袋扔了。

柯西謨這招出得妙。水果賊們發出「喔！」的叫聲，因爲失望，也因爲驚訝。他們用方言對那兩個失手的孩子大肆叫罵。

柯西謨雖然有幸逃過一劫，卻也沒有時間得意。突然又有一陣騷動了：這回，災厄不是來自頭上，而來自腳下。樹下犬隻狂吠。有人向樹上擲石子，咒罵樹上的偷兒：「你們這次逃不掉的！你們這些偷水果的畜牲！」樹下的人還手持釘耙向上戳。樹上的賊娃娃紛紛抽開手腳，縮起身子，迴避攻擊。原來，柯西謨方才和水果賊對峙，驚動了正在守衛的果農。

果農的進擊，是早就準備好的。因爲樹上的水果總是一成熟就遭竊，所以山谷的許多小地主和佃農便團結合作，一起報復。賊娃娃們習於群集起來，對同一個果園下手，打劫一番，再一起前往下一個果園掠奪。所以，果農們就在一個定點守著，很明白水果賊遲早會結夥前來，打算將他們當作現行犯、逮個正著。沒帶口罩的惡犬這時在櫻桃樹下兇狠吠著，露出陰森獠牙。農人手持草耙，拚命往樹上戳扎。有三、四個賊娃娃跳到地上準備逃逸，但背部還是給釘耙扎了幾道，屁股還是給惡犬咬了幾口；他們驚惶尖叫，逃之夭夭，搖晃的身影在葡萄藤間消失。樹上的人再也不敢輕妄跳下樹了：所有的人，包括柯西謨在內，都待在樹上發抖。果農把梯子架在樹幹上，開始往樹上爬，並以釘耙開路。

柯西謨想了一會兒才領悟，他根本不必像賊娃娃一樣驚惶失措。同樣地，他也根本不必相信賊娃娃會比他伶俐聰明。他眼前這群乳臭未乾的水果賊，一遭果農攻擊，便像白痴一樣呆坐不動，可見他們實在不中用。他們爲何不快逃到其他樹上去呢？呆透了！我哥先前從其他的樹跳到這棵櫻桃樹，這回他只需循原路回去即可。他把三角帽戴緊，張望尋找方才用來當通路的那根樹枝，然後從櫻桃樹跳到稻子豆樹上，然後再躍向一棵梅樹，越逃越遠。其他的孩子眼看我哥在樹枝間的動作輕盈，一如在地面漫遊一般輕鬆，便知道唯一脫身之道就是緊緊跟隨我哥的腳步，而且稍慢一步就來不及了。他們依循我哥迂迴的路線，不敢吭聲，四肢抱著樹枝匍匐前進。我哥來到一棵田邊的無花果樹，然後又翻上一棵桃樹；桃樹的枝椏纖細，所以一次只容許一個我哥的從衆通行。這棵桃樹抵著一株冒出牆頭的橄欖樹，而孩子們就從橄欖樹的彎曲樹幹跳向一棵橡樹。橡樹伸出一支粗幹橫越河流，所以男孩們得以抵達河岸對面的樹林。

手持釘耙的果農本來以爲他們終於可以逮住水果賊了，未料卻眼睜睜看著賊兒像鳥雀一樣從空中逃逸。果農和咆哮的犬隻緊追脫逃的賊娃娃，好辛苦地穿過一片田，翻過一道牆，然後又得過河——唉呀，河上沒有橋！他們花了許多時間，才找到一段水淺足以徒步跋涉的河段，可是眼中的野孩子早已逃得老遠。

賊娃娃都跳下樹了，不再像鳥雀一樣留在空中，而是雙腿著地，以人類習慣的方式逃亡。只剩我哥留在樹上。「那個穿襪帶的空中飛人到哪裡去了？」賊娃娃們互相詢問著，沒想到我哥人還在樹上。他們抬頭一看，見我哥在爬橄欖樹。「嘿，你可以下來了。我們已經甩掉那些農夫啦！」不過我哥卻充耳不聞，沒有爬下樹，反而在樹枝之間繼續躍進，從一棵橄欖樹到下一棵，然後鑽進濃密的銀色葉片間，消失踪影。

*

那夥小賊手持枴杖，頭纏蔴袋，來到山腳的櫻桃園打劫。他們工作效率極佳，每支樹枝上的櫻桃都不放過。咦，在最高的那棵櫻桃樹上，有個傢伙盤腿坐著，摘下一串串櫻桃，擲入他腿上的三角帽裡——這傢伙不是別人，就是那個穿襪帶的！「喂！你是打哪兒來的啊？」他們傲慢問道。他們看到我哥時，心裡並不大爽快，因爲我哥似乎是來偷「他們的」櫻桃。

我哥從三角帽中取出一顆顆櫻桃，放進嘴裡，把櫻桃當糖果吃。然後他吐出果核，小心翼翼，免得沾汙衣裳。

「這個吃軟飯的，」有個賊娃娃說，「他幹嘛死纏我們不放？他來找我們幹啥？他爲什麼不留在他自個兒家裡吃他家的櫻桃就好了？」但是野孩子們卻有些心虛。因爲他們知道我哥的樹上技術高超，無人能及。

「在吃軟飯的人之中，」另一個孩子說，「偶爾會不小心冒出一個奇葩出來。比如，像是辛弗洛莎……」辛弗洛莎。柯西謨一聽見這個神秘的名字，便豎起耳朵——而且不知爲何，他突地臉紅起來了。

又一個孩子吭聲。「但是辛弗洛莎讓我們失望！」

「不過她是個伶俐娃兒，她夠聰明，對一個吃軟飯的而言並不容易。今天早上如果她在場，她會爲我們把風，我們就不會遭到果農攻擊了。」

「所以就算是吃軟飯的也可以和我們同一國，只要肯和我們站在同一邊就行！」

（柯西謨這才知道：吃軟飯的，就是指住在別墅的人、貴族、或是任何有地位的人）

「你聽著，」有人對小謨放話，「我們把事情談清楚吧：如果你想參加我們這一國，你就要和我們一起辦事，而且你要把樹上的花招教給我們。」

「而且你要讓我們去你爸的果園工作。」另一個孩子說。「上次，你爸的人還開槍射我呢！」

柯西謨聆聽著，卻有些心不在焉。他問道：「告訴我：辛弗洛莎是誰？」

突然間，樹上的流浪兒全都轟然大笑起來，其中一個孩子差一點笑得跌下櫻桃樹。另一個孩子光憑雙腿倒吊在樹枝上，還有一個則以雙手懸吊著。他們不停尖笑著。

賊娃娃的輕妄舉動，又再次驚動果農了。其實果農就在樹下候著，惡犬又怒吼起來，釘耙猛往樹上戳。因爲果農才剛吃過虧，所以他們這回便先同時包圍好幾棵樹，架上多具梯子，同時爬上去抓小孩。他們手持叉戟，圍攻偷兒。可是留在地上的狗兒眼見主人各自四散爬樹，一時之間不知所措，只好在每棵樹之間來回奔走咆叫。賊娃娃見狀，便迅速跳到地上，各以不同方向逃逸，而不知如何是好的狗兒也拿這些狡猾孩子沒辦法。雖然有一兩個孩子被狗咬了，被石頭砸中了，但大部分的流浪兒還是安然逃脫。

但小謨還是留在樹上。「下來吧！」安全脫身的孩子對他喊道。「你在幹嘛呀？睡著了嗎？趁現在地上沒有果農在場，跳下來吧！」可是小謨的膝蓋窩勾住樹枝，不為所動，卻抽出他的佩劍。爬上隔壁樹上的果農手持特別加長的釘耙攻擊柯西謨，而我哥總是揮劍擋開。不料，還是有支釘耙對準了我哥的胸口，把他逼得無路可走。

「住手！」有人說道。「這是皮歐伐斯哥男爵的大少爺啊！少爺，您在這裡做什麼呢？您為何要和那群歹徒混在一起？」

柯西謨認出說話的人是誰：那是一位家父雇用的長工，吉哇・德拉・華斯卡。

釘耙都收起來了。果農紛紛脫帽行禮。我哥也用兩指舉起三角帽，鞠躬示意。

「喂，你們那邊的人，把狗兒綁起來！」果農喊道。「讓少爺爬下來！啊，少爺，您可以下來了……請小心呵，樹很高哪……請等一下！我們為您架上梯子！我帶您回家去！」

「不，謝了。謝謝。」我哥說。「別麻煩了，我認得路。我自己知道該怎麼走！」

我哥消失在樹幹之後，然後又在另一枝樹枝上露臉，在樹幹周圍繞一圈，之後又在更高的樹枝上出現。他又不知鑽到哪裡去了，只見他的雙腳懸垂在更高的樹枝上：見不到他的上半身，因為樹頂枝葉濃密。他又兩腳一蹬——眞的看不見他人影了。

「他去了哪裡？」果農面面相覷，不知目光該放在樹上的哪個部位才找得到我哥。

「在那兒呀！」原來我哥已經爬上另一棵樹的頂端。可是他又鑽進葉冠，不見了。

「他在那裡啦！」他又攀上另一棵樹頂，看似隨風搖晃。然後他又一躍。

「他摔倒了——噢不——他在那裡！」在搖曳樹冠之中僅能見到的，只是他的三角帽和髮辮。

「你家的少爺究竟是怎麼回事？」其他果農問起吉哇・德拉・華斯卡。「他是人，還是野獸？難道他是惡魔的化身？」

吉哇・德拉・華斯卡倒抽了一口冷氣。他在胸口畫了個十字架。

他們聽見柯西謨在哼歌，聲音宏亮。「噢，辛——弗——洛——莎！」

5

辛弗洛莎。柯西謨從水果賊的閒談中逐漸拼湊出辛弗洛莎的面目。水果賊用這個名字去稱呼附近別墅的一名小女孩：小女孩騎乘小白馬，和水果賊結爲朋友，不時保護水果賊免於果農捉拿，甚至還統治水果賊，誰叫她那麼專橫呢。她騎著小白馬走過大街小巷，一發現哪座沒人管的果園裡有成熟的果子就會通知水果賊，然後她騎在馬上坐鎮賊娃娃的偷竊行動，像個軍官似的。她頸子上掛了一支打獵用的號角。當水果賊忙著劫掠杏樹梨樹時，辛弗洛莎便騎馬奔向山坡，俯視整片田野——她一旦發現什麼可疑跡象，懷疑果農要來捉孩子了，她便會吹響號角。一聽見號角聲，壞孩子們便會跳下樹，躲藏起來。只要有小女孩爲賊娃娃把風，他們就不會遭受突擊。

水果賊話語中接下來透露的訊息就複雜難懂了。他們批評辛弗洛莎「背叛」，看來是有兩起事因。其一，辛弗洛莎邀請野孩子們去她家果園吃果子，結果他們竟遭她家僕人追打！其二，辛弗洛莎特別偏愛水果賊之中的一位，某個叫做帥羅烈的男孩——帥羅烈還因此被同伴嘲笑呢——可是辛弗洛莎卻又同時寵幸另一個男孩，烏加索。她興風作浪，讓烏加索和帥羅烈兩人反目成仇。聽起來，水果賊遭受果園僕工追打的原因並不是他們偷吃水果，而是因爲辛弗洛莎把帥羅烈以及烏加索這兩個作對的野男孩甩掉了——原來這兩個賊孩子早就和好，聯手對辛弗洛莎唱反調。又聽說，辛弗洛莎經常承諾要請大家吃蛋糕，而野孩子們巴望了好久才吃到；吃過蛋糕的一星期內他們卻紛紛鬧肚痛，原來蛋糕裡摻了瀉藥！這些事件造成水果賊和辛弗洛莎之間的裂痕。於是，野孩子們只要一提及她，口氣中就攪和了酸苦與悔恨。

柯西謨津津有味地聆聽這些往事，邊聽邊點頭，似乎故事中的每一個細節都和他所認識的女孩特徵符合。柯西謨終於硬著頭皮發問：「這個辛弗洛莎，來自哪一家？」

「什麼啊，你不認識她嗎？你和她是鄰居耶！辛弗洛莎是翁達麗華家族的女孩。」

就算柯西謨沒有得到這個肯定答案，柯西謨也確切知道水果賊的朋友就是薇奧拉，就是秋千上的女孩。我想啊，就是因爲薇奧拉自稱認識鄰近的水果賊，柯西謨才故意與水果賊親近吧！柯西謨聽了野孩子的話，他心中某種仍然曖昧的欲念就更加燒灼了。一時間，他好希望領著這群野孩子去攻打翁達麗華的果園，然後再藉著窩裡反來向她示好（比如說，他先慫恿水果賊去騷擾辛弗洛莎，他再上前表演英雄救美），或者幹出一些可以流傳到她耳中的英勇事蹟。柯西謨心裡各種念頭亂竄，所以他越加心不在焉，管不了野孩子們又說了些什麼。水果賊早就下樹離去，可是柯西謨卻還一個人留在樹上，惆悵撲上他的臉，就像烏雲擋住陽光。

可是他又突然跳起，敏捷得像隻貓，在樹間穿梭，在果園花叢間遊走。他的牙齒間哼著簡短小調，眼神視若無物，上下彈跳單憑直覺，眞像貓一樣。

我們好幾次全神貫注地眼睜睜看著柯西謨爬過我家的果樹。「他在那兒！」我們脫口叫嚷。無論如何，他仍然佔據了全家人的心思。我們已經習慣細數柯西謨在樹上待了幾小時、待了幾天。家父總是說：「他瘋了！他的體內一定有隻魔鬼！」然後家父就開始教訓弗歇樂弗樂神父，「現在唯一的辦法，就是爲他驅魔！你還在等什麼啊，我在問你！我的好神父，我問你，你呆站一邊叉著手是要幹啥啊！他被魔鬼佔據了，你不懂嗎，噢我的老天！」

「魔鬼」這個辭似乎在神父腦中喚起一連串反應。神父突然振振身子，不再委靡，然後便開始口若懸河，詳盡介紹魔鬼存在與否在神學中應該如何加以證明；他的長篇大論讓人難以理解，我們不確定他究竟是在反駁家父還是在上課。魔鬼和我哥之間是否有什麼關聯呢？對於這個問題，神父並沒有指出其間關係是否可能，也沒說是不是「先驗上的」謬誤。

子爵感到不耐，神父語焉不詳，而我自己早就覺得無聊了。然而家母卻非如此。她身爲人母的焦慮、流動的情緒，一概回復平和；她的任何情緒都會導向理性的結果，她寧可訴諸實際的抉擇、尋求具體的解決之道，畢竟一名將軍的思考方式就該是如此。她找出一支長筒的樸拙望遠鏡以及腳架，把眼睛按上窺孔，然後花上好幾個小時待在別墅陽台上，不斷調整鏡頭以便將樹上的男孩收攬進去，即使我們發誓柯西謨逃出望遠鏡的觀測範圍我媽也不理。

「你們還看得見他嗎？」家父在花園裡對我們喊道。他在樹下來回踱步，一直沒找到柯西謨躲在哪裡，除非我哥正好在家父頭頂正上方他才看得到我哥。女將軍以手勢示意，表示她看得見我哥，並且要我們別干擾她的觀察——彷彿她正在偵測來自高處的敵軍。有時家母根本看不見我哥，但不知爲何她卻有某種執念，她頑固認爲我哥應該只在某個地點現身而不會在其他地方出沒。她就拚命調整望遠鏡，瞄準想像中的那個地點。她一定再三偷偷地向她自己坦承這種觀測方法的謬誤。她的眼睛從窺孔移開，在膝上攤開一張探險地圖，開始加以審視一番。她一副沉思的神態，一隻手按著嘴，另一隻手追究地圖上的符號。最後，她終於在地圖上找到一個定點，這一點是柯西謨必然經過之處；她研究視角，望遠鏡口在一片樹海之中瞄定某處樹頂，緩緩調整焦距。見她嘴角的溫柔微笑，我們就知道她發現柯西謨了，眞的就在地圖的那一點上！

然後，家母拾起擱在凳子上的彩色旗，以堅定而有韻律的動作加以揮動，像是在放送訊息。（我有點惱火，因爲我並不知道家母擁有這些旗子，也不知道她懂旗語。如果她老早以前就教我們打旗語，該是

多棒的事！可是我們以前從沒見過她打旗語，而現在求她教也來不及了）

我不得不指出：家母雖然具備各色作戰工具，但她仍然是一位母親，她的嘴裡吐出心裡的話，她的手裡擰著手帕。如果我們問她話，她會說：扮演將軍這個角色讓她輕鬆愉快；兼任將軍而非徒爲人母，可讓她除憂解悶。她畢竟是個敏感的女子，她身上的好戰性格完全來自克特維茲的血統。

她手裡揮著彩旗，眼睛貼住望遠鏡。忽然，她的臉色亮起來，她笑了。原來柯西謨看見家母的訊號，有了反應。柯西謨的示意方式爲何我並不淸楚，他可能揮舞帽子，或彎折樹枝吧。從那一刻起，家母變了一個人。她不再驚惶失措。她身爲母親這種角色就是異於家中其中成員，深知她的兒子小謨古怪異端缺乏正常情愛，所以她早於任何人之前就接納了柯西謨的不正常。母子之間的招呼撫平了她。從那時開始，柯西謨便不時對家母打招呼，他和家母之間存有秘密的默契。

奇怪的是，家母雖然得到我哥的回應，但她並不會因此欺騙自己，並不會天眞以爲柯西謨就要結束放浪生涯，就要回到家裡來。而家父卻一直沉浸在幻想之中，他只要耳聞一丁點柯西謨的消息就會反覆問道：「喔？你見到他啦？他回家啦？」以往在某些地方和我哥最爲疏遠的家母，卻是家中可以接受我哥這種樣貌的唯一一人，她不求他變回正常。或許，因爲她也不想給她自己一個答案吧。

回到當天吧。我姐芭蒂斯妲本來一直躲在家母的裙襬後面窺看，後來她終於也探出身子來了。她平常根本很少走出屋子。我姐舉起一只剩下一些湯的湯碗，並且高舉湯匙，以哄騙的口吻對樹上喊話：「柯……西……謨……要不要喝一點湯……？」家父馬上賞給我姐一巴掌，之後我姐又躲回屋裡去了。誰知道她做出多麼駭人的怪湯！我哥已經消失影踪。

我渴望能夠跟隨我哥，更何況我知道他已經和那一夥小土匪搭上了，可以一同參與各種冒險行動。對我來說，我哥走進一個新的國度，他不再是個充滿驚惶疑慮的局外人，而是能夠享有熱情的同謀者。我在陽台和高挑天窗之間來回探看。透過天窗，我可以眺望樹頂。我除了看見我更聽見那幫土匪穿越果園的嬉遊。我看著櫻桃樹頂搖曳。偶爾，會有一隻手由下往上伸，又摘又拔。或者看見一頭亂髮，一棵戴上帽子的腦袋。那群孩子的喧鬧中，也包括柯西謨的聲音。我問自己：「他是怎麼抵達櫻桃樹那裡去的？他剛才才在院子裡，怎麼一會兒就跑了這麼遠？他的動作比蜥蜴還快嗎？」

我記得，當野孩子們聽見號角聲的時候，他們正爬在上池上方的紅梅樹上。我聽見號角聲時，並不以爲意，因爲我並不知道那聲響代表了什麼意思。可是，那些孩子懂得！事後我哥對我說，當時聽見號聲的他們動也不動，彷彿在樹上扎了根，然後他們又在驚懼之中聽見號聲再響一次。他們似乎忘記號角聲代表警示的意思！他們面面相覷，不確定耳朵是否聽錯了，難道辛弗洛莎又騎著小白馬來爲他們把風嗎？他們突然在果園解散——並非急於逃難，而是要找出辛弗洛莎在哪裡。

只有柯西謨留在樹上，他的臉蛋脹紅似火。但他一見那些野孩子奔跑，他就知道他們在找誰。柯西謨躍過一枝枝樹幹，企圖跟上地上的他們；他的每一躍都很急躁，差點扭了脖子。

薇奧拉騎馬靜立在一條彎曲的坡道上，一隻手揪住繮繩按在馬臀上，另一隻手揮舞一支小皮鞭。她俯看男孩們，將皮鞭一角舉至嘴邊，咀嚼起來。她身著藍衣裳，脖子上的鍊子垂掛一支鍍金號角。男孩們全都不動，站在一起，嘴裡也嚼動著：他們吃梅子，啃指頭，舔手上臂上的痂，或咬痲衣的衣角。男孩們似乎克服了內心的騷亂，或許不是出自眞實感受，恐怕等著遭人反駁——他們仍在咀嚼的嘴開始一面大聲呼吸一面念念有辭，像是詠唱一首押韻的歌：「妳爲什麼……來到這裡……辛弗洛莎……妳滾回去……妳這個人……不講義氣……哈哈哈哈……沒人理妳……」

在辛弗洛莎頭上的枝葉突然撥開來，高䠷的無花果樹上露出柯西謨的腦袋。他喘著氣，包圍在樹葉裡。人在下方的辛弗洛莎，手持小皮鞭朝向柯西謨揮打。其他的孩子們也向柯西謨投射目光。柯西謨卻躲也不躲，吐出舌頭，口吃說道：「妳知道嗎，自從上回遇見妳，我還沒有從樹上回到地面過呢！」

像他這種宏願，實在應該保持神秘，不該說出；一旦宣布了或炫示了，反而讓別人覺得莫名其妙，小題大作。所以我哥原本也一直不想說出這樣的宏願，但此時他好像再也無所謂了，甚至願意爬回地面，完全了結樹上的遊戲。薇奧拉越有反應，我哥就越心動。薇奧拉慢慢抽出咬在口中的皮鞭，輕道：

「你**還沒有**下來過？你是個聰明的小東西！」

她話一說完，這群跳蚤滿身的野孩子們便狂笑起來。他們嘴巴大張，爆笑如雷，笑得肚子都疼了。柯西謨一陣狂怒，便向無花果樹出氣，結果嬌弱的樹枝再也沒能撐住他的重量，而他腳下的枝幹也斷裂了。於是，柯西謨石子一般地墜落。

他向下跌落時，雙臂大張，根本無意阻止自己繼續下墜。老實說，柯西謨人在樹上世界的整個生命中，他總希望能抓牢一些什麼，總有直覺攀附一些東西，以免自己墜落——但這一次他竟然完全放鬆自己；這是唯一的例外。可是啊，一根較低的樹枝勾住他的外套一角，於是柯西謨就懸吊在半空中，頭下腳上，只距離地面一呎左右。

剛才這麼一摔，害得柯西謨竟也弄得頭破血流，於是他好不尷尬，臉蛋緋紅。他隨即抬眼，看見上下顛倒的野孩子們在一旁尖叫，他們還紛紛玩起翻跟斗，一個一個依序來，看似他們腳踩在空中而手抓扶地面。金髮小女孩騎乘別上緞帶的小馬，來回跑著。柯西謨心想，這一次他首度正式宣布他要在樹上過日子的決定，而他不會再宣布第二次了。

他奮力一振，又讓自己回到樹幹，跨騎於上頭。薇奧拉已經把她的小馬安撫妥當，似乎並未注意剛才發生了什麼事。柯西謨剛才的困窘馬上一掃而空。女孩舉起號角，吹出低沉的警報。野孩子們一聽見號角聲，便匆忙鳥獸散（後來柯西謨指出，薇奧拉的魔力似乎迫使賊娃娃們進入狂熱激情的狀態，宛如野兔一見月圓就著魔）。似乎出自本能，賊娃娃們任憑魔力使喚，雖然他們知道女孩只把這一切當成兒戲，而且他們也只是在逗她玩而已。他們模仿號角的鳴叫聲，衝下斜坡，而騎乘短腿小馬的女孩跑在前頭。

孩子們盲目地橫衝直闖，不時發現走在前頭的女孩失去影踪。終於，她奔離小徑，擺脫他們，把他們遠遠抛在身後。她要去哪裡呢？她向前奔馳，穿越橄欖樹林；這片林子延伸至逐漸開濶的斜坡上，直至谷底。她尋索柯西謨所棲息的樹，在樹下繞行，然後又跑開。過了一會兒，她又來到另一棵橄欖樹下；枝葉之間顯露出我哥的腦袋。橄欖樹林的排列路線是曲折的，而女孩和我哥往谷底之路也同樣蜿蜒。

小賊們終於恍然大悟，發現這對小男女一在樹上一在鞍上進行你追我趕的競逐。賊娃娃們開始吹起口哨，充滿惡意和嘲弄；口哨聲越吹越響，竟然直抵賊娃娃們的波達・卡貝里村莊。

女孩和我哥不斷在橄欖樹林間互相追逐，但柯西謨卻驚惶發現一回事：他們兩人擺脫那些賊娃娃之後，薇奧拉的玩興似乎就減弱幾分，無聊的感覺也趁隙而入了。我哥開始懷疑，女孩的這些舉止，會不會只是爲了激怒那些賊娃娃而已？但同時我哥也幻想著，女孩的持續任性，可能也只是爲了惹惱他吧？想當然耳，女孩需要以別人的忿怒，來烘托出她自己的身價。（當時的柯西謨只是個孩子，所以並沒能想得這般透徹。事實上，依我看來，他當時只懂得在粗樹皮上攀爬，對人情世故一無所知，像隻貓頭鷹似

地）

他們兩人接近懸崖時，突然飛來一陣冰雹般的石子，砸向他們。女孩連忙躲在小馬頸子後面以爲自衛，隨即逃逸；我哥考慮之後，攀上更高的樹枝，仍然曝露在飛石襲擊下。砸向我哥的石子力道太輕，所以就算打到也不痛，偶爾有一兩顆石子擊中額頭耳朵罷了。惹事生非的小土匪吹著口哨，得意笑喊：

「辛、弗、洛、莎、大、母、豬！」然後一溜煙跑掉。

賊娃娃們回到他們的村莊，波達・卡貝里顧名思義，城牆上佈滿綠意如蔭的續隨子花芽❶。四散的茅屋傳出各家母親的叫罵聲。母親們斥責孩子，但並不是因爲這些賊娃娃遲遲不回家吃飯，反而是因爲孩子回家吃飯：母親寧可這些賊娃娃在外頭塡飽肚子之後再回來。波達・卡貝里這一帶聚集了翁勃薩地區最爲貧窮的人民，百姓生活在茅屋違建中、破敗的馬車上，以及帳篷裡。他們赤貧無比，所以城裡人不許他們進城，農人也不准他們靠近田地。因爲遠方家園的饑荒和赤貧日益嚴重，於是他們只好流落至此。天黑了，婦女們蓬頭垢面，懷裡抱著嬰孩，猛往冒煙的鍋爐搧風；乞丐們躺在空地上，忙著包紮身上的膿瘡；還有些人喧囂吵鬧地玩骰子。這幫水果賊解散了，各在喧聲和炊煙之中找尋自己的歸宿，然後各自被自己的媽媽掌摑一頓，只得在沙塵中拖行自己的身軀。他們身上的碎布雜色已然黯淡，他們原來鳥雀一般的歡欣也爲之沉寂——人世沉凝汚濁的苦難使他們噤聲。也因此，當他們又發現金髮女孩騎馬靠近村莊，柯西謨也爬樹來到近處時，賊娃娃們也只不過稍抬孱弱的眼睛，然後又馬上把頭低垂下來。他們試圖埋身於風塵與炊煙之中。彷彿這幫賊娃娃和那兩名貴族之間突然昇起一道高牆。

*

對兩名貴族小孩來說，波達・卡貝里的景像只不過是種奇遇，是個凝視。茅屋的炊煙，向晚的天色，婦孺的哭罵，全都雜混合一，遠遠抛在辛弗洛莎腦後。她騎著馬，奔馳於海邊松林間。

再過去就可以看見海。石子地響起虛微的敲擊聲。天黑了。敲擊聲更響了：小馬奔馳，馬蹄打在鵝卵石上。我哥站在較低的彎折松樹枝幹上，看見金髮女孩淸晰可辨的身影穿越海灘。黝黑的海中昇起一股浪，浪花稀微，捲得更高，雪白前進，隨即碎裂。浪花撲向騎馬女孩全速奔馳之後留下的暗影。留在樹上的柯西謨，查覺浪花的鹹味飛濺他臉上。

---

❶續隨子花芽(caper)是地中海地區的代表性植物，可以作爲調味料。波達・卡貝里(Porta Capperi)之「卡貝里」即與續隨子花芽有關。

6

柯西謨剛爬上樹的那幾天，他漫無目的，毫無頭緒。他那時唯一的心願，就是要認識他的新王國，並加以統治。他希望能夠窮盡探索樹上王國的一切，研究新世界開啓的任何可能性，開發每一株植物、每一枝樹幹。我說啊，只要我哥願意，他早就一溜煙地跳出我們的生活了；可是，其實我們發現他持續在我們腦袋正上面磨蹭，動作快捷忙碌，一如野獸，就連蹲坐或靜立的時候也如此。

他爲何要回到我家的庭院裡呢？他在法國梧桐或冬青槲上耍猴戲，全在家母望遠鏡的視力範圍之內。會有人覺得，柯西謨之所以在我們眼前搔首弄姿，一定是爲了嚇唬我們，想讓我們操心或生氣。（我之所以說『我們』，是因爲當時的我還沒能了解柯西謨的心靈運作方式。乍看之下，每當他在樹上需要什麼，與他同一國的我當然義無反顧，全力協助；可是，他更常從我腦袋上方走過，對我視若無睹。）

不過他的確只是路過我家庭院，而無意挑釁我們。吸引他的是木蘭樹那邊的那道牆，我們看見他在牆頭時而出現時而隱沒。就算那名金髮小女孩不可能露臉，或就算女孩的家庭老師們和奶媽們已經喚她回去睡覺了，我哥卻還在牆頭流連忘返。在翁達麗華的花園裡，枝椏宛如珍奇動物的觸角一般伸展，樹葉縫隙篩出星芒狀光影，葉片油綠酷似爬蟲類的肌膚，羽狀黃色植物搖曳沙沙作響，一如翻動紙張的聲音。柯西謨爬在最高的一棵樹上，渴望盡情享受不同的綠意，歧出的光線，互異的沉默；於是他倒懸腦袋，花園在他眼前頓時幻化成森林，而且這座森林並非出自人世，而由一個全然新世界孕生。

薇奧拉出現了。柯西謨看見玩秋千的她突然踮腳往地面一推，看見她騎在馬鞍上，或聽見她那號角的低沉音調從庭院盡處傳來。

翁達麗華的侯爵們夫人們從來沒有為辛弗洛莎的闖蕩操心過。當年女孩才剛學會走路時，所有的姑媽姨媽奶媽全都跟隨在她身後；後來她學會騎馬，就變得像空氣一樣自在快活了——那些貴婦不會騎馬外出，沒辦法盯住她的去處。至於女孩和賊娃娃親密來往一事，因為太過於離奇，所以她的家人壓根也沒有想過這回事的可能性。不過大家不久就發現，那位小男爵老在枝頭上出沒；於是他們難免對我哥多加提防，當然他們不免帶有一絲瞧不起別人的優越感。

至於家父呢，竟然把他對柯西謨的不滿與他對翁達麗華家族的嫌惡接合在一起。他幾乎打算譴責翁達麗華家族，因為他認為對方把他的兒子誘拐至他們家的花園、取悅他、慫恿他進行背叛父親的遊戲。家父突然決定派人圍捕柯西謨，但圍捕行動並非要在我家地盤進行，而是要在翁達麗華的庭院中發動。

家父似乎想要強調他對鄰居家族抱持挑釁意圖，所以並不打算親自領導這次圍捕行動（如此就會讓他本人親自與翁達麗華家族接觸協商，雖然不甚得體，卻也能在兩戶人家之間形成尊貴的聯誼關係），而要以耶尼亞・夕歐維鷗・卡列嘉騎士之名發動圍捕行動。

一行人帶了梯子和繩索，來到翁達麗華宅第的大門。代替家父出面的騎士叔叔身穿袍子，頭戴小帽，緊張發抖，詢問翁達麗華的家人：可否放他們進去？起初，翁達麗華的家人以為我家的人想去探看蔓長到他們家的我家植物。但他們又聽見騎士結巴說道，「我們要來捉……要捉……」騎士一邊說著，他的目光一邊在樹枝間掃過來掃過去。對方便問：「你們家到底丟了什麼？是一隻鸚鵡嗎？」

「我們來找我家的大少爺，」騎士匆忙答道，然後把一副梯子架在一棵異國風味的栗子樹上，接著便自己往上爬。柯西摸正在樹上，無憂快活地擺盪雙腿。薇奧拉也是同樣的無憂快活，正沿著花園小徑玩著滾木球的遊戲。僕人們忙著提供繩索給騎士，想把我哥抓下來，但也沒人知道究竟該如何用繩索捕捉我哥。柯西摸可不是省油的燈：他早在騎士叔叔爬到樹腰高度之前，就跳上另一棵樹的樹頂去了。騎士叔叔只好挪動梯子，再來一次，可是他試了四、五次都功敗垂成，每回騎士叔叔才要爬上一棵樹，柯西摸就三兩步跳到別棵樹上。突然間，柯西摸看見薇奧拉遭到一大群奶媽和家庭老師包圍，薇奧拉被拉進屋子裡關起來，應該是為了不讓她目睹這場追獵。柯西摸折斷一根樹枝，雙手抓著揮動，在空氣中嘶嘶作響。

「各位親愛的紳士們，你們為何不留在貴府寬濶的庭園中進行圍捕？」翁達麗華侯爵相貌堂堂，在宅第門前的台階出現。侯爵身著便袍，頭戴小帽，所以他看起來好像我家的騎士叔叔，妙極了。「皮歐伐斯哥・迪・隆多家族，請回答我！」侯爵誇大地張開雙臂，彷彿想要擁抱樹上的小男爵，我那沒有名份的騎士叔叔、我家的僕人，以及我家在牆頭外露出來的一切景物。

這時，耶尼亞・夕歐維鷗・卡列嘉騎士的口氣為之一變。他忙湊身來到侯爵面前，神情緊張卻佯作沒啥事發生。騎士叔叔向侯爵聊起身旁凹地的泉水，還向對方獻計說自己有個點子，可以更有效率地澆灌草坪。我這沒有名份的叔叔，再一次證明他的天性是多麼不可預測，不得信任：他原本受家父所託，理當態度嚴厲地面對翁達麗華家族；然而，這時他怎麼開始與侯爵相談甚歡，一副討好對方的嘴臉？每回騎士叔叔查覺時機合宜、當別人輕信他的固執脾性時，他就會搖身一變，展示出他舌燦蓮花的才華。怪的是，侯爵還果眞願意聆聽騎士叔叔說話，向他討教，然後還帶他去參觀庭院中的泉水和澆水設備。侯爵和騎士叔叔的服裝類似，一樣穿著長袍，身高一般高，所以很難分辨誰是誰。我家和他家的僕人跟在這兩位大人身後，有人還扛著梯子，眞不知該怎麼辦才好。

這時，柯西謨在樹間穿梭，通行無阻，來到靠近大宅窗戶的樹上。他想撥開窗簾，尋找薇奧拉究竟被關在哪一間房裡。他好不容易才找出正確的房間，便折下一株細枝，擲向窗板。

窗戶打開了，露出金髮小女孩的臉蛋。

「我被關在這裡，都是你害的！」她說。然後她闔上窗戶，拉起窗簾。

＊

當我哥受困於狂野心情時，事情就眞的值得操心了。我們看見他在樹上奔跑（跑步這種行爲只受限於地面上嗎？如果腳板接觸的地方起伏錯落，高低不平，偶有一片空蕩間隔其中，那麼可否在上頭跑步？），他隨時都可能跌落。但他從未失足過。他一躍，步伐細碎輕盈，跳到傾斜的樹幹上，倚在上頭，然後盪向更高處的樹枝。他迂迴跳了幾步，便消失踪影。

他往哪裡去？這次，他跑了又跑，從冬青槲跳到山毛櫸，最後他來到森林裡。他停了一下，喘口氣。一片田野在他下方開展。微風吹拂濃密草皮，綠色的多重層次顯現。草原上，幾乎看不見摸不著的「莎非盎尼」（saffioni）毛絨花球飛舞。原野中央，一棵松樹孤立，無法接近❶，懸掛長圓形松果。旋木雀——一種長有斑紋紫翅的輕快小鳥——棲息在松針綠影間，尾巴稍微斜翹，鳥嘴朝下，啄食蟲子和松子。

樹上的我哥心內焦躁難安，極欲冒險犯難。他渴望和樹木發展出更進一步的關係，讓樹木上的每一枝葉都與自己結合。獵人對於動物也抱持類似的痴愛，總要藉著瞄準獵物來表現出自己的激情。但小謨並不甚了然，只希望更深入探究樹林世界，以平緩他那狂躁的心。

林子濃密，難以通行。柯西謨爲了開路前進，只好揮劍劈砍。他逐漸忘記自己非待在樹上不可的執念，只知道去應付一個個從他眼前冒出來的實際問題。他也擔心（雖然他不願意承認）自己遠離熟知的區域，身陷陌生的地帶。他人在一片濃稠綠蔭中開路前行，發現有一對黃眼睛躲在眼前的枝葉裡，盯著他瞧。柯西謨舉起佩劍，把眼前樹枝撥開，然後再讓拉起的樹枝慢慢彈回原位。他接著鬆一口氣，嘲笑自己方才的畏懼。他剛才看見的黃眼睛無他，原來是隻貓咪呀！

不過，雖然柯西謨只在撥開樹枝時稍微瞥見那隻貓咪，但不久柯西謨又害怕得發抖了。因爲，剛才那隻貓乍看之下雖然和其他貓咪並無二致，卻具備恐怖駭人的迷魅，任何人只消看牠一眼就想尖叫。要說牠究竟哪裡可怖，也很難輕易說個明白：那是一種虎紋貓吧，比一般可見的虎紋貓來得肥大，但大尺碼也未必駭人啊；牠的鬍鬚筆直得嚇人，像豪豬身上尖刺；牠的呼息從利如爪螯的利牙寬縫迸出，不但小謨聽得見，他甚至看得到；牠豎直的耳朵雖然覆上一層軟毛，卻如假包換是兩股緊繃的火焰；牠的毛髮直豎，在脖子處圍成一圈黃色；牠腰窩上的斑紋搖顫，彷彿牠遭人搔抓過似地；牠的頸子保持不自然的角度，看似就要撐不住了。柯西謨就在撥開樹枝，放回樹枝之間的須臾時刻中看見這隻貓的形貌，此外他也借助了想像力來認識對方：牠腳板濃毛叢生，遮掩住恐怖有力的爪子，而牠的爪牙就要撲向他。

他還看見了什麼？枝葉間黃色眼珠裡黑色瞳孔流轉，盯住他。他還聽見了什麼？對方的呼吸越來越沉重粗啞。柯西謨頓時了悟，原來他面對的就是林中最爲粗暴的一頭野貓。

樹林一片沉靜。然後，野貓跳了起來，卻不是躍到柯西謨身上。野貓垂直地往上跳，而牠這樣一跳反而更使柯西謨驚惶。他覺得害怕了，因爲野貓就在他頭頂正上方的樹枝上。貓咪伏在樹枝上，柯西謨可以看見牠肚皮的白色長毛，爪子陷在樹皮裡的緊繃腳掌，以及弓起來的背。「咈……咈……」野貓嘶叫著，差點就要跳到柯西謨身上。純然出於直覺，柯西謨伶俐爬往較低矮的樹枝。「咈……咈……」野貓繼續嘶叫，每一叫聲牠就躍出一步，忽左忽右，最後又跳到柯西謨頭頂正上方的樹枝上。我哥還想敏捷躲開，但他赫然發現自己跨坐在最低的一根樹枝上，無處可逃。樹上的他離地不近，但這種距離就算跳下去也無大礙。他寧可往地面跳，也不敢放任野貓出招啊。野貓已經停止牠那讓人心生惡兆的陰陽怪叫。

柯西謨舉起一隻腿，就要往下跳了——可是，他心裡的兩股念頭掙扎起來。趨吉化兇，逃避野貓，這是求生的本能；但小謨又生性固執，無論如何也不肯從樹上回到地面。於是他只好收緊雙腿，夾緊膝蓋，在樹上坐以待斃。男孩身心動搖，野貓躍起；牠毛髮直豎，爪牙大張，嘶聲怪叫，撲到我哥身上；柯西謨無計可施，只好闔起雙眼，舉起佩劍——但小謨的動作過於拙笨，所以野貓輕易躲開了。野貓伏在我哥身上，決心要以牠的爪子迫使我哥跌落。牠在我哥的臉蛋上頭抓了一把，但我哥卻沒有從樹上跌下：因爲他的膝頭夾緊樹枝，所以他的身子只不過晃了半圈，頭下腳上地懸在原處。這樣的結果貓兒大感意外，牠自己反而失去平衡，從樹上跌落。牠只好連忙伸出爪子試圖鉗住樹枝，並在空中扭轉身子——牠的動作只不過發生於一瞬間，但柯西謨沒有輕易放過這個機會。他英勇亮出佩劍，深深插進野貓肚皮裡。

我哥得救了，一身血污。叉在劍上的野貓像是插在烤肉叉上頭似地。我哥臉上從眼睛下方到下巴的部位，留下三道抓痕。我哥吶喊起來，不只因爲傷口的痛楚，也因爲勝利的喜悅。他瘋狂抓緊樹枝、佩劍以及貓屍。他絕處逢生，首次嘗得戰勝的滋味，終於了悟凱旋的悸動。他也得到啓示：他必須在自己選擇的這條路上繼續前行，不能夠輕易逃避、以失敗爲托辭。

我看見他從遠方的林木走近，血跡直滲至西裝背心，壓扁的三角帽下露出零亂髮辮，手裡拎著死貓的頸子。這時，這隻野貓看來和其他貓咪一樣平凡了。

我跑向陽台上的女將軍。「母親大人，」我稟報，「他受傷了！」

「什麼！❷受傷了？怎麼回事？」她連忙調整望遠鏡。

「受傷了就是受傷嘛！」我叫道。女將軍似乎懂得我的說詞。她以望遠鏡追索我哥的行踪，發現他的手腳越加靈活。她說，「沒錯。」❸

她馬上著手備妥大量痲布、繃帶、香膏，彷彿要向整個兵團施加急救似地。她把這些全都塞給我，要我交給柯西謨；她根本不指望我哥會下樹回家接受治療。我帶了一綑繃帶跑進庭院，站在翁達麗華家族圍牆外的桑樹下。他剛剛才在牆頭的木蘭樹上消失蹤影。

他手裡揪著貓屍，以勝利的姿態出現在翁達麗華庭院裡。宅第前方的廣場上，發生了什麼事啊？有輛馬車正要出門。僕人們把行囊塞在行李架上，一批面目嚴厲身著黑袍的家庭老師和奶媽，簇擁身穿旅行服的薇奧拉。薇奧拉正在擁抱侯爵和侯爵夫人。

「薇奧拉！」我哥舉高貓屍，叫道，「妳要去哪裡？」

馬車周遭的人們全部抬頭望向樹上，看見柯西謨：他一身破爛血污，神情瘋傻，手裡還抓著貓屍。於是他們露出作嘔的手勢，抱怨道，「又來了。什麼德性嘛。」❹所有的奶媽似乎全都突然被我哥惹惱了，她們匆忙地把女孩推進馬車裡。

薇奧拉轉過頭來，鼻子翹得老高，一副輕蔑煩厭的神情，不知是向柯西謨發作還是在向她的家人示威。她往樹上瞥了一眼（當然是為了回答他的問題），答道，「他們要送我去上學！」然後又轉身進入馬車。她才不屑多看他或他的戰利品一眼。

馬車門已經關上，車夫已經入座，可是柯西謨卻還不能加入這場道別儀式。他想要吸引女孩注意，試圖讓她了解——他要把血淋淋的戰利品進獻給她。他只好急忙叫嚷，作為解釋：「我殺了一隻貓！」

馬鞭揮動了，馬車在衆奶媽舞動的手帕波浪中啓程。馬車門傳出一句話：「你可眞伶俐呀。」薇奧拉的這句話是褒是貶，實在難說。

這就是道別了。柯西謨覺得緊張，他的傷口仍然刺痛，他的勝利未能帶來光榮所以他失望不已，突然降臨的離別更讓他絕望。他心中五味雜陳，於是他終於發作脾氣：他大哭大鬧，撕扯樹枝。

「滾出去！滾出去！野孩子！滾出我們的花園！」❺衆奶媽怒斥著。所有的翁達麗華僕人都手持長棍趕來，朝柯西謨投擲石子，想把他趕走。

柯西謨仍然哭叫不停，隨手將貓屍往下方一扔，也不管會砸到誰。僕人們撿起貓屍，丟進垃圾堆。當獲悉鄰家女孩離去時，我還一度奢望柯西謨會從樹上下來。不知爲何，我覺得我哥之所以堅決留在樹上，或多或少和那女孩有關。

不過他絕口不提女孩的事。我爬到樹上，把繃帶膏藥交給他，由他自己照料臉上臂上的傷口。之後，他向我索討一副帶勾的釣杆。他人在橄欖樹上，用釣杆把死貓從垃圾堆中釣回他手裡。他把貓皮剝下，儘可能補平貓皮上的傷口，然後用這塊皮做了一頂帽子。他這輩子戴過好幾頂皮帽，而這是他的第一頂。

❶因爲該株松樹孤立，所以不回地面的柯西謨無法從其他樹木跳至松樹。故云，無法接近。

❷德文。

❸德文。

❹法文。

❺法文。

7

我家最後一次捕捉柯西謨的行動，出自我姐姐芭蒂斯妲之手。當然，她一如平時行事，動手前完全不知會他人，寧可偷偷摸摸。她在夜間行動，拎了一桶黏膠以及一把繩梯。她將一整棵稻子豆樹塗上黏膠；每天早上柯西謨都會在這棵樹上棲息，她知道。

結果到了早上，樹上沾黏了拍打翅膀的燕子、裹在黏液裡的蝙蝠，夜蛾，風吹送來的樹葉，一隻松鼠的尾巴，以及些許來自柯西謨衣袍的流蘇。誰知道他可曾被膠水黏在樹枝上，好不容易才掙脫？更可能的是——畢竟我有好一陣子沒見他穿那件衣服了——他故意留一些流蘇黏在樹上，好唬過我們？總之，這棵樹塗滿膠液，風乾之後看起來好噁心。

我們全家，包括家父在內，都承認柯西謨再也不會回家了。因爲我哥在翁勃薩整區的樹木間跳來跳去，所以家父就不敢在公開場合露面了，一心一意想要晉升爲公爵的他深怕自己在別人面前丟臉。家父越來越顯得憔悴蒼白，但不知他究竟爲何焦慮：他擔心他的長子，還是煩憂家族地位的前景？他的兩種焦慮恐怕是交融的：柯西謨身為嫡長子，是爵位的繼承人；但柯西謨鎮日像隻蚱蜢似地跳來跳去，一點未來男爵的風範也沒有，當然更缺乏公爵的堂堂相貌。雖然我哥這個繼承人還是個孩子，但從他的舉止看來，將來他實在無法承擔人人覬覦的爵位。

當然家父的擔憂只不過是無謂的杞人憂天。翁勃薩的人們嘲笑家父的愛慕虛榮，附近的貴族都認為家父瘋了。在那時，貴族們已經遷居至怡人的別墅中，拋棄封建時期的古堡；他們排拒繁文縟節，寧願活得像老百姓。有誰會在乎翁勃薩的古代爵位呢？翁勃薩這個地方的可喜之處，就在它不讓任何人獨佔，卻又讓所有人共享。這一帶幾乎所有的地主（除了一個短命的公社之外）都臣屬在熱內亞共和國的統治之下，只保留了治理翁達麗華的部分權利。對於世襲的田莊和買來的土地，人們都不多加掛慮（我們曾幾乎不費分文就從公社那裡取得土地；當時公社嚴重負債）。如此，還要奢求什麼？這附近住了一些貴族，他們的宅邸庭院延伸到海濱，家家戶戶生活安樂，彼此拜訪，相邀打獵，生活費低，他們比宮廷裡的貴族快樂許多。他們毋需多慮，不像與皇室共處的貴族那樣擔憂義務和支出，不必忖度資本和手腕的問題。可是家父並不像這些想得開的貴族一樣享受平淡的生活，他自認是生不逢時的王公。於是，他終究和鄰近的貴族們斷絕往來（家母來自異邦，所以說起來她跟附近貴族更沒有關係）；我家的孤僻也不是壞事，因為只要不和別人家接觸，我們一方面可以省下交際費用，一方面也不會讓外人知悉我家的經濟窘境。

我們和翁勃薩的百姓處得比較好。我們知道他們是什麼樣子：他們很粗鄙，腦裡只想著做生意。在那年頭，有錢階級流行飲用加糖的檸檬水，於是檸檬的銷路便越來越好；百姓在四處種植檸檬樹，並且重建多年前遭到海盜破壞的港口。翁勃薩坐落於熱內亞共和國和薩丁尼亞王國、法蘭西王國、主教領地等莊園之間，翁勃薩的百姓到處作生意，無所煩憂。唯一要掛心的，就是熱內亞共和國向他們征收的租稅：每回繳稅時間一到，百姓就疲於奔命──甚至每年共和國的稅官出現時，都會引發暴亂。

每逢租稅風暴騷起，家父就會幻想自己晉昇公爵的情景。他在廣場現身，自命為翁勃薩人民的父母官，以百姓安危為自任；可是每回他一吹噓，大家就用臭掉的檸檬砸他，於是他每每落荒而逃。他總認為有人存心與他造反，而且他通常將耶穌會成員視為假想敵。家父的腦袋相信他和耶穌會之間存有生死決戰，耶穌會的唯一宗旨就是要陰謀推翻他。事實上，家父和耶穌會的確長久不合，因為我家和耶穌會一直在爭奪一座果園；幾番交鋒之後，家父開始和主教打好關係，並且努力將地方神父逐出主教轄區。打自那時候起，家父便認定耶穌會派出特務份子，圖謀他的性命和權益。他自己即努力徵召一批忠實民兵，試圖解救主教──他認為主教慘烈淪入耶穌會手中。如果有任何一位耶穌會成員自承受到耶穌會迫害，家父都樂意提供避難所以及保護。也難怪，家父會請一位帶有詹生教派色彩的迂腐神父來家裡擔任全家人的精神導師。

*

家父唯一願意信任的人，就是騎士叔叔。家父極度溺愛他的私生子弟弟，彷彿家父對叔叔的不幸身世抱持了罪惡感。我不確知是否大家都明白，但我想大家心裡都有鬼吧——我們嫉妒卡列嘉騎士，因爲家父對他五十歲弟弟的疼惜竟然遠甚於他的兒子。反正瞧不起騎士叔叔的人也不只我們兄弟倆；女將軍和芭蒂斯妲佯裝尊敬他的模樣，其實她們根本不能忍受他。表面上，騎士叔叔也不在乎我們——他甚至可能憎恨我們哩——雖然他虧欠家父甚多。騎士叔叔沉默寡言，有時我們幾乎以爲他是不是聾了啞了，還是聽不懂我們的語言呢。我眞不知道他當年怎麼能夠擔任律師，也不曉得他在遇上土耳其人之前的時候是否也這般心不在焉。既然他可以從土耳其人那兒學會所有的水利技術，那麼他就該是個很有腦筋的人吧！水利技術也是騎士叔叔目前唯一勝任的工作，他的表現獲得家父的誇張宣揚。我對騎士叔叔的過去一無所知，不曉得他的親生母親是誰，也不清楚童年時期的他如何和我的爺爺共處（爺爺一定也很疼愛叔叔吧！不然怎會讓他擔任律師，還頒給他騎士的頭銜？），更不明白他如何去過土耳其。甚至我不甚確定他果眞人在土耳其度過一段時日——他當時可能住在突尼斯或阿爾及耳吧；總之是個回教國家，聽說他還因而成了回教徒。關於他的傳言很多：聽說他位居要職，是蘇丹身邊的紅人，擔任水利大臣之類的高官。後來不知是因爲宮廷政爭，後宮情變或是賭場糾紛，騎士叔叔不幸遭貶，被當成奴隸賣掉。後來聽說騎士叔叔一身鐵鍊，和其他奴隸一起在奧圖曼帝國的奴隸船上搖槳；威尼斯人攔獲這艘奴隸船，並且釋放了奴隸叔叔。他在威尼斯的時候，大致過著乞丐一般的生活，不過他又捲入一場風波，是和人打架吧，我想（但他這樣溫馴的人，天知道有誰會和他打架？），結果他再次入獄。家父買通熱內亞共和國的和善官員，將騎士叔叔贖了出來，騎士叔叔又回到我們家來了。他成了一個小禿子，蓄黑鬍，很消沉，是半個啞巴（當時我只是個孩子，但當晚情景在我心中留下難以磨滅的印象）。衣服披掛身上，尺碼顯然太大了些。家父指派騎士叔叔監管家中每一個人，命他爲大管家，還分配一間書房給他：書房裡塞入越來越多的零亂紙張。騎士叔叔身著長袍，頭戴土耳其人的小帽，因爲當時貴族和中產人士在書房裡的打扮都是這樣。不過老實說，騎士叔叔很少在他的書房出現，他經常一身這副德性也在戶外閒蕩。後來他上餐桌時也這身打扮哩；怪的是，家父向來對餐桌儀節斤斤計較，對於騎士叔叔他卻百般容忍。

騎士叔叔身爲大管家，卻因爲生性怯懦、不善言辭，所以他幾乎未曾和門房、佃戶、農人說過話。結果，諸如家務分派、施發號令、督促家人之類的責任，竟然又落回家父肩上了。騎士叔叔也負責保管全家的帳册；我不知是因爲他的管帳技巧過差所以我家經濟不振，還是因爲我家財務大壞所以他才連管帳都不行。他懂得運算數學題目，繪製灌溉水道的施工圖，在大黑板上塗滿線條、圖案以及土耳其文字。

有時家父會和騎士叔叔關在書房裡密議數小時（只有在這時騎士叔叔才會在書房待上好一段時間）——不久，家父的怒斥聲傳出，然後刺耳的吵架聲也穿透密閉的房門，不過我們幾乎聽不見騎士叔叔吭聲。之後，房門開啓，身著綢袍頭戴小帽的騎士叔叔走出來，腳步快捷細碎，走向落地窗，步入庭院。「耶尼亞・夕歐維鷗！——耶尼亞・夕歐維鷗！——」家父跟在後面邊跑邊叫。可是他的同父異母弟弟已經走進葡萄藤間，或著已經躲進檸檬樹叢。我們只看得見他那紅色土耳其帽在葉片間顯露一角，固執抽動著。家父一邊叫喚一邊跟上；一會兒之後，他們兄弟兩人走回屋子，家父依然擺動手臂、高談闊論，而瘦小的騎士叔叔則蹣跚走在一旁，握緊的拳頭收在衣袍口袋裡。

8

在那段時日，柯西謨很愛與地上的人們較勁，進行瞄準目標的比賽；部分的原因是，他想測試自己的能耐在樹上變成什麼樣子。他和野孩子們比賽丟環圈，看誰丟得準。有一回，野孩子們聚在波達•卡貝里附近的流浪漢小屋，而柯西謨站在一棵乾枯的冬青槲上頭，樹上樹下一起比賽丟環圈。玩興正濃時，他看見有人騎馬接近。那騎馬男子身材高䠷，屈著背脊，身披黑斗篷。我哥認出那是家父。野孩子們一哄而散，村婦們站在破屋的門檻後望向屋外。

騎馬的男爵停在樹下。夕陽紅艷。而柯西謨站在荒蕪樹枝間。父子倆大眼瞪小眼。自從蝸牛事件之後，他們兩人首次面對面看著對方的臉。許多日子過往，物換星移，父子兩邊都知道蝸牛一事已經不值計較、父嚴子孝的道理也不再有意義、許多乍聽合宜明理的話語都不適合說出口。可是他們還是該說些話吧。

「您可眞是個耍寶專家啊，」家父酸溜溜道，「眞有紳士風範！」（家父用恭敬的「您」來稱呼我哥；

每當家父發出沉痛斥責時就會採用「您」而不稱「你」。不過「您」在此的用法應帶有疏離生分的意味。）

「父親大人，不論在樹上樹下，我都可以保持紳士風範，」柯西謨答道，然後加上一句，「只要言行得體就可以。」

「說得眞有道理，」男爵大人嚴肅地表示贊同，「不過不久之前，您卻偷了我家佃農的梅子來吃。」沒有錯。我哥偷吃梅子的時候，給人看見了。他該如何回答呢？我哥笑了。但他既未顯出高傲態度，也不顯出鄙夷神情。他害羞微笑，然後臉皮飛紅。

家父也笑了，他的微笑顯得憂鬱。不知爲何，他也臉紅起來。

「你跟這群野孩子在一起幹什麼！他們是這一區最糟糕的小土匪啊！」家父說道。

「噢，父親大人。我爲我自己的行爲負責。每個人都爲自己負責。」柯西謨堅定說道。

「我要你回到地面，」男爵大人以平靜而幾乎虛弱的音調說，「趕快去做你本份之內該做的事！」

「父親大人，恕難照辦。」柯西謨說，「很抱歉。」

父子倆侷促不安，煩躁難耐。兩個人都猜得到對方會說出什麼話來。「你的課業怎麼辦？你的基督教信仰怎麼辦？」家父說，「難道你想變成美洲的土著那樣嗎？」

柯西謨不吭聲了。家父提起的事，我哥從未想過，他也不願去想。一會之後，我哥才朗聲答道，「難道只因為我所站的地方高了幾碼，我就不能接受良好教育嗎？」

他答得好，雖然這樣的回答不免削弱了他的姿態：他示弱了。

家父看見我哥的弱點，便變本加厲追擊：「造反程度的多寡，不可以用尺碼來度量。」他說，「即使是一場看似沒有距離的旅行，也可能有去無回。」

這時，我哥該提出一個高貴的回答來應付家父，比如說一句拉丁文成語；不過，他一時想不出該回些什麼，雖然他背過好多拉丁文。他突然對這樣的嚴肅對話感到厭倦，便吼道：「我在樹上潑水，可以潑得更遠！」這句話雖然沒什麼意義可言，卻也讓父子對話打上一個句點。

此時，波達•卡貝里的野孩子們那裡傳出一陣呼喊。男爵的馬匹驚退了幾步，而男爵抓緊繮繩，拉緊斗篷，準備離開。但他又轉身，斗篷中伸出手臂，指向突然烏雲密布的天空。家父喊道：「孩子，小心點。要比賽潑水，『祂』比我們更在行！」然後驅馬離去。

雨滴早就在鄉間雲端徘徊許久，這會兒終於大顆大顆迸落。棚舍間的野孩子們紛作鳥獸散，頭戴痲袋遮雨，嘴裡還以方言唱著兒歌。柯西謨穿越淌水的枝葉；只消一碰這些葉片，就有大片水花傾落他頭上。

*

當我發現下雨時，我開始為他操心了。我想他一定渾身濕透，瑟縮在樹幹邊，完全沒辦法躲避斜射的雨柱。我也知道，光憑一場暴風雨，並不能逼他回家。於是我趕緊去找家母，問道，「母親大人，下雨啦！柯西謨該怎麼辦？」

女將軍扯開窗帘，望向雨幕。她倒是很冷靜。「傾盆大雨帶來的最大禍害，就是爛泥巴了。他人在樹上，反而可以逃過一劫呢。」

「不過他在樹上，要如何躲雨呢？」

「他會躲進他的帳篷裡。」

「母親大人，他哪裡有帳篷呢？」

「他一定有先見之明，早就把帳篷備妥了。」

「可是，我是不是該去找他，給他一把傘呢？」

「傘」這個字似乎突然把家母從旁觀者的位置抽出，她身為人母的焦慮又回來了。女將軍說道，「嗯，當然啦！❶你還要帶一瓶蘋果糖漿給他，要加熱過的，還要包在棉襪裡保溫才行！還有，你帶油布過去給他，把油布鋪在樹枝上，濕氣才不會穿透……他現在究竟人在哪裡呢，可憐的孩子……！希望你能夠找到他……」

我撐了把綠色大傘，手裡拎了大包小包，走入雨中。我腋下還夾了另一把傘，是要給柯西謨的。

我吹出我和他互通聲息的秘密哨音，但沒有回應，只聽見雨滴不停打在樹上。天色已暗。我一走出我家庭院，就不知該何去何從了。我慌亂的腳板踩到滑溜的石頭、吸滿雨水的草葉、髒污的水坑。我拚命吹口哨，還收起雨傘，好讓我的哨音能夠不受阻擋傳到樹上——雨滴刮在我臉上，把我嘴邊的哨音洗刷得一乾二淨。我打算走向大樹遍布的公有地，希望他就在那邊躲雨。不幸，我在黑暗中迷了路，只得拎著雨傘和包裹傻楞楞站著。只有包裹在棉襪裡的那瓶糖漿可以提供一點點溫暖給我。

突然間，在森林中，在幽黑的空氣裡，我看見一道光。光亮該不是來自月亮或星辰吧。我吹了一聲哨音，結果這次我聽見他的回應。

「柯西謨喔喔！」

「畢雅久喔喔！」樹上的人聲穿透雨柱，直達我耳邊。

「你在哪裡？」

「這裡……我來接你吧！可是你動作要快，我要淋濕啦！」

我們兄弟終於重逢。他裹在毯子裡，爬到柳樹較低的枝椏上，教我如何爬上樹。我們要爬過複雜交錯的樹枝，前往一棵樹幹巨大的山毛櫸。光亮就是來自這棵山毛櫸。我馬上交給他一把傘以及部分包裹，想要撐著傘爬樹——但撐傘爬樹談何容易呢，我們還是淋成落湯雞了。好不容易，他才把我帶上那棵山毛櫸。來到樹上，我只看見虛微的光亮；亮光好像是從一座營帳中傳出來。

柯西謨舉起營帳的一角布幔，讓我進去。藉著燈籠的亮光，我看見營帳裡別有洞天，四周懸掛布帘毛毯，山毛櫸的枝幹橫越，地板由木樁構成，而這片天地全部建築在粗厚的樹枝上頭。乍看之下，樹上樓閣彷彿一座宮殿；但再細想，我才驚覺這片天地實在毫不牢靠。營帳只不過承載我們兄弟兩人，卻已經顯出重心不穩的跡象。柯西謨只好匆忙蹲下，修補裂縫。他撐開那兩把由我帶來的雨傘，蓋住屋頂的兩個裂口。不幸，雨水仍然從四面八方滲入營帳，我們兩人落得又濕又冷，待在帳裡和待在外頭同樣狼狽。所幸柯西謨在這裡堆積了許多毛毯，所以我們可以躲在毯子裡，只把腦袋露在外頭。燈籠光線明滅不定，枝葉的繁麗光影投射在奇趣天地的屋頂和圍牆上。柯西謨大口吞嚥蘋果糖漿，咕嚕作響。

「這個窩很棒。」我稱讚道。

「噢，只能暫時棲身而已。」柯西謨倉促答道，「我要把它改造得更完善。」

「這是你自己親手建的嗎？」

「當然囉，你以爲誰會幫我？我才不讓別人知道這個地方哩。」

「以後我可以來這裡玩嗎？」

「不行。你一定會把這個秘密地點洩漏出去！」

第八章

「爸說，他已經放棄你了。他才不在乎你人在哪裡。」

「就算如此，仍然要保密。」

「你怕那些小偷知道這裡？可是，他們不是你的朋友嗎？」

「有時他們夠朋友，有時他們卻算不上兄弟。」

「那麼，騎馬的女孩呢？」

「她關你什麼事啊？」

「我的意思是：她不是你的朋友嗎？你們兩人玩在一起，不是嗎？」

「有時在一起，有時不在一起。」

「爲什麼你們有時候不玩在一起？」

「因爲有時我不想，有時她不要。」

「如果是她，你會讓她上來這裡嗎？」

柯西謨皺著眉頭，想把草席鋪在樹枝上。「我會。只要她想，我就讓她上來參觀。」他嚴正答道。

「她不想來嗎？」

柯西謨撲倒在地。「她走了。」

「嘿，」我低聲問她，「你愛上她啦？」

「我才沒有，」說完，我哥就保持好一陣子的靜默。

翌日天氣甚好。弗歇樂弗樂神父又要為柯西謨上課了──他要如何教課，還沒有決定。家父直接而且很粗魯地要求神父（而不是站在一旁漫不經心地說，「神父呀……」）去找出我哥，然後督促我哥去翻譯一段維吉爾的作品❷。但家父又擔心自己交給神父一件燙手山芋的工作，便又試圖簡化神父的差事，並且對我說，「去，告訴你哥：半小時後到庭院裡來，準備上他的拉丁文課。」家父的說話聲調盡可能保持自然；從這時開始，家父總會努力以這種語調發言。雖然柯西謨一直賴在樹上不肯下來，家裡任何事都還是要按規矩辦。

所以，上課了。師生分別坐好。我哥跨坐在橡樹的枝幹上，兩腿晃來晃去。神父坐在樹下草地的凳子上。師生兩人齊聲朗誦古典詩句。我在旁邊戲耍，偶爾晃到別處去玩。結果，當我回來時，竟發現神父也爬上樹去了。神父又長又瘦的腿穿著黑襪，拚命勾向枝椏，而柯西謨在上頭伸手幫忙。他們好不容易才為神父老先生尋得一個舒服的位置。之後，他們一起分析一段艱澀的詩句，兩人都埋首於書本上。我哥看起來好用功哇。

接下來不知發生了什麼事，樹上的學生居然不見了。大概是因爲神父在樹上感覺倉惶難安，又開始像平常一樣發呆起來，所以我哥便跑了。事情就是這樣：不知爲何，樹上只剩下老神父的黑衣身影，他的膝頭還放著一本書，他嘴巴大張，看著從旁飛過的白色蝴蝶。蝴蝶飛走之後，神父才驚覺自己孤單一人掛在樹上，不由得驚慌起來。他抱緊樹幹，開始大叫，「救命啊，救命啊！」❸家人帶了梯子趕來救他。神父這才慢慢平復，由樹上爬回地面。

---

❶德文。

❷維吉爾(Virgil)，西元前一世紀人，羅馬古典詩人，作品以史詩著稱。

❸法文。

9

老實說，雖然柯西謨的離家出走傷透我們的心，他仍然和一前一樣與全家人共同生活。他雖然獨居，卻不排拒人群。說眞的，在某種意義上，他酷愛與人相處。他喜歡蹲坐樹上，俯看樹下的農民掘土、施肥、收割，禮貌地與他們打招呼。農民們聽見他的招呼聲，便會驚訝地抬頭張看——而他也會馬上讓農民們知道他人在哪裡。當我們**以前**一起在樹上玩樂時，我們經常對樹下行人扮出鬼臉，樂此不疲，可是這時的柯西謨已經不玩這種花招了。農民們見到柯西謨人在樹上，起初頗感困惑——他們不知該把他當作貴族，以便脫帽敬禮呢，還是該把他看成野孩子，然後訓斥他一頓？後來，農民們開始習慣陪柯西謨談天，聊聊工作或天氣——他們見過士紳階級的千百種花招，在他們眼中柯西謨的樹上遊戲不算好但也不壞。

柯西謨在樹上觀察農民的工作，一看就耗上半小時。他向他們請教關於種籽和肥料的知識。以往他在地上時，他從來沒想過要與農民聊天；他那時害羞怕生，根本不敢和村民或僕人說半句話。有時，他會在樹上向農民指出：他們所掘的田土是筆直的還是歪斜的？隔壁田裡的番茄成熟了沒有？有時，他會好事地爲農民奔走：他提醒負責收割的農夫的老婆記得帶磨刀石上工，警告農民不要在果園澆灌太多田水。偶爾，他在跑腿傳信時，湊巧發現一群麻雀停駐在玉米田裡——那麼他就會大聲叫嚷，揮帽斥退這些偷食的野鳥。

他孤身一人，在林間穿梭，遇上不少稀罕而讓人難忘的人物——像我們這種人家，根本不會見到那些人。在那年頭，遊走天涯的各種人都喜歡在樹林中紮營：比如，燒木炭的工人、補鍋匠、玻璃工、逃避饑荒的流浪家庭。等等；他們藉著從事收入不穩定的零工來勉強維生。他們在空地搭建作坊，豎立小木屋以便安棲。起初，他們眼見一個身著毛皮的男孩成天在他們頭頂上呼嘯而過，便很覺驚恐——有名婦人還以爲柯西謨是森林惡靈哩。但柯西謨和他們結爲朋友，花上好幾個時辰觀看他們工作。夜裡，這批浪人圍坐營火歇息，而我哥就待在附近的樹枝上，聆聽他們說故事。

林中有片空地佈滿炭灰碎屑，在那兒燒木炭的工人極多。他們嘴裡經常喊著奇異的口號；他們來自義大利北方，別人聽不懂他們的語言。他們勢力強大，故步自封；他們的支派遍布整座森林，支派間的關係可能是血盟、情義，也可能是讎恨。柯西謨像信差似地在不同支派之間奔走，發出消息，帶回任務。

他幫忙傳話。「紅色橡樹下的那批人要我告訴你們：『漢法・拉・哈伯・何安兒・霍克！』」

「你去和他們說：『何根・何貝・何・德・霍特！』」

我哥把這些充滿氣音的奧秘音節默記下來，試圖在另一群人面前覆述，一如他向早上喚他起床的鳥雀學舌。

隆多男爵大少爺在樹上生活數月之久的消息，已經傳開來了；但，家父仍然努力在陌生人前隱瞞這個秘密。比如，耶斯多馬伯爵和夫人在返回法蘭西的路程中，順道拜訪我們。他們的莊園在土魯斯海灣。我不清楚他們這趟訪問的意圖為何——可能是為了聲張某些權益，或者是想將某個教區指派給他們的公子（他家公子是一位主教）。他們需要徵得隆多男爵的同意。而想也知道，家父需要這種貴族間的聯盟關係，以便讓他建立想像中的江山大夢，自欺欺人地統御翁勃薩。

我們舉行一頓餐宴，忍受磨人的苦悶、無止的儀節，以及不停的打躬作揖。客人帶了一位年輕少爺隨行，是個戴假髮的花花公子。男爵家父也把他的孩兒介紹給客人——也就是只有我一個人。然後他說道，「小女芭蒂斯妲是個可憐的女孩，避世獨居，信仰虔誠——」沒想到說曹操曹操就到，我姐頭包著修女頭巾出現，頭巾上掛滿緞帶和縐邊，臉上撲粉，戴了手套，看起來眞蠢。請注意：自從上回她調戲侯爵公子事件之後，我姐再也不曾正眼瞧過任何年輕男子（僕役和村中少年除外）。耶斯多馬伯爵的少爺向我姐行禮，結果我姐立即笑得花枝亂顫。家父方才好不容易才把我姐描述得冰清玉潔，這下我姐一現身出醜，家父只好盤算有什麼說辭可當下台階。

但老伯爵並不以爲意。他只問：「男爵先生，您不是還有另一位公子嗎？」

「是的，最長的犬子。」家父答，「只可惜，他正好出門打獵去了。」

家父倒也沒說謊。在那段日子，森林裡的柯西謨總是扛著槍，追逐野兔和鳥雀。槍是我交給他的。芭蒂斯姐以前常拿這把輕槍來對付老鼠，但她已有好一段時日放棄獵鼠，便把輕槍閒掛在牆釘上。

於是伯爵便探問我家附近的獵物如何。家父回答時，滿口泛論；因爲他對周遭世界不感興趣，連打獵也不懂。我忍不住插嘴了——雖然大人在說話的時候，我根本不該吭聲。

「像你這麼小的孩子，懂得什麼呢？」伯爵問。

「我哥打中什麼獵物，我就跑過去撿……」我說到一半，家父便出言喝止。

「誰叫你說話了？去，去玩去。」

我們在庭院裡。雖然已經向晚，但天色仍亮，正值夏天之故。這時，在法國梧桐和橡樹之間，柯西謨信步走來，頭戴貓皮帽，一肩掛著槍，另一肩扛矛，腿上仍穿著襪帶。

「咦！咦！」伯爵驚呼起來，站起身，探頭探腦想要瞧得更清楚。他忍住笑意，問道，「那是誰啊？

誰在樹上啊？」

「什麼？什麼？我不知道哇……」家父道。他並沒有順著伯爵手指的方向探看，反而直視伯爵的眼睛，似乎承認自己根本一清二楚。

這時，柯西謨來到他們正上方，站在樹枝分叉處，雙腿大開。

「哦。是犬子哇。對，是柯西謨。只是個孩子嘛。您看。他爬到樹上，不過是要給我們一個驚喜啦。」

「這是府上的大少爺？」

「呃，呃。我有兩個男孩，他是年紀比較大的，但只大一點而已。您也知道的，他們都還只是孩子嘛，難免貪玩……」

「他能夠這樣爬到樹枝上，實在伶俐。而且他身上還帶了武器……」

「呃，貪玩嘛……」家父拚命扯謊，羞得滿臉通紅。他只好朝樹上喊道，「你爬到樹上幹嘛？嗯？下來！快來拜見伯爵大人！」

柯西謨便脫下貓皮帽，行禮致敬。「拜見大人。」

「哈哈哈！」伯爵笑道，「妙！妙！讓他留在樹上吧！讓他留在樹上吧！男爵先生！這孩子眞會爬樹，眞聰明！」他繼續笑著。

伯爵的瘦皮猴少爺也不停笑著：「眞有意思，眞是有意思！」❶

柯西謨在樹枝分叉處坐下來，而家父則著急地扭轉伯爵的話題。家父叨絮不休，拚命轉移客人的注意力。可是每回伯爵一抬頭，就會看見我哥在樹上：我哥在樹上淸槍，在襪帶上塗油，天黑之後他便穿上法蘭絨襯衫。

「噢！看哪！他可以在樹上做任何事！這孩子眞行！好有趣！啊，我一定要在朝廷說出這孩子的趣聞！我一上朝就要說！我也要跟我的主教兒子講！我還要說給我的公主姑媽聽！」

家父快要崩潰了。此時，他心頭還有另一大患：他發現，我姐和伯爵的少爺一起失踪了！

柯西謨摸黑繞了一圈逛回來，喘著氣向大人報告：「我姐害少爺打嗝了！她害人打嗝啦！」

伯爵看來很擔心。「唉，眞是糟。我那兒子最怕打嗝了。乖孩子，去吧，再去看看發生了什麼事。快叫他們回來。」

柯西謨一溜煙地離開，待他回來時更是氣喘如牛。「他們兩人抱在一起！我姐爲了克制少爺打嗝，便打算在少爺的衣服裡丟進一隻活蜥蜴！可是少爺才不依呢！」我哥又跑回犯罪現場觀察。

這就是我家的某一個傍晚，老實說和別人家的家居生活並沒什麼差異。柯西謨也參與了家庭活動，雖然他人在樹上。唯一特殊之處是，這一夜我家有客人。之後，我哥的樹上軼聞就傳遍了全歐洲的各大宮廷，害家父羞愧得要死。但家父的羞慚並沒有什麼道理可言，因爲耶斯多馬伯爵造訪我家之後，對我家印象極佳。甚至，我姐芭蒂斯妲還因此和伯爵公子訂婚了呢。

❶法文。

10

橄欖樹的枝幹並不濃密，外形缺乏變化，然而對柯西謨而言卻是舒服方便的走道：因爲橄欖樹的樹形曲折，堅忍的樹幹上裹覆粗糙而友善的樹皮，利於攀行停駐。在無花果樹上，雖然我哥小心翼翼地讓樹枝托負身軀，他卻還是能夠靈巧活動；柯西謨站在樹傘之下，凝望枝葉網絡滲透出來的陽光，觀察逐漸成熟的綠果，嗅聞莖柄開綻的花蕾。無花果樹似乎吸收了柯西謨這個人，以樹膠的質地與黃蜂的喧聲灌注他體內；不久之後，柯西謨發現他自己就要化爲一棵無花果樹，於是他緊張兮兮抽身離去。在硬山梨樹和蘋果樹上時，他覺得身心暢快，可惜好樹無多。還有，堅果樹……有時候，我看見我哥在老堅果樹上若有所思，無窮延展的樹影彷若樓梯衆多、房間無數的迷宮。竟然有種嚮往湧至心頭；我想要效法他，與他一同住在樹上。樹之所以能夠成爲樹，在於它的氣力和堅定。樹的沉重展現出固執的脾氣，甚至它的葉片都顯示出個性。

柯西謨也在冬青樹的波動葉片間歡度快樂時光（有時我把我家庭院中的冬青樹稱爲冬青槲，大概是受到家父矯飾語言的影響）。他喜歡冬青樹容易剝落的樹皮。柯西謨聚精會神，用指頭剝下一片樹皮：他並不是希望傷害樹木，而是想要幫助樹木持久新生。他也會剝下法國梧桐的白樹皮，在上頭發現一層層經年發黃的黴菌。他也喜愛樹皮粗厚的榆樹，著迷於柔軟的嫩芽、成簇的鋸齒邊小葉片、由渦旋狀展開的細枝；不過，榆樹並不容易攀爬，因爲它的樹枝筆直上長，枝幹細、葉片密，沒有容腳之處。森林裡，柯西謨比較偏愛山毛櫸與橡樹。至於松樹呢，樹枝太密，質地太脆，松果繁多，難以負荷柯西謨的身子；栗樹的葉子、果筴、樹皮一概刺人，樹枝又過高，分明就是要迴避人類接近。

柯西謨不知不覺，對各種樹種孳生不同的好惡——或許不該說是不知不覺，而該說是有意識的。但無論如何，早在他初上樹時，對於樹木的認知就是他的一部分直覺。樹上世界是截然不同的：一片虛空中又窄又彎的樹幹橋樑交錯，樹幹上佈滿瘤結、朽皮或粗糙的刮痕，光線隨著樹葉的濃淡多寡而調整綠色的比例。空氣拂動新芽時，樹上世界爲之顫抖；樹幹在風中屈身時，樹上世界搖曳如風帆。從樹上往下看，樹下人世卻平坦無趣，一般人的肉體看來比例不勻，而且樹下的我們實在不知道樹上的男孩多知道了些什麼——我哥每次夜裡躺在樹上傾聽細胞滋生樹汁的聲音，觀察樹幹裡的年輪，細審北風下黴菌抖顫地增大面積，發現鳥雀在鳥巢中睡覺時會先振一振身子、再把腦袋安放在翅膀最柔軟的部位，他看見毛蟲醒來，他目睹蟲蛹開啓。在鄉間一片寧靜中，他的耳膜偶爾查覺一種交響樂：蛙鳴、吱叫作響、草皮上有風輕快拂掠、異物撲通落水、土石間的輕拍聲，而最爲拔尖的就是蟬鳴。所有的聲響彼此吸引交織，然而耳朵卻越來越清晰辨別聲響異同——彷彿手指將毛線團解開，每解開一碼，這一碼毛線就和其他解開的毛線交纏，其間細節越顯瑣碎難辨。此時青蛙仍然在遠處繼續鳴叫，聲浪未曾稍改，一如星辰持恆閃爍從未變異光芒。當風起風落，每一種聲響隨之調整、更新。留在耳膜深處的，就只是一種曖昧的呢喃：是海。

秋去冬來，柯西謨爲自己做了一件毛皮夾克。他採取獵得的多種動物毛皮，縫製而成：野兔、狐狸、貂鼠與臭鼬。而他頭上總是戴著那頂野貓皮帽。他也爲自己做了些羊皮馬褲，膝蓋部位是皮革。至於鞋子呢，他終於發現，最適合在樹上穿著的鞋類是拖鞋，所以他也用某種獸皮製作了一雙，大概是獾皮吧。

他就這樣抵禦寒冬。該說明的是，在那個年代，我們這裡的冬天還算溫和，從來不像現在的冬天這般嚴酷。聽說，是拿破崙將嚴冬趕出俄羅斯老家，於是嚴冬只好一路跟隨拿破崙的腳步，來到我們這裡。儘管那年頭的冬日比較可以忍受，但冬夜露宿畢竟不是太有趣的事。

爲了抵抗夜寒，柯西謨最後還是採用毛皮製成的睡袋，而放棄帳篷或小屋。他的睡袋內裡是毛皮，掛在樹枝上。只要他一爬進睡袋，睡袋外頭的世界就會消失，他在裡頭甜睡一如孩子。如果夜裡突有異聲冒出來，睡袋口就會鑽出他的皮帽、他的槍管以及他的圓眼睛。（聽說柯西謨的眼睛在夜裡會發光，就像貓咪或貓頭鷹一般。但我自己並未親眼目睹）

清晨時分，穴鳥鳥啼，此時睡袋口伸出一雙握緊的拳頭，緊接在高舉空中的雙拳鑽出的就是兩隻慢慢伸展的手臂，那張打哈欠的臉也探出來了，一肩掛著槍另一肩懸著火藥筒，最後抽出他那雙微顯外八字的腿（因爲他習慣同時以四肢攀附樹枝行進，又喜歡蹲在樹上，所以他的腿就不再筆直了）。他的腿跳出睡袋，抖擻一番；他搖搖背脊，手探到毛皮夾克下搔癢。柯西謨像玫瑰花一般警醒而新鮮，他的一日就要開始。

他來到泉邊。他在樹上坐擁一道清泉，是他自己發明的——或該說是借助大自然力量完成的。原來村中某處有一座小瀑布流瀉，迸出來的一道泉水正毗鄰一枝枚幹參天的橡樹。柯西謨在一塊數碼長的白楊木板上挖出凹槽，充當水道，將小瀑布的水流引至橡木的樹枝之間，以便供他飲水盥洗。他果眞在樹上進行盥洗喔，我親眼目睹好幾次，雖然他未必愛乾淨。他也有肥皀呢。只要他高興，他就會用肥皀洗滌麻布。他還刻意將一座浴缸搬到樹上。他在樹枝間牽掛繩索，以便懸晾衣物。

其實他在樹上什麼都做。他甚至懂得在樹上燒烤捕獲的獵物，而且不必費心下樹。他是這樣辦的：他先以打火石點燃一顆松果，然後擲向地上一處準備生火的定點（這由我負責張羅；用一些石板鋪設即可)。接著,他朝生火處投下樹枝,好讓火燒旺。他在撥火棒的握柄上接了一支長棍,以便他在樹上操控。他撥弄火苗,務必讓焰火得以觸及樹枝間垂下的烤肉叉。他小心翼翼,以免失誤引發森林火災。生火地點刻意安排在橡樹下,與瀑布毗近,以便萬一出事時可以輕易引水救火。

他在樹上吃得頗好,所以我家再也不必從屋裡端出食物送上去給他:有時他吃獵物,有時他和農民交易水果蔬菜。有一天,我們甚至聽說柯西謨每天早上都有鮮奶可飲——原來他和一頭山羊結爲好友。那頭羊可以爬到橄欖樹比較容易應付的枝椏上,約莫離地一兩呎的高度。其實山羊的爬樹技術並不高明,只懂得將兩隻後蹄翹高;柯西謨要爬到低處的枝椏上,把羊奶擠入桶內,再拿來飲用。他和一隻母鷄也有著類似的情誼:那隻紅色的鷄是帕度亞品種,算是生蛋專家。他爲紅鷄在樹洞裡安置了一個秘密巢穴,每隔一日他就可以取得一隻鷄蛋。他在蛋殼上戳出兩個小洞,然後一口氣吸乾蛋液。

還有一個問題:他該如何方便呢?起初,他人在何處,就在哪裡方便,反正世界很大嘛。但他慢慢覺得太放肆了。於是,他在一條名爲梅當索河的激流旁,相中一棵赤楊樹。此處位置適宜而隱僻,樹上枝椏也便於柯西謨安坐。梅當索河是條幽暗的激流,竹影交錯遮掩,水流急促,附近的村莊都將廚餘排進河裡。就這樣,皮歐伐斯哥·迪·隆多的大少爺仍然過著斯文的生活,未嘗粗魯對待芳鄰以及他自己。

*

不過他的狩獵生活仍然有所欠缺：他需要獵犬。獵犬的差事便落到我頭上來。我投身於荊棘矮樹間，搜尋方才從高空射落的畫眉、沙雛鳥或鵪鶉。我也要提防野狼接近：牠們夜巡之餘，棲身樹叢裡，卻將長尾巴露在外頭。可惜我並不能夠經常陪他從事林間活動：我要上神父的課、要溫書、參加彌撒、陪家父家母用餐，所以我不能頻繁參與狩獵壯舉。家庭生活中的千百種瑣事總是讓我掛心。我心底總有一句話揮之不去：「一個家庭裡只消出現一名逆子，就夠受了。」這句話有些道理，並且影響我一輩子。

所以柯西謨經常獨自打獵。爲了從樹上撿拾獵物（除非偶有一隻夜鶯在跌落時，乾褐的翅膀卡在樹枝上，不至墜地，如此他才不必費心撿拾），柯西謨動用了釣具、釣桿、釣魚線、魚鉤等等。但他未必能夠成功釣起獵物——於是，有時山鷸的屍體只得棄置溪谷，任憑黑壓壓的螞蟻呑噬。

我們聊到獵狗。當時柯西謨所進行的打獵行動，只不過是趴在樹枝上的晨昏遊戲：他靜候畫眉鳥停駐在視野可及的枝頭上，期待野兔現身於曠野。如果沒有這等好機會，他就只好慌亂晃蕩，應和鳥雀的歌吟，推敲動物留下的足跡。當他聽見奔跑的野兔或狐狸身後傳來獵犬咆哮時，他就知道自己該識相迴避了：他身爲一名孤獨的業餘獵戶，根本碰不得這種獵物。他尊重狩獵規則。他在制高點觀測其他獵人所追逐的獵物時，他不會自行舉槍，以免佔了別人便宜。他等候獵人喘氣跑到自己面前。他看見對方耳朵翹起，視線模糊，然後他便向對方指點獵物的逃逸方向。

有一天，他看見一頭亡命的狐狸：綠草間一抹紅色閃動，鬚毛直豎，唾液滴流。狐狸穿過草原，鑽進矮樹，然後消失。後頭傳來「嗚噢嗚噢嗚噢哇！」的吼聲，原來獵犬追上來了。

牠們快步跑來，鼻頭湊近地面，再次發現狐狸的氣味從自己的鼻孔中消逝。於是牠們連忙尋找正確的搜索方向。

牠們跑遠之後，一陣「唔咿！唔咿！」的咆叫畫過草叢。一隻動物跳了出來，七分像魚三分像狗，簡直算是一隻海豚。牠在草上游走，一面嗅個不停。和大獵犬相較，這傢伙的鼻子更尖，耳朵垂得更低。從牠身後來看，牠像是一隻魚，靠著魚鰭或蹼足驅動身體，沒有腿，體型很長。牠走到草皮上。原來是隻臘腸狗呀。

想來牠本來是和方才那群獵犬在一起的，未料落後了。牠還很年幼，幾乎算是幼犬。這時原來那批獵犬的吼聲已改，顯然牠們正因爲找不到狐狸而惱怒著。牠們原本整齊的隊形散開，各自在曠野間嗅聞不停。牠們缺乏耐心，所以更找不到脫逃的獵物，以致徒勞無功。牠們幹勁全失，其中有幾隻還逮住機會，湊到石頭邊，舉腿方便起來。

小臘腸狗喘氣不停，直跑向前，鼻頭高舉，一副無法無天的倨傲狀。牠來到柯西謨面前。牠還是那副不可一世的高姿態，巧妙吼出一聲，「唔咿呀！唔咿呀！」

獵犬們也隨即回哮一聲「噢唔！」牠們暫時放下搜索狐狸的重任，反而走向小臘腸，張嘴作勢要咬牠。「哽——！」但牠們馬上覺得無趣，又跑開了。

柯西謨密切注意臘腸狗的動向：牠胡亂跑動。小狗的鼻頭晃來晃去，一見樹上的男孩便猛搖尾巴。柯西謨深信，狐狸一定還躲在附近。獵犬在遠處四散，在這邊的斜坡上還可以間歇聽見牠們支離破碎而有勇無謀的咆哮。隱約可以查覺獵人吆喝犬隻的嗓音。柯西謨對臘腸狗說：「去吧！去吧！看啊！」

小狗仔馬上努力嗅聞，不時抬頭凝望樹上的男孩。「去啊，去啊！」

小狗不知跑到哪裡了。他只聽見樹叢裡一陣衝撞聲——突然，又是一陣呼喊：「噢嗚噢嗚噢嗚哇！咿嗳！咿唉咿唉！」小狗發現狐狸啦！

柯西謨看見狐狸奔入曠野。但他可以對狐狸開火嗎？這隻狐狸可是被別人的獵犬發現的哪。柯西謨不敢輕舉妄動，沒有開槍。而小狗的嘴巴卻舉高朝向他。狗就是會有這種表情：牠們一副不懂事的模樣，一副不確定自己是否應該懂事的模樣。牠又垂下鼻頭，追逐狐狸。

「咿哎！咿哎！咿哎！」狐狸繞了一圈回來。看，牠回來了。那麼柯西謨可以對牠開火嗎？他不能夠。臘腸狗轉過頭來，以悲傷的眼神看著柯西謨。牠不再吠了，舌頭垂得比耳朵還低，牠累了。但牠仍然跑個不停。

臘腸狗居然找出狐狸，這讓獵犬和獵人都驚呆了。有一名手持沉重火線槍的老人跑過來。「嘿，」柯西謨喊道，「那隻臘腸狗是你的嗎？」

「要死了你！」老人回喊：他一定累壞了。「你以爲我像那種以臘腸狗充當獵犬的傻子嗎？」

「那麼，臘腸狗發現的獵物就不屬於你囉，我可以對牠開火吧！」柯西謨宣布著。他才不想犯錯。

「隨便你要對啥開火，不管俺事。」老人匆匆離去。

臘腸狗又將狐狸趕回柯西謨所在的樹枝下方。柯西謨對狐狸開火，一發即中。臘腸狗成爲他的獵犬了：柯西謨把牠叫做「歐弟謨·馬西謨」。

歐弟謨·馬西謨是沒人養的狗。牠加入獵犬的行列，只是因爲年輕氣盛。但牠是打從哪裡來的呢？爲了多了解小狗的來處，柯西謨便讓牠帶路。

臘腸狗的肚皮垂到地面上磨擦，跨過樹籬走出溝渠。牠記得回頭看看樹上的男孩是否跟得上自己的腳步。小狗的路徑非常特殊，所以柯西謨一時間也不知道自己將往何處去。但他慢慢了悟，心頭也怦然狂跳：他正朝向翁達麗華的庭院前進。

別墅關上大門，百葉窗也都一一拉下。只有三角窗上的一扇百葉窗沒有完全掩起，猶在風中翻打。與其說他們家的庭院是一座森林，不如說是另個奇異世界。歐弟謨·馬西謨歡天喜地穿越野草蔓長的花徑以及矮樹叢生的花床，一面跑著一面追逐蝴蝶，彷彿回到家似的。

小狗鑽入樹叢，跑回來的時候嘴裡叼了一只緞帶。柯西謨的心又猛跳一下。「歐弟謨·馬西謨，這是什麼？耶？這是誰的？告訴我！」

歐弟謨·馬西謨搖了搖尾巴。

「把緞帶交給我！歐弟謨·馬西謨！」

柯西謨爬至比較低矮的樹枝上，從小狗口中取出褪色的緞帶——這一定是薇奧拉用過的髮帶，小狗以前一定是薇奧拉所擁有，只不過給這個家族遺忘了。其實，柯西謨記得自己曾在去夏見過這隻小狗仔：那時牠還是個娃娃，躺在金髮女孩懷中的籃子裡，骨碌碌的眼珠子朝籃子外頭看。或許當時牠就是別人用來送給女孩的禮物吧。

「快找，歐弟謨·馬西謨！」獵腸犬又投身於竹叢中。之後，牠又咬了些女孩的紀念品回來：一條跳繩，一支殘缺的老鷹羽毛，一把扇子。

我哥爬到庭院中最高聳的一棵樹上，拿出佩劍，在樹幹頂端刻下一些字：他刻了「薇奧拉&柯西謨」，然後在兩人名字下又刻了「歐弟謨·馬西謨」。他想，雖然他為小狗新取了一個名字，女孩還是會開心的。

從此之後，每回我們看見樹上的男孩，大致就可以推知他在尋找臘腸狗。歐弟謨·馬西謨跑步的時候，肚皮貼著地面。小謨教導小狗學習各種獵狗該懂的口令，之後他們在林中狩獵時總是形影不離。小狗爲了把獵物交給小謨，便儘可能將前腳抬高，搭在樹幹上；柯西謨則爬到低處，從小狗口中取得野兔或松雞，然後再摸摸狗頭以示鼓勵。這些就是他們的親密，他們的戰利品。樹上的人和地上的狗之間維持一種持續的對話：他彈舌或彈指示意，而牠發出單音節的吠叫，可以彼此了解。狗依賴人，人需要狗，人狗彼此忠誠。雖然他們哥倆好和世界上的其他人類狗類大不相同，但他們自認爲是一對快樂的人狗好兄弟。

11

在柯西謨青春期的那段歲月，有好一段時間他的生活重點就是狩獵。他也在樹上釣魚：他將釣線垂入激流，等候鰻魚和鱒魚上鉤。有時，他看似發展出不同於常人的本能與知覺，彷彿他親手製成衣物的毛皮應和了他性格的大幅改變。當然因爲他長久與樹皮爲伍，他的眼睛已經習於覺察葉片、鬚毛、鱗苞的細微嬗變。他也發現樹上世界的不同色澤層次，細審各種綠色一如異地血液一般流過葉片經脈。他新認識的生命形式和人類越來越無瓜葛，諸如草莖、鳥嘴、魚鰓之類。他深深浸潤於野生動物的天地，也因此重新塑造他自己的心靈。他越來越不像人類。不過，雖然他從動植物身上習得繁多非人的屬性，對我來說，他仍然與我們同在。

*

不知不覺，他發現自己原有的習慣越來越疏遠，最後根本徹底放棄：比如，他本來都會參加翁勃薩教堂的莊嚴彌撒。在樹上的前幾個月，他都維持了參與宗教儀式的好習慣。每逢禮拜天，我們全家人都會正式打扮一番：走出家門時，我們看見樹上的柯西謨也已經盡心穿上正式服飾：他穿回舊袍子，戴上三角帽（而非皮帽）。我們一家人朝往教堂走去，而他在樹間跳躍，企圖跟上我們。我們來到教堂大門，看見翁勃薩的人們都盯著我們瞧（不久家父也開始習慣外人的目光，不再覺得尷尬）。我們步伐拘謹慎重，而他猶在樹間奔跑——在冬天，樹上葉片落盡，此情此景就更加詭異。

我們步入教堂，坐進我家專屬的座位，而我哥仍然留在外頭。最側邊的走道上方高處，有好大一扇窗戶，而我哥就跪在窗外的冬青槲樹枝上。我們坐在座位上，可以看見窗外樹影，以及樹枝間的柯西謨：他持帽撫胸，腦袋瓜垂下。家父和一位神職人員達成協議，決定在星期天的時候微啓窗戶，好讓樹上的我哥也得以參與彌撒。不過，一段時日之後，我們再也沒有在教堂看過他了。於是他們將窗戶關緊，以免冷風灌入。

＊

以前柯西謨在乎過許多事，但後來他卻處之淡然。春天一到，我姐就訂婚了——一年之前，誰會想像得到這回事呢？耶斯多馬伯爵及夫人及少爺再次光臨，我家舉行盛大慶祝。我家的每個房間都點亮了，地方士紳全都邀來了，眾人載歌載舞。那麼，在一片歡聲中，有人記得柯西謨的存在嗎？呃，我們當然也想到他，我們每個人都惦念他。我不時望向窗外，探看他來了沒有：家父鬱鬱寡歡，雖然家中正在舉行盛宴，他的心思卻全飄向那個被逐出筵席的孽子；女將軍統管整場宴會，彷彿閱兵，但她只不過是藉著工作來轉移注意力，不讓自己太為我哥操煩。芭蒂斯妲周旋於賓客之間，換下修女裝之後的她彷彿變了一個人，頭戴看似杏仁糖的假髮，身穿本地設計師為她製作的珊瑚篷裙——我發誓，就連我姐也想著他。

其實我哥在場，只不過不讓人看見他。這是我後來才聽說的。他站在法國梧桐樹頂，置身於黑暗與冷風中，凝望燈火通明的窗戶、他所熟悉的房間、張燈結綵的晚宴、假髮飛舞的賓客。到底有些什麼樣的思緒在他心頭閃過？他可有一些悔意？他有沒有想過，從他的位置回歸我們的世界，只需要輕巧的一步而已，不費吹灰之力？我不知道樹上的他想些什麼，要些什麼。我只曉得他全程旁觀晚宴的進行，甚至眷戀不去——直到最後一盞燭台熄滅，最後一張窗戶暗去。

所以，柯西謨仍然和我家維持關係，不論這關係是好是壞。甚至，他和我家的其中一份子更加親密了：我們的騎士叔叔。以往，我哥對他的認識根本不多。騎士是個形象曖昧、行為隱晦的小男人，沒有人摸得清他所作所為、身置何處。但小謨卻發現騎士叔叔是家裡頭嗜好最多的一個人，而且還或多或少懂得各個領域的一招半式。

有時在最燥熱的午後騎士叔叔也戴著土耳其帽出門，長袍在地下拖曳，從人們的視線中消失，彷彿他被吸入地下、田裡或牆石間的隙縫中。就連柯西謨也會摸不著騎士叔叔的去向，雖然柯西謨總是四處眺望，藉此打發時間（或許這並不算殺時間的方式，反而成爲他的生活常態：他的視線必須夠高夠遠，才能夠收攬一切！）有時，柯西謨會試著在樹間跑跳，奔向騎士老頭消失的地點，卻總不免徒勞。不過，值得注意的是，騎士消失的地方總會出現一群飛舞的蜜蜂，彷彿留下某種記號。後來，柯西謨終於斷定：騎士的行踪與蜜蜂相關——如果想要找出騎士在哪裡，就要追踪蜜蜂的去處。不過，柯西謨要從何處找起？每一株開花的植物前方，都有幾隻鳴叫不止的蜜蜂啊。但柯西謨並不理會這些零星次要的線索；他尋索難以辨識的蜜蜂路徑，越往前走發現蜂群越加密集——最後他發現，樹叢後頭昇起黑煙一般的烏雲。原來，樹後遍是蜂巢天地：在一張桌子上，蜂巢逐一密接，排成行列。騎士貫注心神守著這些蜂巢，蜜蜂圍著他嗡嗡繞飛。

養蜂，其實是我叔叔的秘密活動之一。說是秘密，卻也不完全——他自己不時會從蜂巢採下一片蜜光閃爍的蜂房，帶到餐桌上。不過，他的養蜂產業設置於我家的領地之外——顯然他不希望家人知道他在哪裡養蜂。爲什麼他不讓人知道？可能因爲他行事謹愼，不想讓他私人產業的收益流入家族帳戶充公（但騎士並不是個小器鬼，而且他的養蜂規模不大，蜂蜜和蜂蠟的利潤恐怕也不多啊？）；也可能，他是想要迴避他那男爵哥哥翹起鼻尖的說教姿態吧；或者，他想區隔他難得扮演的可喜角色（如，養蜂人）

和他經常示人的無聊面目（如，大管家）。

總之，事實上，家父根本不准騎士叔叔在住宅附近養殖蜜蜂——家父對於蜂針抱持莫名的恐懼。如果家父不巧在院子裡撞見一隻蜜蜂或黃蜂，他就會在花徑之間狂奔，一臉可笑神情，手指插進假髮裡，彷彿有什麼老鷹要啄他的腦袋而他只好拚命自衛。有一回，見了蜜蜂的他又開始瘋狂逃難，慌亂間他的假髮滑落了——這個意外糗事驚動了蜜蜂，於是蜜蜂就撲到家父的腦袋上頭，往他的光頭扎針！結果，此後三天，家父都要以浸醋的布片來治療他的光頭。像家父這種人啊，面對正事的時候總是驕傲強硬，但一遇上輕傷或粉刺就會大驚小怪。

騎士叔叔的蜂窩遍布翁勃薩地區的山谷，許多地主出借零星土地，讓他養幾個蜂窩；叔叔回送那些地主蜂蜜，以示回報。叔叔在不同蜂窩之間巡視。他把手伸進蜂窩裡工作，他的手彷彿化為蜜蜂的觸鬚；為了避免被螫，他穿戴黑色長手套。除了戴著土耳其帽，叔叔也戴上黑色面紗——不過，面紗要不是黏在他臉上，就是在呼吸的時候不時飄開，處理起來很麻煩。他手裡經常握著一種會冒煙的工具，於是他便可以藉此驅蟲，好讓他整理蜂房。叔叔的養蜂事業，蜂鳴，面紗，驅蟲煙——這一切在柯西謨眼中看來，均別具意義。我哥認為叔叔是在施行一場魔法儀式，以便讓他自己消失、讓他為人遺忘、消散在空氣之間，並且得以在異地重生。可是我叔叔實在算不上是魔法師，他總是留在施法現場，有時還啃著他那被蜂螫了的拇指，從未消失不見。

＊

春天來了。一日清晨，柯西謨發現空氣中有種他沒聽過的聲響嗡嗡震動，噪音甚至不時增強成為聲聲怒吼。空中出現冰雹似的、密集如窗帘的異物，卻沒有像冰雹一般地下墜，反而依水平線延展、轉彎、緩慢繞圈，然後凝成更為密集的圓柱。原來是一大群蜜蜂！周遭一片綠蔭，鳥語花香，日頭正艷。柯西謨不知為何，心頭湧起某種狂暴野蠻的衝動：「騎士叔叔！蜜蜂逃走啦！全溜光啦！」他一面吶喊著，一面在樹間奔跑、尋找騎士。

「蜜蜂並沒有逃掉。牠們在聚會。」騎士出聲說道。柯西謨看見叔叔像個蘑菇似地在樹下往上跳，作出手勢，要柯西謨保持安靜。突然間，這老頭卻又跑開了，消失無踪。他會去了哪裡？

正值蜜蜂聚會的時節。在老舊蜂巢外，一群蜜蜂跟在女王蜂身後。柯西謨四下張望。這時騎士叔叔又出現了：他從廚房走出，手裡拿著湯鍋和調羹。他以調羹在湯鍋上猛敲，發出巨大響聲，足以震動耳膜，持久不退。噪音刺耳，所以柯西謨也想掩起耳朵來了。騎士叔叔跟在蜂群後面，每走三步就猛敲狂打一番。巨聲每一響起，蜂群似乎就遭受驚嚇，突然急降飛行的高度，轉個彎，嗚叫聲也低暗下來，飛行路線變得飄忽不定。柯西謨在樹上沒有看得很清楚，不過他覺得蜂群似乎朝往村中某個定點聚集，騎士仍然不停敲打鍋子。

「騎士，怎麼回事？你在做什麼？」我哥靠近他，詢問著。

「快！」對方噓聲說道，「快去蜂群聚集的那棵樹上。可是小心啊，不要輕舉妄動，等我過去！」蜂群飛往石榴樹。柯西謨爬到石榴樹的時候，卻沒有看到什麼蜜蜂呀——原來，樹枝懸垂的大串水果其實都是群集的蜜蜂！聚合的蜜蜂越來越多，所以這串「果實」也越顯碩大。

柯西謨站在石榴樹頂，屏住呼吸。在他身子下方，蜜蜂凝聚成球，聚得越大反而就越顯得輕盈——彷彿這串果實是由一根繩線懸垂下來，甚至只是由一隻年老女王蜂的爪子所支撐著。這群蜜蜂質地輕薄，鼓動的翅膀閃爍清澄的灰，翅膀下顯現黃黑相間的蟲腹。

騎士跳到樹腰，手裡端著大湯鍋。他把鍋子舉到蜂群的正下方。「喂，」他悄聲對柯西謨道，「輕搖這棵樹一下。」

柯西謨輕緩搖晃這棵石榴樹。結果，群蜂簡直像一片落葉似地下墜，跌入湯鍋裡，而騎士隨即掩上鍋蓋。「全逮著了。」

*

所以柯西謨和騎士叔叔之間便孳生出某種默契。他們兩人的合作關係甚至可以稱作「友誼」——雖然他們兩人均孤僻乖戾，似乎不大可能會有什麼「友誼」存在。

後來我哥和騎士叔叔終於一起聊到水利工程的話題。聽起來似乎很怪：住在樹上的人，怎麼能夠運用水井和運河呢？不過，我之前說過，柯西謨曾經利用白楊木板的凹槽將瀑布水源引至橡樹上頭，形成空中之泉。至於騎士叔叔呢，雖然行事神秘，但顯然他很細心注意翁勃薩地區的一切水利建設。有一回，叔叔站在瀑布上方，藏身於水蠟樹叢之後，偷看柯西謨在幹什麼：柯西謨從橡樹樹枝之間抽出導水管（他不用導水管的時候，就把它藏在樹枝間。原始人有一種傾向：他們習於藏匿任何物件──而這也變成柯西謨的習慣了），把導水管的一端架在樹枝分叉處，並將另一端插進泉石之間。然後，他開始飲水。

騎士叔叔一看見此情此景，他的腦袋就快活得要飛起來一般。他難得沉醉於狂喜之中哩。騎士從樹叢之中跳出，拊掌叫好，跳得老高，彷彿有繩索吊起他一般。他撥起水花，幾乎跳進瀑布，甚至就要跌到懸崖之外。然後，他對男孩說出心裡的點子。不幸，他的點子很曖昧，他的解說又很含糊──騎士說著方言（是因爲謙遜而不是因爲他不懂正規語言），但他不時會不知不覺而又興奮莫名地改用土耳其語。所以他的話根本讓人難以理解。

簡單地說，騎士想要製造懸吊的導水管。他要將水道架設在樹枝上，直抵山谷對面的荒涼坡地，並加以灌溉。柯西謨立刻贊同了這個計畫，還提出改進建議：他說，不妨在空的樹幹上鑿出一些孔，灌水進去，便可以灑出水花，便於灌漑。我哥這麼一說，騎士便更亢奮了。

他衝回書房，寫出一頁頁密密麻麻的工作計畫。柯西謨也參與研究，因爲只要是在樹上進行的工作都討他歡心。他也覺得，樹上工程可以更加增添他在樹上的地位和權威。於是，騎士對我哥而言成了一位意外獲得的好夥伴。他們兩人常在較低矮的樹上開會。騎士利用三角形的梯子爬到樹上，手裡還滿滿抱著一卷卷的施工圖。他們花上好幾個時辰，討論越來越加繁複的工程細節。

不過他們卻一直沒有步入實踐的階段。騎士叔叔對這個計畫逐漸感到厭倦，他與柯西謨的開會次數越來越少，過了一星期之後他根本把這件事給忘了。柯西謨卻不在乎；他馬上就發現這個計畫會是他這一輩子極其複雜累人的工程，沒有其他意義，所以不想也吧。

在水利學的領域裡，我叔叔顯然應該交出更漂亮的成績單。他有天份，思路的曲折程度足以應付這門知識；可惜他實踐計畫的能力薄弱。他不斷浪費時間，結果手上的每項計畫均告無疾而終——就像運河裡的流水歷經蜿蜒之後，就被吸水的泥土阻隔去路了。或許他適合獨自做事，而不宜與人合作。看，他可以大費周章自行養蜂，而且幾乎是偷偷摸摸地，在養蜂過程中完全不和別人協調——結果，他可以不時端出一份蜂房獻給大家，雖然沒有人要求過他。然而，他在處理灌漑計畫時，就必須考量他人的利益，遵守男爵或合夥人的意見和命令，而他根本應付不來。他生性怯懦而且優柔寡斷，無法違抗他人的旨意──而他的因應之道，就是丟開工作，逃之夭夭。

我們經常看見他人在田裡，與一夥工人在一起。工人們扛著木樁和鏟子，而騎士叔叔帶了量尺和捲成筒狀的地圖。他施發號令，指示工人挖出渠道。他以自己的步伐丈量土地──他的步伐短小，想來會把土地丈量得特別大。他要求工人在這裡挖一下，在那邊掘一點，然後宣布暫停，接著又開始丈量土地。天色一黑，工作只好停下來。結果，在第二天的時候，他就很不甘願回到前一天留下工作未完的地點。接下來的一個星期，沒有人知道騎士到了哪裡去。他對水利學的熱情，就是期待、衝動和渴望罷了。他的心裡頭，仍然惦記著土耳其蘇丹那片灌溉良好的甜美土地；他一定曾在那片土地上度過美好時光；他生命中唯一快樂的日子。他不斷拿翁勃薩的鄉間土地與北非、土耳其的諸多花園相互比較──他好想要改良翁勃薩的土地，想讓記憶中的風景重現。身為水利專家，他殫精竭慮試圖改變現況，然而他不斷發現現實與記憶的巨大差異，於是只好持續失望下去。

他也利用水進行占卜。但他的神秘行為並未公開，因為在那年頭怪異的占卜術仍被認為是邪門歪道。有一次，柯西謨發現騎士一個人在田裡旋轉身體，手裡握著一根分叉的棒子。這大概又是一項實驗吧！不過沒有什麼特別的結果發生。

騎士這個人的個性，對柯西謨來說是一大啓示。我哥因而更加理解什麼是所謂的孤獨，而這樣的認知有助於我哥面對他接下來的一生。應該這麼說：我哥始終未曾忘記騎士叔叔的奇異形象，從他身上得到某種警示——離群索居的人，不會有什麼好下場。所以，我哥發願，永遠不要像叔叔一樣。

12

有時，柯西謨會被深夜裡的呼喊驚醒：「救人啊！土匪啊！快呀！」

他匆匆忙忙爬過群樹，來到發出呼號的地點。原來是某戶農舍。半裸的居民站在屋外，撕扯頭髮。

「救命啊，救命！吉安・德・布魯吉剛剛來過，把我們的農作物收成全都搶走了！」

百姓越聚越多。

「吉安・德・布魯吉？是他嗎？你看到他了？」

「是的，沒錯，就是他！他臉戴面具，手握長槍，身後領了兩個假面人，還使喚他們作案！就是吉安・德・布魯吉！」

「他人呢？他去了哪裡？」

「喔？想抓吉安・德・布魯吉呀？這時候，任何地方他都可能去！」

有時候，呼救聲可能來自路上遭遇搶匪的行人，他們恐怕丟了馬匹、皮包、衣物和行李。「救命！強盜！吉安·德·布魯吉啦！」

「他從哪條路逃走？告訴我！」

「他是從這兒跳出去的！他一身黑，留了鬍鬚，手裡的毛瑟槍隨時都會開火！眞慶幸我還活著！」

「快啊！去捉他吧！他走了哪一條路？」

「那一條——不，大概是這一條——他像一陣風似地溜走了！」

柯西謨決定密切注意吉安·德·布魯吉的行踪。他走遍林中每個角落，追踪野兔和鳥雀的去向，向他的臘腸狗吆喝著：「快！去吧！歐弟謨·馬西謨！」他很希望能夠找出那土匪本人——倒不是要對他說什麼、做什麼，而是想親眼看看這著名盜賊的眞面目。但就算柯西謨徹夜巡索，也從來不曾成功找出土匪的踪影。「今晚他大概不會出來了吧？」柯西謨自我安慰道。不過，在翌日早晨，在山谷的其中一側，卻總有幾群百姓聚在門前或路口，討論夜裡發生的最新搶案。柯西謨連忙湊身過去，屏氣凝神，聆聽村民說法。

「你一直待在樹上，」有人對小謨說，「難道你眞的沒有見吉安·德·布魯吉嗎？」

柯西謨覺得很丟臉。「呃……沒有吧……」

「這孩子怎麼可能見過那土匪呢？」另一個人道，「吉安·德·布魯吉擁有秘密藏身之處，沒人找得到，而且，也沒有半個人知道他平常的行動路線！」

「官府重金懸賞，要的是他的腦袋。有誰能夠捉住吉安・德・布魯吉，就一輩子吃穿不盡了！」

「是啊，沒錯！只不過，清楚吉安下落的人，也都是犯下重案的不法之徒；如果他們敢向官府告狀，他們自己恐怕也要走上死刑台啦！」

「吉安・德・布魯吉……吉安・德・布魯吉……不過你果眞相信這些案子都是他犯下的嗎？」

「當然囉。他要爲這一切負責。就算他逃得掉一百件案子，他還是要爲第一百零一件送死！」

「他在沿岸的每一座森林橫行！」

「他甚至在年輕的時候，殺死他那一幫派的領袖！」

「那些土匪將他放逐了！」

「所以他才躲到我們這裡來！」

「因爲我們這些人好欺負嘛！」

柯西謨不時和燒木炭的工人們聊天，討論最新的案情。在森林紮營居住的人當中，那時有好一大群衣衫襤褸的流浪者：如，補鍋匠、以稻草修補椅子的工人、撿破爛的商人、在早上探戡地形以便在夜裡進行打劫的歹徒……如是等等。森林不但是一座工作坊，也成爲秘密避難所，供人藏匿不義之財。

「你知道嗎?昨晚吉安・德・布魯吉攻擊了一輛馬車哪!」
「喔,眞的嗎?呃,說不定……」
「知道他怎樣讓拉車的馬匹停下來嗎?他抓住馬兒的韁繩呢!」
「噢?大概那些馬匹是蚱蜢假扮的吧?或者是有人裝作吉安的模樣?」
「你怎麼搞的啊你?你不相信是吉安下手嗎?」
「呵呵……」
柯西謨聽見百姓這般談論吉安・德・布魯吉,摸不淸他們的心態究竟是什麼。他在林中遊走,來到一群吉普賽人的據點。
「告訴我,你認爲昨晚馬車搶案是不是吉安・德・布魯吉幹的呢?」
「每件案子只要一成功,就會算到吉安・德・布魯吉的頭上。你不曉得嗎?」其中一位吉普賽人道。
「只要一成功,就算他犯的?爲什麼?」小謨問。
「案子功敗垂成,就更是吉安・德・布魯吉所犯下的啊!」對方答。
「呵呵,那蠢蛋!」另一名吉普賽人說。
柯西謨完全聽不懂。「你是說,吉安・德・布魯吉是個蠢蛋?」

吉普賽人連忙改變語氣。「不，不，當然不。他是個大土匪，人人都怕的！」

「你們親眼看過他嗎？」

「我們？哪有人見過他啊！」

「可是你們怎麼確定他真的存在？」

「你說什麼啊！他存在嗎？呀，就算他不存在……」

「就算他不存在？」

「——那也無所謂。哈哈哈！」

「不過每個人都說……」

「當然囉，每個人都會說：吉安・德・布魯吉到處偷搶，是個可怕的土匪！我們倒要看看有誰懷疑這回事！」

「喂，你啊，孩子，你相信吉安的故事吧，嗯？」

柯西謨這才發現，在谷底、在森林深處的百姓，對於吉安的看法大不相同。他們未必懼怕吉安，反而加以懷疑，甚至公然加以嘲笑。

所以柯西謨不再盼望能夠見到大土匪了。他發覺，眞正的行家根本不在乎吉安這一號人物。結果柯西謨還是遇上了他。

*

一日午後，柯西謨在核果樹上讀書。他近來興致盎然，用功讀書，花一整天握槍獵鳥這回事，已經讓他覺得厭倦。

嗯，他正在讀樂沙吉的《吉勒・布拉斯》❶。他一手握書，一手持槍。小狗歐弟謨・馬西謨並不高興主人一讀書就冷落牠，於是便四處繞圈跑著，想找機會來惹麻煩，以便吸引主人的注意。比如說，小狗仔會朝向蝴蝶吠個不停，希望誘引主人朝向蝴蝶開槍。

這時，山路上出現一名男子：他喘氣狂奔，留著鬍子，衣衫破爛，手無寸鐵。有兩名警官揮舞軍刀，追趕著他，並大聲叫嚷：「攔住他！攔住他！那是吉安・德・布魯吉啊！我們終於逮住他啦！」

土匪好不容易拉開他和警官的距離，可惜他的行動拙笨，好像是因爲擔心認錯路還是掉入陷阱吧，所以警官不久又跟上來了。柯西謨所在的核果樹並不便於讓別人攀爬，不過他在樹枝上備有一條繩索——柯西謨經常隨身攜帶繩索，以備不時之需。柯西謨將繩索的一端繫在樹枝上，另一端則垂到地面。樹下的土匪一見繩頭垂到自己的鼻子上，便連忙抓住往上爬。看來這土匪是那種個性衝動而又猶豫不決的人，總是不懂得在最適當的時機做出最明確的決定，不過又總是可以歪打正著。

兩名警官也趕過來了。繩索已經抽回樹上，吉安和柯西謨並肩坐在核果樹的枝葉間。警官繼續往前跑，發現小路分叉爲兩條。兩名警官各走一條，再次碰頭時卻一無所獲。然後他們撞見四下嗅聞的歐弟謨・馬西謨。

「嘿，」其中一名警官對另一名說，「那隻狗不是男爵少爺的嗎？總是爬在樹上的那位少爺？如果他就在附近，他大概就可以告訴我們他在樹上看見了什麼。」

「我在這裡！」柯西謨喊道。不過這時他人不在核果樹上（土匪則藏身於此），卻跳上一棵栗子樹。他的動作靈快，警官馬上抬頭望著柯西謨的行進方向，而沒有環顧其他樹木。

「日安，少爺。」警官齊道。「您是否見到那名土匪，吉安・德・布魯吉？」

「我不知道你們說的人是誰。」柯西謨答道，「不過如果你們在找一位矮小的男人，那就是他了。他選了靠河的那條路，溜掉了。」

「矮小的男人？他的塊頭很大呢，人人都怕他……」

「嗯，可是我在樹上往下看，再高大的人看起來也很渺小。」

「少爺，謝謝！」於是他們便朝向河流奔去。

柯西謨回到核果樹，繼續讀他的《吉勒・布拉斯》。吉安・德・布魯吉仍然抱緊樹枝不放，他的臉色蒼白，紅髮狼狽，鬍子零亂而且還沾滿枯葉、栗殼以及松針。他用一雙又圓滾又驚惶的綠眼珠盯著柯西謨看——他長得可眞醜！

「他們走了嗎？」土匪硬著頭皮問道。

「是啊，是啊。」柯西謨和善答道，「你就是土匪吉安・德・布魯吉啊？」

「你怎麼知道我的？」

「喔，久仰大名哪。」

「你是不是那個永遠不肯從樹上下來的傢伙？」

「是的。你怎麼知道哩？」

「嘿，久仰久仰，彼此彼此！」

他們禮貌地注視對方；像是兩名可敬的人士碰巧相遇，很高興地發現對方認得自己的名字。

柯西謨不知該多說什麼，只好繼續低頭看書。

「你在讀什麼？」

「樂沙吉的《吉勒・布拉斯》。」

「好書嗎？」

「呃，是啊。」

「你還要讀很久嗎？」

「嗯？我還要再讀二十頁吧。」

「你讀完這本書之後，我想請你借我。」他微笑著，很困窘地。「你知道嗎，我成天逃難，不知該如何打發獨處的時光。如果我偶爾有書可看，就好多了。有一回，我搶了一輛馬車，車裡財物不多，只有一本書。於是我搶走那本書。我隨身帶著那本書，把它塞到外套裡藏著。為了那本書，我可以放開其他的戰利品。夜裡，我點了燈籠，開始讀書——啊，那本書是拉丁文寫成的！我根本讀不懂！……」他搖搖頭，「你知道嗎，我並不懂拉丁文……」

「噢，拉丁文啊，的確很難。」柯西謨不禁以體貼的語氣說道，「我手上這本是法文寫成的……」

「法文、土斯坎文、普羅旺斯文、西班牙文，我都懂得！」吉安・德・布魯吉道。「我還懂一些加塔隆語：『日安！晚安！這是一片怒海狂濤！』」❷

半小時後，柯西謨把書看完，便將書借給吉安。

於是我哥和土匪之間便培養出某種友誼。每當土匪吉安看完一本書，他便立刻還書給我哥，而我哥也會再借書給他。土匪拿了書便匆匆躲進他的秘密巢穴，專心讀書。

本來，我經常從我家的圖書館取書拿給柯西謨；他一看完，便會把書交還給我。後來，他借書的期限拉長了；他每讀完一本書，就轉借給吉安。結果，當書本回到我手上時，封面往往變得髒污，留下水漬和蝸牛爬痕——可以想見土匪的閱讀環境是何種德性。

柯西謨和吉安會約定時間在樹上碰面。吉安換得書本便匆匆離開；警方一直在林中搜查，不得不防。他們兩人的碰面，對雙方來說都是極大的冒險；我哥很難向外人解釋為什麼他要與土匪為伍。但土匪吉安實在太渴求閱讀了，所以他拚命啃讀小說，一本接一本；因為他花一整天的時間讀書，所以他在一天之內就可以讀完我哥一星期的閱讀量。吉安一把手上的書讀完，便急於找來更新更多的書冊。如果他和我哥約定的時間還沒到，吉安就會搜遍翁勃薩，想把柯西謨給找出來。吉安的舉動嚇壞住在茅屋的每一戶百姓，害得所有的警力都要派上場了。

柯西謨一直很聽從土匪的使喚。他覺得我帶給他的書量並不足夠，於是他便想要尋找其他供書的管道。他認得一位名叫歐柏切的猶太書商；歐柏切的藏書量也很可觀。柯西謨爬到稻子豆樹上，敲敲歐柏切的窗戶，為他帶來自己獵取的野兔、畫眉和雉雞，藉此換來一些書本。

不過吉安的閱讀胃口並非照單全收。如果隨便交給他一本書，他就會在第二天還給我哥，並且要求換新一本來看。像我哥那樣年紀的人，正開始試著享受比較嚴肅的讀物，但我哥必須當心一點才行——有一回，吉安便把一本《鐵拉馬庫斯歷險記》❸退還給我哥，並警告柯西謨說：如果我哥再一次借這麼沉悶的書給他看，他就要把我哥所在的樹幹鋸斷，讓我哥摔回地面！

柯西謨只好為書籍分類：一邊，是他自己打算安靜享用的讀物；另一邊，是專門用來借給土匪的書冊。不過就算這樣我哥仍然很辛苦，因為他也必須讀過那些要用來借給吉安的書，否則如何知道這些書合不合適借他看？吉安越來越急躁刁鑽，每回把書借回去之前他都要先向我哥探問書中情節。如果我哥答不出來，土匪就大吵大鬧一番。我哥試圖拿一些比較輕鬆的小說給土匪讀，未料土匪怒氣沖沖把書本抱回我哥面前，罵道：「借我這種書，是把我看成小白臉啊？」柯西謨向來猜不透土匪的閱讀品味。

事實上，閱讀本來只是柯西謨每天花個半小時從事的嗜好；但吉安時時吵著向他要書之後，閱讀便成為我哥一整天的主要內容。我哥必須掌握書本流向，檢視書中內容，尋求取書管道，獲取新書資訊，以便滿足吉安和他自己與日俱增的閱讀需求；柯西謨開始熱情看待閱讀以及人類的一切知識，於是他日出而作、日落不歇，甚至他在夜裡也點起燈籠繼續讀書。

然後，他終於發現里查遜的小說❹。吉安喜歡里查遜的作品；吉安每讀完一部，就馬上想要另一部。幸好歐柏切願意提供我哥里查遜全集，這可讓土匪讀上一整個月了。柯西謨這才樂得清閒，終於可以安靜閱讀普魯塔克的作品❺。

吉安・德・布魯吉則藏在賊窩裡。他的紅髮蓬亂而且黏滿枯葉，額頭佈滿皺紋，泛紅的綠眼珠努力想要多看一切什麼。他一讀再讀，瘋顛的下巴顫動作出念誦文字的動作，伸出沾上口水的指頭準備翻頁。吉安讀了里查遜小說之後，在他心中潛伏多時的脾性慢慢爬了出來：吉安渴求家庭生活的舒適習慣，嚮往親屬關係，懷念以前所識得的情感，信仰道德而且唾棄罪惡。周遭的事物再也難以吸引吉安的興趣，甚至讓他覺得嫌惡。他開始閉戶不出，除非是向柯西謨催討最新一部小說的時候他才離開賊窩——如果他所讀的是分成多卷的一部小說，而且他讀到小說高潮的時候手上正好沒有續卷，那麼他會更著急。他離群獨居，完全沒有察覺眾人對他發作的怨氣正在凝聚成為風暴。森林中的某些住民原本是吉安的線民或弟兄，但他們實在受不了吉安變成這般溫吞被動的德性。此時，當地警力也正在全力追緝吉安。所以這名土匪眞的腹背受敵。

以前，警察所要追緝的對象全都聚集在吉安身邊，不論是大盜或小偷都來了：有些人只是流浪漢或補鍋匠之類的混混，有些則是眞正與吉安爲伍的江洋大盜。這些人利用吉安的權威和經驗，用來增進自己偷盜劫掠的收益；此外，他們也利用吉安的名字來當掩護，讓吉安之名在民眾之間口耳相傳，自己的名聲卻可以不受影響。甚至沒有和吉安來往的人也可以利用吉安獲利呢。森林中藏滿了贓物和各色違禁品，等著處置、變賣，而在森林裡四處交易的人都在從事這種好勾當。有些人自己偷了東西，明明與吉安無關，卻又利用吉安的名字來嚇唬受害人，以便搾取更多財貨。百姓俱感惶惶不安，每回遇上什麼歹徒便以爲看見了吉安·德·布魯吉或者他的黨羽；只要一聽見吉安的名字，荷包便遭殃了。

盜匪的美好時光持續了很久。吉安慢慢發現，他就算不努力掙錢也可以過日子，所以他就越來越少動手偷搶了。他以爲好日子可以一直這樣過下去，然而總有變天的一刻，他的名字不再像以前那樣讓人敬畏了。

現在，吉安·德·布魯吉這個人還有什麼價值可言呢？他成天躲起來，目光渙散，耽讀小說，無所作爲，不偷不搶。林中交易停頓下來，而且更糟的是，警方開始四下捉拿吉安，稍有嫌疑的人都被抓去。再說，捉拿吉安的賞金是一大誘惑。看來，這可憐土匪的末日就要到來。

有兩名小土匪原本是吉安的學徒，很不甘願看見一個好導師自甘墮落，於是他們打定主意，要讓吉安東山再起。這兩個小毛頭就是烏加索和帥羅烈。他們小時候是和水果賊混在一起的。長大之後，他們成爲土匪的學徒。

於是兩名少年便前去探望躲在賊窩的吉安。他在山穴裡，躺在稻草上。「呃，誰來啦？」吉安喃喃問著，卻沒把眼睛移開書頁過。

「吉安·德·布魯吉，我們有事要和你商量。」

「嗯——什麼事？」他繼續讀著。

「你知不知道柯斯坦索，那個稅官，住在哪裡啊？」

「是，是……咦？誰？什麼稅官？」

帥羅烈與烏加索惱怒對看一眼。他們知道：如果土匪大哥繼續讀天殺的書本，就永遠聽不進他們小弟所說的話。「吉安·德·布魯吉！把你的書闔起來一下，先聽我們說完。」

吉安兩手舉起小說，身體坐直改採跪坐姿，將打開的書本按在胸口以免待會忘記剛才到了哪一頁。然而，繼續讀下去的欲望實在太強烈了，他緊抓著書本遲遲不肯放手——他又把書本偷偷舉高一些，以便繼續瞄讀。

帥羅烈有個點子。他找來一方蜘蛛網，上頭有隻大蜘蛛。他將蜘蛛和蛛網舉高，丟向吉安——結果落進書本和吉安的鼻頭之間。而可憐的吉安已經變得非常軟弱膽小，所以他竟然也害怕蜘蛛了。他發現蜘蛛張牙舞爪，蛛網黏到他的鼻頭上——其實他根本摸不清這憑空飛來的異物究竟爲何。他作嘔地低喊一聲，丟開書本，兩手在臉前扇個不停，目光呆滯，口水直流。

烏加索衝向上，想要搶走那本小說，以免又被吉安奪回去讀。

「把書還我！」吉安說道。他的左手忙著丟開黏在他身上的蜘蛛和蛛網，右手則連忙和烏加索搶書。

「不要！你先聽我們把話說完！」烏加索把書藏在背後。

「我要讀《克蕾麗莎》。快還我！我才讀了一點……」

「聽我們說！今晚，我們要送一袋木柴去稅官的家。不過，布袋裡不會放進木柴，而要把你裝進去。等到天黑之後，你再從布袋裡爬出來……」

「可是我要先把《克蕾麗莎》讀完！」他好不容易才把手上的蜘蛛絲甩開，卻還要和這兩個小子纏鬥。

「聽我們說……天黑之後，你從布袋爬出來，拿手槍逼迫稅官交出過去一週所搜括來的稅金。他的床頭有個保險箱……」

「讓我把這一章讀完……拜、託、啦……」

兩名少年回想起當年的吉安是多麼粗勇啊——有誰膽敢違抗吉安，肚皮就要遭殃。過往雲煙，真讓少年不勝唏噓。「嗯？你負責拿錢，瞭解沒？」他們悲痛地命令吉安。「把錢帶給我們，我們再將書還你。乖乖聽話，這樣你就可以痛快讀書了。如何？動手吧？」

「不要！我不想幹。我才不要離開這裡！」

「啊，不要離開，你不依……所以你不幹……嗯……等著瞧吧！」烏加索翻到小說後頭的一頁（「不要啊！」吉安尖叫道），把這一頁撕下（「不！住手！」），揉成一團，然後丟進爐火中。

「噢！死相！你太不應該了！這樣我就不知道故事的結局啦……」吉安和烏加索爭奪那本小說。

「你到底要不要去稅官家幹一票？」

「不！才不要呢！」

烏加索又撕下兩頁。

「住手！我還沒讀到那裡呢！你不可以燒那兩頁！」

烏加索在他抗議之前，就把那兩頁投到火裡去了。

「你是豬！噢，我的《克蕾麗莎》……」

「嗯？你幹不幹？」

「我……」

烏加索又撕下三頁，投進爐火。

吉安・德・布魯吉把腦袋埋在雙手之間。「我照辦就是了。」他苦道，「不過你們要答應我：你們把書帶好，在稅官家門等我。」

於是少年將老大哥裝進布袋，還在吉安頭上紮了布條。帥羅烈把布袋扛在肩上。烏加索帶了書，跟在後頭。每當布袋裡的吉安發出類似抱怨的呻吟，烏加索就讓吉安聽聽撕下書頁的聲響——這招很妙，吉安只要一聽見撕書聲，就會馬上安靜屈服。

他們就這樣將吉安運到稅官家。他們身穿燒木炭工人的服裝，挺唬人的。他們把吉安留在屋裡之後，隨即離去，卻躲在近處的橄欖樹後，等候吉安犯案。

不過吉安實在操之過急。天還沒黑，他就從布袋裡鑽出頭來，看見屋裡滿滿是人。

「你們……統統把手舉起來！」吉安對眾人吼道。可是他已經不是以前那個狠角色。他似乎可以冷眼旁觀自己正在進行的愚行，覺得一切都很荒唐。「我說過了，統統把手舉高！站到牆邊！……」噢我的天。他自己都不相信他所說的話。他在耍寶呀。「錢在哪？」他沒有發現——房裡有個孩子溜走了。

嗯，幹這檔事絕對不可以多浪費一分鐘，越早完事越好。可是，吉安偏偏耗費不少時間：稅官故意裝傻，佯裝找不到保險箱鑰匙的模樣。吉安知道了：他們並沒有把他當一回事。可是吉安卻打從心底覺得高興。

當他從屋裡走出來的時候，懷裡抱著一袋袋銅板。他盲目跑向橄欖樹：他和少年約好在那兒碰面的。

「錢來了！把《克蕾麗莎》還我吧！」

四隻……七隻……十隻手臂伸向吉安，他從頭到腳都被按住。眾人將他捆成一條香腸，把他運到監獄。「你就在牢裡享受你的《克蕾麗莎》吧！」

＊

監獄是濱海的一座小塔。附近有一片松林。柯西謨站在松樹頂端，距離吉安的牢房很近。我哥可以透過鐵窗看見吉安的臉。

拷問和審判都不會讓土匪操心。他什麼都不怕，唯一憂鬱的是：他在牢裡虛度時光卻不能讀書——他還有半部小說沒有讀呢。柯西謨又去弄來一部沒有缺頁的《克蕾麗莎》，把書帶上松樹。

「你讀到哪裡啦？」我哥隔空問他。

「我讀到克蕾麗莎逃出妓院那一段！」

柯西謨翻了幾頁。「啊，我找到了。呃……」我哥望向鐵窗——他看見吉安的雙手正緊握窗口的鐵條。於是我哥朗聲讀起小說，給吉安聽。

在開庭之前，吉安承受了好長一段時間的迫害。土匪吉安面對重重拷刑，花了好幾天的時間才把他的無數罪行一一供完。在每天的審問前後，他都要聽柯西謨念書。柯西謨終於讀完《克蕾麗莎》之後，他覺得吉安非常悲傷——我哥覺得，里查遜的小說對於身繫囹圄的人而言著實太沉重了。所以，我哥決定改讀費爾丁的小說給吉安聽——費爾丁作品中的冒險犯難或許可以讓吉安追憶他所失落的自由。在審判期間，吉安・德・布魯吉的心裡只掛念約納珊・懷德的歷險。❻

《約納珊・懷德》的故事還沒有念完，執刑的日子就已經到來。吉安獲准在死前由一位修士陪同，坐車瀏覽一圈這片他曾經住過的土地。翁勃薩地區的吊刑，是在廣場中央的高大橡樹上執行。所有的百姓都圍圈觀望。

吉安的腦袋放進繩套了。此時，吉安聽見樹枝之間傳來口哨聲。他抬頭一看——原來是柯西謨！他還帶了一本書過來。

「告訴我故事的結局吧。」罪人問道。

「吉安，我很難過。」柯西謨答，「約納珊・懷德最後是被吊死的。」

「謝謝你。所以他和我一樣。再見。」吉安踢開腳下的梯子。繩圈將他的頸子緊緊勒住。

吉安的身軀停止抽搐之後，圍觀的群眾便散去了。柯西謨卻待到天黑才走；他所跨坐的樹枝，就是吊死吉安的位置。我哥一見烏鴉飛來啄食屍體的眼睛鼻子，便揮帽將惡鳥趕開。

❶樂沙吉(A. R. Lesage)，法國作家。著有《桑第洋尼的吉勒・布拉斯傳》(*Histoire de Gil Blas de Santillane*)。

❷這一句是西班牙方言。

❸即*Adventures of Telemachus*，阿拉貢(Louis Aragon)著。

❹里查遜(Samuel Richardson)，十八世紀的英國小說家。作品形式往往是連綿不絕的「書信體小說」，其主題經常是仕女生活的道德掙扎。他的小說《潘蜜拉》(*Pamela*)呈現出英國小說史中最早的成功女性角色之一。《克蕾麗莎》(*Clarissa*)則由五百四十七封書信組合而成，總字數超過百萬，可能是最長的一部英文小說。

❺普魯塔克(Plutarch)，西元前一世紀希臘作家，作品以人物傳記爲主。

❻費爾丁(Henry Fielding)和里查遜一樣，都是極爲重要的十八世紀英國小說家。里查遜比較婉約，而費爾丁顯得陽剛。他的代表作包括《湯姆・瓊斯》(*The History of Tom Jones, a Foundling*)等等。《約納珊・懷德》(*The History of the Life of the Late Mr. Jonathan Wild the Great*)是比較沒有名氣的費氏作品，但也有評者認爲此書是諷刺小說的傑作。關於費爾丁和里查遜的比較，可以參考Martin S. Day所著的*History of English Literature, 1660-1837*，New York: Doubleday, 1963。

13

自從柯西謨結識土匪之後，他便開始熱切閱讀，用功讀書成爲他終其一生的習慣。我們經常看到他舒服跨坐樹枝上，手裡捧著一本書讀著。有時他靠著枝椏，彷彿坐在學校座椅上，厚木板上頭擱了一張紙，樹洞裡還插了墨水瓶——就這樣，他用鵝毛筆寫字。

現在不是神父找他，而是由他找神父了。我哥要求神父爲他講課，爲他解釋塔西佗和歐維的作品、天體的運行以及化學的法則❶。不過這位老僧侶除了一丁點文法和神學之外，腦海裡只有疑惑和裂縫，並沒有能力應付我哥。他只能張開雙臂，舉眼望天。

「神父啊！波斯男人可以娶幾個老婆？」「神父啊！誰是薩瓦地區的神父？」「神父啊，你解釋林奈的分類方法給我聽！」

「呃……啊……噢……」神父這樣開口，卻又猶豫著不敢發言，結果再也沒能說出什麼❷。

神父沒有學識足以教人，但柯西謨反而有許多新奇故事可以說給神父聽。柯西謨無所不讀，一半的時間花在閱讀上頭，另一半的時間則用來打獵——以便賺取買書的開支。柯西謨告訴神父：盧騷走過瑞士森林的時候，會沿路採集植物標本；富蘭克林爲了捕捉閃電，居然啓用一隻鷹；拉洪東的男爵和美洲的印地安人在一起快樂過活……

老神父弗歇樂弗樂聆聽這些故事時，看來既驚喜又專注——他究竟是因爲果眞感興趣所以才顯得開心呢，還是因爲師生地位改易所以鬆了一口氣？我不得而知。每回柯西謨問神父說，「你知不知道……」，神父就會點頭喊道：「不知道！你快告訴我！」每當柯西謨回答之後，神父便叫道：「好啊！」「棒極了！」有時，神父會說：「我的天！」他這麼說，可能是因爲他聽了故事之後，欣喜若狂，重新發現神恩——卻也可能因爲他惱怒邪惡的力量猶在世上橫行無阻。

我當時還是個孩子，而柯西謨的許多朋友又都是文盲，可是他實在想和別人分享他從書中讀到的新知。他所找到的發洩出口，便是滔滔不絕地和老家教進行問答。神父當然可以溫和通融接受我哥的各種發言——神父站在一個優越的角度看待事物，把一切視爲虛妄。不過柯西謨也從神父的態度得到慰藉。於是，師生互換角色了：柯西謨成爲人師，弗歇樂弗樂變成學生。我哥的個性變得十分強硬——他會把發抖的老神父抓到樹上，強迫對方聽他講課！我哥命令神父把整個午後時光花在樹上。於是，神父就把細腿懸掛在翁達麗華花園的栗樹上，和我哥一起檢視院中珍奇植物以及噴水池所反映出來的夕陽，討論諸多王朝和國家，繁多宗教的要義，中國的儀式，里斯本的地震，萊登的酒，以及知覺主義的哲學。

其實我該找神父上希臘文課，可是我找不著他。結果我們全家都驚惶了：我們搜索了整片鄉野，甚至魚池也不放過——我們擔心神父在心不在焉的時候跌入魚池溺斃。不過當晚他還是回家了。他抱怨腰痠背痛——在樹上坐了一天，怪不舒服的。

值得留意的是，這位老牌的詹生教派分子本來是個逆來順受的被動分子，但他開始不時變回早期那副要求修煉精神的熱情模樣。有時候，他一副無所謂的屈服態度，不加抗拒地接受新奇開明的觀念：比如，法律之前人人平等、野蠻人比較高貴、迷信害人……等等；不過，一刻鐘之後，他會突然變得情緒激昂、態度嚴肅，以他以往對於原則操守的堅持來肯定他剛才隨意接受的觀念。於是，神父開始大談自由平等公民的責任以及自然宗教的優點，宣揚嚴苛的教條以及狂熱的信仰。若非如此，他會覺得人類的未來沒有希望；對他來說，新一代的哲學家太過於溫文膚淺，不足以有效對抗罪惡。他覺得自我修鍊的路是艱苦的，不容許讓步妥協。

柯西謨把神父的突然轉變全都看在眼裡，可是他不敢表示意見：我哥害怕自己被對方批判爲缺乏原則意志不堅的人；他也不希望自己源源不斷的想法被迫置入僵硬冰冷的框架。幸好，神父不久就對這些緊繃想法感到煩厭。他看來筋疲力竭，呆坐著。似乎，他將所有的觀念削剩爲精純的骨幹之後，就只能身陷於不可捉摸的黑影之中，不得自拔。他眨眨眼，嘆口氣，而他的嘆氣又轉化成一個哈欠。然後又遁入他自己的超脫狀態。

神父在這些心靈活動之間，開始把所有時間花在柯西謨所要求的學問上頭。他在柯西謨所棲息的大樹和歐柏切書店之間反覆折返，向阿姆斯特丹和巴黎訂書，抱回最新到的貨。結果，大難臨頭了——謠言傳到宗教法庭。傳說翁勃薩有一名僧侶讀遍歐洲所有的禁書……一日下午，警方造訪我家，他們奉令搜查神父的房間。警方在神父的每日祈禱書中找出貝勒的作品❸——雖然還沒有開封，但他們已經找到罪名，可以將神父帶走。

那是多霧午後的傷悲記憶。我記得當時從我的房間窗口向外探望，心中驚惶不安，手上正在研讀的文法也停頓下來——以後再也沒有文法課了。老神父弗歇樂弗樂循著花徑離開我家，左右兩邊有兩名荷槍的流氓挾持。神父抬頭凝望群樹，走著走著，他的步伐搖晃起來——他似乎企圖奔向一棵榆樹，並且爬到上頭躲起來——可是他沒有氣力了。當天柯西謨在林中打獵，對警察抓人一事毫不知悉——所以，我哥甚至沒有機會向神父說再見。

我們沒能夠幫助神父。家父自囚於他的房間裡，拒絕進用各種食物——他擔心耶穌會派人向他下毒。神父生命中的最後幾天都花在監獄和修院之中，人們不斷強迫他發誓悔過。然後他死了。他這一輩子都奉獻給信仰——雖然他根本不知道自己在信仰什麼，但他還是堅信下去，直到最後一刻。

*

不過，神父被捕一事並沒有影響柯西謨的用功自修。從那時候起，我哥開始和全歐洲的重要哲學家、科學家通信：他勤於寫信，可能是希望那些哲人可以解決他的詢問或疑難，或是爲了享受與卓越心靈交流的樂趣，也可能是爲了練習外國語文。可惜的是，他把所有的書信都藏在秘密的樹穴之中，是別人找不到的，所以那些書信全部亡佚。時至今日，那些文件想必發了霉，或者被松鼠啃個精光了。其中一定有好一些是本世紀最著稱學者的親筆手稿。

爲了收藏書本，柯西謨製作了某種可以從樹上懸吊的書架，防止書本遭受雨淋和嚙咬。他不斷改變書架的擺設，以便因應他在不同時刻的閱讀內容和品味——他把書籍當作飛鳥來看待；如果書冊關在籠子裡或不得動彈，他會覺得難過。

在最堅固的書架中，柯西謨放置了狄德羅和達能柏的百科全書❹；柯西謨一從雷貢的書商處取得這批書，便趕緊收進書櫃裡。近來他與書爲伍之後，他就經常神遊太虛，對周遭生態的興趣也爲之降低——然而他在閱讀百科全書的時候，讀到「蜂」、「樹」、「林」、「園」等等美麗字彙，於是他又重新發現周遭世界之美，彷彿初見。他的藏書中也開始容納實用手册，比如教人植樹的書籍等等；他期盼自己有朝一日可以實踐新知。

＊

常民的生活方式本來就讓柯西謨傾心，只不過直到目前爲止樹上生活已經足以滿足他的零碎需求；他像一隻鳥，住在樹上，反覆活動、打獵。然而他也查覺，他有必要爲旁人做些有意義的事。這一點啓示，如果要加以分析的話，可能也是他和土匪互動之後的心得。成爲一個有用的人，爲別人提供不可或缺的服務，都讓柯西謨覺得開心。

柯西謨學會修剪枝葉的技藝，並且主動在冬天的時候協助果農幹活。樹木冒出錯雜新芽，似乎需要重新整頓一番，以便盛放花果——這時候，柯西謨就要出動。柯西謨的修剪技術頗佳，收費又很低廉，所以果園的主人或佃農都來找他幫忙。我們看見，在清晨的晶瑩空氣裡，柯西謨兩腿張開站在光禿禿的低枝上，脖子裹著一條抵住耳朵的圍巾，舉起大剪刀，咔嚓！他俐落剪下多餘的枝葉。他也在庭園裡整理用來遮蔭或裝飾的樹叢，而這時他就要啓動短鋸了；在森林工作時，他並不使用樵夫的大斧，因爲大斧只適合完全斬斷老樹的樹幹——他改用輕靈的小斧，只將樹頂和較高的枝椏削去。

事實上，柯西謨的樹木之愛就如同任何貞愛一樣，帶給他可貴的啓示：他面對了何謂痛楚、創傷和割捨，知道這一切都是爲了成長茁壯。誠然當小謨在修樹的時候，他總是小心翼翼的——他不斷爲雇主服務，也要符合自己的利益：他經常穿行於林木之間，所以他要把樹冠修整得更方便通行。他認出自己平時行進時所必須依賴的枝幹，加以保留，改而修剪其他不需在乎的樹枝。翁勃薩的林木向來就讓柯西謨覺得和善可親，用心修剪之後對柯西謨就更加有利：這批林木成爲旁人、大自然以及柯西謨他自己的好朋友。他巧心修剪林木，甚至多年之後他自己仍然受惠——雖然年紀漸長之後他的精力也隨之減少，但群樹的形態卻足以彌補他的落失。後來，一代代的子孫越來越漫不經心，缺乏遠見，需索無度，不愛惜周遭事物甚至也不憐愛自己，於是林木世界爲之大變，就算柯西謨再世也無法享用他的樹上王國了。

---

❶塔西佗(Tacitus)，西元前一世紀的羅馬史家。歐維(Ovid)，一世紀初的羅馬詩人，代表作爲《變形記》(*Metamorphosis*)(和卡夫卡的名作同名)。

❷神父在這一章的發言都是法文。

❸貝勒(Pierre Bayle)，十七世紀的法國哲學家、批評家。

❹狄德羅(Denis Diderot)，十八世紀的法國百科全書編著者。達能柏(D'Alembert)，十八世紀的法國數學家，哲學家，和狄氏相好。

14

柯西謨結交的朋友和樹立的敵人一樣多。事實上，自從吉安‧德‧布魯吉把心思轉向文學並且殉難之後，森林裡的流浪漢便群起與柯西謨作對。有一晚，我哥睡在林中白楊木懸吊下來的皮袋裡，結果被臘腸狗的吠聲喚醒。他張眼一看，發現火光——火焰就在他正下方！有人在樹下放火，而火焰已經纏住樹幹。

有人在森林放火！有誰會這麼幹呢？柯西謨很確定自己在當天晚上並沒有動過打火石。所以，縱火犯一定就是那批流氓囉？他們打算點燃整座森林，一方面可以取得大批木炭，另一方面又可以活活燒死柯西謨。

在那緊要關頭，柯西謨倒沒有思及自己的安危；他唯一懸念的是，原本專屬於他的龐雜樹上王國是否就要毀於一旦了？這也是他那時唯一的恐懼。小狗歐弟謨‧馬西謨爲了避火，早就逃開了；但牠又不時轉過頭來，發出絕望的嗥叫。火焰向矮樹叢進犯。

柯西謨並沒有被嚇著。那時他把這棵白楊木當作住所，所以上頭收藏了各色物品，包括一瓶在夏天用來解渴的麥茶。他開始翻找那瓶茶水。受驚的松鼠和蝙蝠都在白楊木的樹枝上奔逃，鳥雀也飛離窩穴。我哥握著水瓶，正想要打開瓶塞、把茶水潑向樹幹，以便救火——但他並沒有這麼做。他發覺，火焰已經襲擊草皮、枯葉以及矮樹，不久這附近的樹木也將全數遭殃。於是我哥打算冒險：「就讓白楊木燒掉吧！如果我可以在地上潑灑一圈茶水，把火焰圈圍在裡頭，我就可以阻止火勢蔓延了！」我哥打開瓶蓋，倒握著瓶身在空中畫弧，把茶水灑向飛散的火苗，將之撲滅。矮樹叢裡的火焰便受限於一圈潮濕的草葉中，再也無法擴張地盤。

柯西謨從白楊木頂端跳向一棵鄰近的山毛櫸——眞是千鈞一髮——白楊木的樹基被火焰吃光了，於是整棵樹便壯麗傾毀，惹得松鼠無奈地吱吱亂叫。

火勢果眞不會蔓延嗎？已經有無數的火星和火苗四下飛散呢——原來，光憑一圈並不牢靠的濕葉，並不足以擋住焰火的攻勢！「失火！失火了！」柯西謨開始拉開喉嚨吶喊：「失火了！」

「是誰？誰在喊叫？」有人聲回應他。在不遠處，有一個木炭工的據點，住了一群來自貝加摩的漢子，都是柯西謨的朋友。他們睡在附近的小屋裡。

「失火了！失火了！」

不久，整個山區都響起救火的呼喊。散布林中各處的木炭工人以難懂的方言互相喊叫傳話。衆人四處奔走。火勢也終於平息。

這是我哥第一次遇上的縱火案，生命遭受了威脅——柯西謨應該記取教訓，離開森林才是。但我哥並沒屈服，反而開始研究控制火勢的方法。那一年又熱又乾，正值夏日；朝向普羅旺斯的海濱森林出了一場大火之後，便無止無休燒了一個星期。夜裡，火光映照在山上，看似世界末日的夕陽。空氣乾燥，旱災中的林木盡成火種。焚風似乎將火苗逼向我們的家園——這裡只要不小心或故意燒出一把火，就可以引爆災禍，將整個海岸推入火海。大難臨頭，翁勃薩的人民嚇破膽了：試想，如果有座稻草屋頂的堡壘慘遭敵人放火，那該會淪爲何等光景？火焰也將天空佔領了——每一個夜裡，天幕中的流星不斷迸射，如果我們沒有走避，說不定就要跌到頭頂上來了。

在人心惶惶的那幾天，柯西謨準備了許多木桶，在木桶中裝滿水，再將水桶提至樹頂的制高點。「人總要未雨綢繆的，這種方式以前有效。」但我哥仍不滿足。他檢視林中縱橫的河道——其中半數已經乾涸；我哥回溯河流的起源，只見涓涓細流。我哥前去請教騎士叔叔。

「啊哈！」騎士叔叔以掌擊額。「爲何不建蓄水池呢？還有河堤呀？我們來研定計畫吧！」出於興奮之情，騎士突然又叫又跳，心頭湧出無數駁雜點子。

柯西謨請騎士叔叔負責計算工程細節並繪製工作藍圖，而他自己則前去接觸私有森林的地主、公有森林的佃戶、樵夫以及燒炭工。這群人聚合起來，接受騎士叔叔的指揮（或反而是騎士叔叔接受他們的指揮？騎士叔叔被迫教導眾人工作，不讓自己胡思亂想），而柯西謨站在樹上監工。他們建設蓄水池；往後，不管哪裡失火，都可以拉出幫浦前去救難。

但光有蓄水並不足以防火。男人們組成一個個小隊，緊要關頭負責救火；這些小隊只要一遇危難，便會立即排成傳遞水桶的人陣，用一桶桶徒手傳遞的水來阻止火勢蔓延。人民自衛隊成立了，日夜輪番巡視火苗蹤影——這批漢子，是柯西謨從翁勃薩的工匠與農民之中徵召出來的。一如其他組織，救火小隊馬上生出同仇敵愾的精神——每個小隊相互競爭，大家都有信心能夠肩挑重任。柯西謨也時時感受新的力量與滿足：他發覺自己有能力將人民集合在一起，並且可以把自己推舉至領導眾人的位置。所幸，我哥從來不曾濫用他的領導才華；這樣的天賦，在他這輩子只在緊急狀況時動用過幾次，而且次次成效極佳。

於是我哥懂了。糾結眾人之力，可以發揮更大的力量，並激發出每個人的最佳天賦；團結的快樂也是獨處的人所難以領略的：眾人歡欣發現，原來誠實、守份、能幹的人竟然有這麼多，人人都值得盡心服務。（然而獨處而不團結的人反而會遇上相反的處境，顯現人心的另一面：亦即眼高手低，光說不練。）

所以那是個美好的夏日，屬於野火的季節。每個人都共同面對森林大火的問題，而且人人有心加以解決。大家都把公衆福祉看得比私人利益更重。善有善報——人們發現自己可以和許多人和平共處，相互敬重，因而開心無比。

但後來柯西謨才警悟：當衆人共同關心的問題不復存在時，團結就不再有必要了，此時他還是寧可獨處而不要扮演領導者。不過在那個夏季，他還是身負領導的重任，一個人把每一個夜晚花在森林裡看哨。他爬上一棵昔日常住的樹。

他在一棵樹頂安置一座鐘。只要稍見火苗踪影，他就敲鐘以示警告，鐘聲在遠處也聽得見。憑著這座鐘，大家曾經三、四次成功撲滅初萌的焰火，拯救了森林。果然是有人縱火，而縱火犯就是烏加索和帥羅烈——他們遭到放逐。八月底落起大雨，所以火災的威脅不再。

＊

那時候，人人說起我哥就叫好。這些溢美之辭也傳到我家：「他人眞好！」「他眞的很懂『某些』事呢……」——人們說起這些話的語氣，是似曾相識的。人們習用這種語氣來客觀評斷異教徒或自己不信仰的政黨——他們故作開明狀，讓別人以爲他們可以寬容歧異的想法，可是其實未必。

家母女將軍對於輿論的反應是粗率簡單的。別人告訴她，柯西謨組織了好幾支救火隊伍，於是家母便問：「他們有帶槍火嗎？」「他們演習嗎？」原來女將軍在盤算著：如果有了好一支佩有軍火的自衛隊，在碰上戰事時，就可以派上沙場。

而家父呢，卻沉默聆聽關於我哥的軼事，頭搖個不停。他爲什麼搖頭？因爲我哥的消息讓他痛苦？讓他煩厭？或者是他反而被逗樂了——他可以對我哥抱持一線希望？最後這種可能恐怕是最佳解釋——幾天之後，家父驅馬前去看我哥。

他們約在一塊空地見面，空地周遭有一排樹苗。男爵來回騎了好幾趟，卻沒看見我哥，雖然方才他才瞥過柯西謨。我哥一躍一躍，從遠處趕來，逐漸跳近。他一見家父，便脫帽行禮（他在夏天改戴草帽，不戴貓皮帽），並道：「日安，父親大人。」

「日安，孩子。」

「近來身子可好？」

「你想想我有多少歲數和焦慮吧。」

「孩兒很高興看見爹平安健康。」

「我有話要對你說，柯西謨。我聽說，你近來忙著爲衆人尋求福祉。」

「我必須好好保護我的森林王國啊，父親大人。」

「你知道森林中有一部分是我們家的財產嗎?是你可憐的祖母——已故的伊麗莎白女士——傳下來的。」

「是的,父親大人。在貝利歐區,共有栗子樹三十棵,白楊木二十二棵,松樹八棵,以及一棵楓樹。歷年的測量地圖,我都收集下來了。我們家擁有森林,而我身為家族一員,應當努力收集森林資料,妥善保存。」

「說得好。」男爵稱許我哥。「不過,」他又說,「聽說你所召集的守衛隊,成員都是一些什麼麵包師傅、菜農、鐵匠等等。」

「父親大人,他們的確也是隊員。不過,每一位成員的職業都是正當的。」

「你可知道,如果你擁有公爵的頭銜,便可以領導眾多貴族?」

「我所知道的『領導』,是這樣的:我的點子比別人多,而別人又願意接納我的點子,於是我就出面奉獻我的想法。這就是領導。」

家父幾乎要冒昧地問——「既然你要領導別人,怎麼可以還繼續待在樹上?」但家父終究是沒說——再提這個話題,又有啥用?家父嘆了一口氣,心事重重,然後他解下掛在腰際的寶劍。「你已經十八歲了……你應該開始學著當一個大人……我也沒有多少日子可活了……」家父兩手端起這把扁平的劍。

「你知道你即將成爲隆多男爵嗎？」

「是的，父親大人，我知道。」

「你願意負荷這個名號和頭銜帶來的重擔嗎？」

「我會努力讓自己名實相符。」

「把劍拿去吧。這是我的劍。」男爵踩上馬蹬。柯西謨在枝椏上俯首行禮。家父將腰帶繫好。

「謝謝父親大人……我發誓，我一定不會辜負這把劍。」

「別了，孩子。」男爵將馬掉頭，輕扯韁繩，緩緩離去。

柯西謨站在樹上，不確知自己是否應該拔劍出來向家父致意——但他又想：家父賞給他這把劍，是供他自衛，而不是讓他拿來當作儀式中的道具。所以，柯西謨沒有把劍抽出來。

15

在那段日子，當我哥見到騎士叔叔時，他開始發現騎士的行爲有些不對勁——或者反而該說是「對勁」吧？總之騎士和以前不大一樣，不論是變得比較古怪還是比較正常。他以往心不在焉，魂不守舍；但那時他卻轉而聚精會神，意志堅定。他開始不時嘮叨起來，雖說他以前本來都不和人來往的。以往他從來不去街市，可是那時他卻總是在港口出現，和百姓混在一起，或是和老水手以及船夫一起坐在地上，閒聊船隻的來去以及海盜的惡行。

在我們的海岸外，仍有北非沿海的海盜帆船肆行，搔擾我們的生意。那時海盜打劫已經不是什麼大不了的事，不像更早之前如果遇上海盜就可能被當成奴隸賣到突尼西亞或阿爾及利亞去，或淪落斷手斷腳的下場。不至於如此的。如果回教徒出手攻擊翁勃薩的小帆船，他們不會傷人，只會取走貨品：如一桶桶的魚乾、圓餅狀的荷蘭起士、棉花以及類似什物。有時我們的船隻比他們快，所以不但可以逃跑，還能夠朝向敵船射發葡萄彈——北非船隻水手的回禮，則是吐口水、做出不雅舉動以及罵髒話。

其實這些海盜算溫和了，勾當繼續幹下去。原來北非的官員認為我方的商人和船家對不起他們，根據敵方說法他們北非人士沒有得到平等待遇，甚至在某些商務上蒙受欺騙——於是，他們為了出一口氣，便以零碎的打劫行為來平衡損失。同時，他們卻繼續和我方進行交易，該有的針鋒相對以及討價還價都不缺。所以說，如果徹底絕裂，對雙方都沒有好處。這一帶的航運仍然險惡，卻不會有什麼慘烈的悲劇發生。

我接下來要說的故事，是柯西謨說給我聽的——他曾經講過好幾種版本。我所採信的這個版本包含了最多細節，卻也最不合邏輯。我哥在敍說昔日歷險的時候，當然憑空添油加醋了好一些內容，不過我總是試著忠實記錄他所告訴我的故事。畢竟他是唯一的史料來源。

是這樣的。柯西謨在夜裡為了時時防備森林火災，所以每個小時都會醒過來探視一番。結果，有一天晚上，柯西謨發現有一枚光點潛入山谷。柯西謨以貓一般的步伐在樹上行進，安靜跟蹤光點，後來才發現那是騎士叔叔：騎士沉靜走著，頭戴土耳其帽，身披袍子，手裡提著燈籠。

騎士叔叔怎麼可能在深夜出沒哩？他應該偷抓小雞縮回他的床才是啊。柯西謨保持了一段距離，跟蹤著。他小心翼翼，不敢發出任何聲響——雖然我哥很清楚，既然叔叔如此聚精會神走著，所以叔叔想必對什麼聲音都充耳不聞，只看得見眼前幾寸的景物。

騎士走過騾道，抄過捷徑，來到海濱，一片碎石海灘。他開始揮動燈籠。空中不見月亮，海水一片漆黑，只見浪頭打向海灘時不住飛濺的泡沫。柯西謨待在一棵松樹上，距離海岸線有點遠——離海越近，樹木越形稀疏，要在樹上保持靈活行動也就越加困難。總之，我哥可以清楚看見戴高帽的老人隻身站在荒涼海灘上，朝向暗黑海水揮動燈籠。然後，在一片漆黑之中，竟然突有另一盞燈籠亮起，以示回應。另一盞燈籠距離騎士並不遠，似乎是剛才點亮的。有一艘小船敏捷駛近，方帆和槳櫓均呈暗色，和我們這裡的船隻不大一樣。小船靠岸了。

憑著燈籠搖晃的光線，柯西謨看見包頭巾的男人：那群外人中，有些人留在岸上，輕划船槳，讓船隻靠近海灘；另有些人上了岸，他們穿著寬大的紅色馬褲，腰間懸了閃亮的彎刀。柯西謨凝神觀察，專注聆聽。騎士叔叔和這批北非人士交談著——我哥聽不懂他們的語言，卻覺得自己應該聽得懂才是——想來這種語言一定是著名的歐非混合語❶。柯西謨不時從他們的交談中聽懂幾個義大利語的詞彙，這些詞是由騎士叔叔口中所強調的。他們對話中摻混了更多難解的音節。至於那些義大利語詞，都是船隻的名字：有名的小帆船和三桅船等等，均屬翁勃薩的船家所擁有，平常固定往返翁勃薩和其他港市之間。

不用大腦也猜得到騎士叔叔說了些什麼！他向海盜通報翁勃薩船隻的航行時刻表、船貨內容、航行路線，以及船上備妥的武器爲何。顯然騎士老頭一定把他所知的任何事都告訴外人了——騎士轉身，匆匆離去；海盜爬回船上，消失於黑暗大海之中。從海盜和騎士的交談情形看來，他們一定經常從事這樣的秘談。叔叔擔任北非人的線民，究竟已有多少時日？

柯西謨留在松樹上頭，無法輕易離開秘談現場，離開這荒涼的海灘。晚風低吹，夜浪拍岸。樹木的每一個關節都在呻吟。柯西謨的牙齒打顫——並非因爲冷風襲來，而是因爲他的新發現讓他心寒。

最早的時候，我們這些孩子總把怯懦神秘的騎士叔叔當成一無是處的老頭；後來，柯西謨逐漸懂得欣賞騎士的作爲、體會叔叔的心境；到頭來，卻發現騎士叔叔原來是個可悲的叛賊！當年騎士叔叔荒度青春，落得無處可去，而他的家鄉慷慨歡迎他浪子回頭——可是他竟然不知圖報，反而想要出賣自己的家園！他是否懷念曾在異地享受的歡愉、眷戀異鄉的人情，所以他的心思早已飄離我們這塊土地？或許他根本對家鄉心存恨意，他在家裡吃的每一頓飯都讓他感覺委屈？柯西謨內心交戰，不知如何是好：一方面，他想要逃離現場，怒斥騎士是個間諜，如此便能救回家鄉商人的財貨；但另一方面，我哥又擔怕家父傷心，因爲家父和怪叔叔畢竟血濃於水。如果柯西謨出面指控叔叔，其下場是很容易想像的：騎士叔叔被警察的手銬鎖住，左右兩邊都有成排的翁勃薩人咒罵他，他被帶到廣場，繩套落在他的脖子上，然後他被吊死……柯西謨曾經爲吉安•德•布魯吉的屍體守夜，之後我哥發誓：他再也不願意目睹執刑。

可是，他這時卻又要決定自己族人的生死了！

柯西謨心中千頭萬緒，徹夜難眠，第二天仍是惶惶終日。他不斷在樹間滑行，雙臂抱胸，他凡逢心情煩憂都會這樣。最後他終於決定妥協：他打算嚇退海盜以及騎士叔叔，阻止他們繼續進行邪惡勾當，卻又不必訴諸法律。他盤算的做法是：在夜裡守在同一棵松樹上，帶三、四把上膛的槍（為了因應他的各種狩獵需求，這時他已經備妥一座樹上軍火庫）。只要騎士和海盜再次在海濱私會，我哥就要在樹上不斷放槍，讓子彈呼嘯飛過奸人的腦袋——那批人只要聽見槍聲，就一定會驚嚇四散。騎士向來以懦弱著稱，如果他知道自己被指認出來，自己和匪徒的秘談遭人監視，他一定會連忙斬斷自己和北非人的關係。如此，我哥就達到目的了。

柯西謨便在松樹上守候了兩夜，槍隨時可發。可是無事發生。在第三個夜晚，騎士叔叔戴了土耳其帽出現，走向海邊石灘，揮舞燈籠，同樣又有舟船駛近，船上的水手包了頭巾。

柯西謨的手指已經勾住扳機，但他卻沒有放槍——這一夜的狀況有點異樣。簡短交談之後，有兩名海盜上了岸，對小船打出信號，於是其他的賊人便開始把貨搬到岸上來：大桶、棉花、麻袋、酒罈、起士箱等等。喔還不只一艘船呢，原有後頭還有好幾艘哩，全都載滿貨品。叔叔領了一隊頭戴頭巾的挑伕，在石灘上迂迴走著。叔叔猶豫地帶他們走向岩石間的一個洞穴。北非人把這些貨品全都藏進洞穴——這些一定是最近劫掠而來的戰利品。

為什麼海盜要把貨品帶來這裡？若要推理一番也不算難。是這樣的，北非船隻往來的時候總需要在我們的港口停泊（是為了辦一些正經生意；他們雖然是海盜，但合法和地下的生意都做），也就免不了接受我方海關的盤查。海盜將贓物收藏在洞穴裡，在回程時取回，如此便可以逃避檢查。如此一來，海盜便可以宣稱他們和近來的海上掠奪無關，並且可以繼續推展他們和翁勃薩的商務。

這些來龍去脈是後來才釐清的；在當時，柯西謨沒有心思想這麼多。他看見海盜把財物藏入洞穴、海盜又上船離去——趕快把這批財貨移走才好！我哥心裡閃過的第一個念頭，是要把翁勃薩的商人喚醒——那些有錢人應該才是這些物品的原主吧。可是——我哥想起他那些燒炭工的朋友，還在林中與家人挨餓哩。於是我哥不多加遲疑，便匆忙趕至灰土地帶，來到一簇簡陋小屋前，燒炭工人都睡在裡面。

「快！你們全部起來，快啊！我發現海盜的寶藏啦！」

帳篷和茅屋裡的人們喘息著，掙扎著，詛咒著，然後發出驚呼和質問：「有黃金嗎？有銀子嗎？」

「呃我沒看清楚……」柯西謨說，「從氣味判斷，應該是有很多魚乾和羊乳酪吧……」

聽見小謨這麼說，這批林中窮人全都亢奮起來。他們有槍的人帶槍，其他的人帶了斧頭、烤肉叉、鏟子或木樁——但他們更帶了各種可以盛裝食物的容器，甚至連裝炭的籃子和污黑的袋子也帶在身上。

一長列隊伍於是啓程了。「喔喝！喔嗬！」連女人們都出動了，頭上頂著空籃，孩童們也跟上了，麻袋套在頭上，手裡握了火把。領路的柯西謨從林中松樹跳向橄欖樹，再從橄欖樹跳向海濱的松樹。

衆人就要接近洞穴前，一棵歪斜的無花果樹上頭顯現一名海盜的白色身影——負責把風的他舉起彎刀，發出警示的呼喊。柯西謨見狀，便跳到樹上，海盜頭頂正上方，然後舉劍插入海盜的肚皮。海盜便從懸崖墜下。

洞穴裡，海盜的頭子們正在開會。（柯西謨方才只知海盜匆促來回運貨，以爲他們全上船離去，不曉得還有人留在洞裡）。海盜頭子聽見哨兵尖叫，便紛紛出洞一探究竟，才發覺自己被一群人包圍：這批男女一身炭灰，頭戴麻袋，以木棒充當武器。穆爾人的海盜們只好抽出彎刀，企圖殺出一條生路。一陣吆喝，肉搏戰開始。

燒炭工的人數較多，但海盜的武器較利。不過，大家都知道，彎刀的唯一剋星就是木椿啊！叮！叮！海盜把金屬鑲嵌的彎刀抽回一看，發現刀鋒缺了角，凹凸不平。他們改而啓用毛瑟槍，發出巨響和濃煙，卻未必靈光——有些海盜（其實根本是下海的軍官，看得出來的）擁有美麗的毛瑟槍，整支槍都雕鏤了精細花紋，然而洞穴裡濕氣太重，火藥點不燃，所以毛瑟槍形同廢物。有些燒炭工開始以木椿敲打海盜頭子的腦袋，打算搶走毛瑟槍——然而海盜包了頭巾，耐得住敲擊，木椿打在他們頭上就像打到椅墊一樣。還不如往他們的肚子踹一腳哩——他們穿著中空裝，露出肚皮。

燒炭工們發現，現成的良好武器就是取之不竭的地上石子，於是他們開始撿拾投擲。自然，穆爾人也開始將石子回擲過來。石頭大戰開始，原來的混戰反而變得比較有秩序。不過，兩方的鬥士都不約而同急於抽身：燒炭工們聞到越來越強的魚乾香味，便渴望進入洞穴飽餐一頓；海盜的船隻還停在岸邊，他們好想跳上去一走了之。

燒炭工人攻入洞穴啦。回教徒猶在抵抗冰雹一般飛落的石頭時，發現逃往海濱之路終於騰空出來。那麼，何苦繼續抵抗哩？還不如揚帆離去。

三名海盜上了船（他們是貴族和軍官），隨即張帆。柯西謨從海灘上的松樹向前一躍，竟然落在帆船桅桿上。他抓住船上旗桿，將膝蓋掛在桅桿上，然後身體倒懸，抽出寶劍。三名海盜也舉起彎刀，但我哥左劈右砍，所以他們也無可奈何。船隻還靠在岸邊，開始左搖右晃。這時，月亮出來了，光輝灑在男爵賜給我哥的寶劍上以及回教徒的彎刀上。我哥從桅桿上滑下來，把劍刺入其中一名海盜的胸口，於是對方便跌入水中。我哥又爬上桅桿，像壁虎一樣身手狡黠，成功抵禦剩下兩名海盜的攻擊。他再次滑下，又殺了一名海盜，再爬回去，與最後一名海盜交戰。我哥再滑下一次，將敵手的心房刺穿。

三名回教軍官躺在淺水中，鬍子和海藻交纏。其他留在洞口的海盜則繼續承受飛石和木樁的夾擊。

柯西謨站在桅桿頂端，意氣風發四下眺望，看見騎士叔叔好狼狽從洞口跳出，宛如一頭尾巴著火的貓——原來他一直躲在洞穴裡啊，叔叔腦袋低垂，拔腿狂奔，來到柯西謨所在的小船前頭，將船推離海灘，然後縱身跳入，抓起船櫓，將船拚命划離陸地。留在船上的小謨不知如何是好。

「騎士叔叔！你要去哪裡？你瘋了嗎？」柯西謨喊道，手裡緊揪桅桿。「回岸上去吧！你要去哪裡？」對方沒有回答。很顯然，耶尼亞・夕歐維鷗・卡列嘉騎士想要逃到海盜的主船上，以求自保。現在衆人都知道騎士所犯的背叛重罪了，如果他留在岸上，想必難逃一死。叔叔使勁划船。柯西謨手上仍然握劍，而老叔叔身無寸鐵而且虛弱無力，所以柯西謨占了上風，但他仍不知道接下來該怎麼辦。我哥心裡根本不想傷害叔叔，而且如果要向叔叔發動攻擊的話我哥就必須跳到船板上——如果跳上船板，就等於回到地面了。（他方才從樹上跳到船隻的桅桿上，是否也早已悖離他既有的原則？不過這問題太過複雜，一時難以解決。）所以我哥只好留在桅桿頂端，兩腿跨開，乘風破浪。而老叔叔仍未稍停划船的苦勞。

我哥聽見一聲狗吠——他又驚又喜，原來小狗歐弟謨・馬西謨也來了。剛才一陣混戰之中並沒見到牠的狗影子，這會卻見牠趴伏在船底，搖著尾巴，彷彿沒有大事發生過。柯西謨安慰自己寬心：這是一場家族聚會哩，他和他的叔叔以及獵犬在一起；而他自己也正在享受一趟航行，對久居樹上的他來說，偶爾換個口味也不錯。

月光映照海面，老人已感疲憊。他吃力划槳，邊哭邊唱：「啊，茲愛拉……啦，阿拉，阿拉，茲愛拉……！」然後他又開始說起土耳其語，反覆念著那個柯西謨以前未曾聽過的女子名字。

「騎士叔叔，你在說什麼啊？你這是怎麼回事？我們要往哪裡去？」我哥問道。

「茲愛拉……啊，茲愛拉……阿拉，阿拉……」老頭喊著。

「騎士叔叔，茲愛拉是誰？你要這樣去找茲愛拉嗎？」耶尼亞・夕歐維鷗・卡列嘉騎士點點頭，含淚喃喃念著土耳其語，然後又對著月亮喊出那個名字。

柯西謨腦裡開始琢磨「茲愛拉」這個名字。或許，這名拘束神秘的小老頭就要揭示他最深沉的秘密？如果騎士叔叔是爲了尋找茲愛拉所以才要登上海盜船，那麼茲愛拉必然是一位回教國家的女子。或許叔叔窮其下半生都在懷念這名女子，或許她代表騎士所喪失的歡愉歲月，或許騎士叔叔就是要藉著養蜂挖河來自我補償。或許茲愛拉是叔叔的情婦或被他丟下的妻子，獨居千山萬水之外的庭園裡。或許茲愛拉其實是叔叔的女兒，而他從來未曾和女兒見過面——或許叔叔經常透過往來歐洲非洲的船隻來探問女兒的行踪，而直到最近他才掌握女兒的消息。或許那女子已經淪爲奴隸，而叔叔爲了幫她贖身，只好以擔任間諜來作爲代價。或許他就是要付出這樣的代價才能重新回到回教徒的國度，進而尋訪茲愛拉。

現在，叔叔的身分曝光了，於是他只好逃離翁勃薩，而北非人也不得不將他帶去非洲，讓他和茲愛拉見面。叔叔喘息著，吐出隻字片語，口氣混合了希望，祈禱以及驚惶。他恐懼自己並沒有抓對機會，恐懼某些惡運會將他和茲愛拉永遠剝離。

騎士再也沒有可以划船的氣力。這時另有一艘船影貼近：又是另一夥北非人。或許主船上的海盜已經聽聞岸上搏鬥，於是便放出小船前去巡視。

柯西謨滑到桅桿中段，想要藏身在船帆後面，以免被海盜看見。然而老叔叔卻開始以歐亞混合語大聲叫嚷，請求海盜把他帶上主船。他張開雙臂，一副求情的可憐模樣。對方接受他的請求。兩名包頭的土耳其兵一接近叔叔所在的帆船，便抓起叔叔的肩膀（反正他的體重很輕），然後把他拉進海盜的小船裡。至於柯西謨藏身的小舟則被推開。夜風吹帆，所以我哥距離敵船越來越遠，倖免於難。

海風把柯西謨所在的小船推遠之後，柯西謨聽見海盜船有人聲傳來：他們似乎爭執著。穆爾人罵了一句話，聽起來好像是「畜生！」的意思。老頭則虛弱地反覆念誦：「啊，茲愛拉！」無疑，他們在爭辯該如何處置騎士叔叔。他們當然認爲叔叔要爲洞穴的埋伏攻擊負責，畢竟海盜嚴重損失了財貨和弟兄。海盜指責叔叔是叛徒……叔叔最後慘叫一聲，便撲通跌入海水，之後再也沒有發出聲響。此時，柯西謨的腦裡竟然清晰響起家父的喊叫聲：「耶尼亞·夕歐維鷗！耶尼亞·夕歐維鷗！」家父喊著叔叔的名字，走遍鄉野，尋找叔叔的踪影。柯西謨把臉埋進船帆裡。

我哥又爬上桅桿，眺望敵船要往何處去。他看見，海面上有某種異物漂浮著，載浮載沉，那異物像是浮標，卻是一只長著尾巴的浮標……一束月光流瀉到浮標上，我哥才知道原來那是一顆頭顱啊，戴著附有流蘇的土耳其帽。騎士的臉向上仰著，眼睛瞪著夜空，嘴巴大張。騎士在鬍子以下的身軀都埋在黑色海水中，所以看不見。柯西謨喊道：「騎士叔叔！你在幹什麼呀？你在幹嘛？快上船吧！快抓住船緣！我來幫你好了，騎士叔叔！」

但叔叔無法吭聲回應。他漂浮著，漂浮著，空洞的目光凝望躁動的空氣。柯西謨只好命令忠犬：「嘿！歐弟謨・馬西謨！快跳進海裡！咬住騎士的脖子！把他拉到船上！快救他！」

忠狗跳進海裡，企圖咬住老頭的脖子。但牠未竟全功，只好改咬叔叔的鬍鬚。

「咬脖子啊！聽我的，歐弟謨・馬西謨！」柯西謨訓道。可是小狗還是咬住叔叔的鬍子，把叔叔拉到船邊。原來叔叔已經沒有脖子了。他也沒有身體了。什麼都沒有了，只剩一顆頭顱。原來他們用彎刀砍下耶尼亞・夕歐維鷗・卡列嘉騎士的腦袋。

❶歐非混合語，「lingua franca」。爲義大利語、法語、西班牙語、阿拉伯語、希臘語、土耳其語的混合體，通行於地中海地區，方便讓不同國籍／文化的人士進行溝通。

16

關於騎士的末日，柯西謨說過多種版本的故事。他說出來的第一版本和我所記述的大異其趣。出事之後，海風將帆船吹回岸邊，柯西謨一路上緊抓著桅桿，而歐弟謨・馬西謨一直叼著砍下來的腦袋。人們聞訊趕來看他，於是我哥便說出一個簡單的故事（此時他憑著一支長杆靈活跳回樹上）——騎士是被海盜綁架了，並慘遭殺害。或許我哥如此避重就輕，是爲了家父著想——家父一聽聞他弟弟的死訊，便深受打擊，哀慟不已。我哥看著叔叔留下悲愴頭顱，便不忍心說出叔叔另犯重罪的眞相了。事實上，當我哥知道男爵深陷沉重的悲傷時，他甚至異想天開，企圖編織美麗的謊言來榮耀叔叔——他想說，叔叔本來打算秘密機靈地設法打擊海盜，但事跡敗露，所以只好送命。但他也知道，這種故事充滿矛盾和破綻，更何況我哥還想隱瞞部分實情，所以他說得越多就越欠缺說服力。我哥並不想讓家父知道海盜將贓物收在海濱洞穴裡，也不想托出燒炭工和海盜決鬥一事。如果我哥說出全部的實話，翁勃薩的商人就會全數湧入森林，向燒炭工索回海盜的戰利品，而燒炭工們恐怕也要蒙受私藏贓物的罪名。

大約過了一週，我哥確定燒炭工全把贓物耗完之後，他才對外說出洞穴大戰一事。許多商人趕去洞穴，試圖收回自己被刼的財貨，卻只得兩手空空地回來。燒炭工們將奪來的食物加以平均分配：魚乾、香腸、起司等等。他們舉辦一整天的大型餐會。

家父變得老邁許多。他哀慟騎士叔叔的逝去，他的人格也因而出現詭異變化。家父捉狂似地想要保存叔叔留下的任何紀念物，不許漏失。也因此，他便堅持親自看顧蜂窩，以極度的審慎態度來養蜂，雖然他以前從未走近蜂窩過。爲了養蜂，家父只好求助於柯西謨，因爲我哥曾經跟隨叔叔學習。家父並不會直接向我哥討教，反而是以閒聊的方式探討養蜂的學問。他聽見柯西謨說出什麼重點，便以暴躁而自滿的口吻複述一遍，似乎他在對農夫訓話似地，彷彿柯西謨的知識再也平凡不過。家父害怕遭蜂叮螫，所以並不敢太過接近蜂巢；但他又執意克服自己的心理障礙——也因此，他絕對有苦好受了。家父也下令挖掘水道，藉以實踐可憐叔叔當年的計畫——如果家父眞能成功的話那就太棒了，因爲他的可憐弟弟向來一事無成。

男爵向來對實際的事務不感興趣，直到晚年才顯現對於生命的熱情。但要命的是，他遲來的熱情也沒有維持多久。有一天，他緊張兮兮地一面看顧蜜蜂，一面指揮水道工程——但他的動作太過粗率，於是一窩不爽快的蜜蜂竟然便向他撲去。家父嚇呆了，開始胡亂揮動雙手，結果又撞翻一顆蜂窩。他拔腿逃逸，而群蜂緊迫逼人。家父腳步盲目，不幸跌入正在蓄水的水道裡。家人將他救起來時，他已經全身濕透。

家父被送上病床。因爲蜂螫也因爲落水，他高燒不退，在床上躺了一個禮拜。後來他雖然算是痊癒了，但他畢竟傾頹到再也不可能振作的地步。

他完全從現實生活撤出，整天都躺在床上不肯下來。家父終其一生，諸事均未能如願：再也沒人向他提及公爵的頭銜了。他的長子在樹上度日，就算長大成人了也不肯回到地面。他的弟弟遭人殺害。他的女兒遠嫁到一個更不快樂的家庭。我太年幼，跟他合不來。而他的妻子又太過於雄壯威武。家父腦中生出幻象——耶穌會沒收了他的家園，不許他離開臥房。家父苟活得悲苦又驚恐，終於走上死亡之路。

柯西謨也參加家父的葬禮。我哥從遠方的樹上一路跳過來，卻進不了墓園——柏樹的枝葉太過密集，我哥找不到擱腳的位置。於是，他只好留在墓園圍牆外觀禮。我們每個人都朝向家父的棺木投擲一把泥土，而我哥則丟下一束枝葉。我想，樹上的小謨和家父是很疏遠，但我們和家父的關係也是這般。

所以柯西謨便正式成爲隆多男爵。但他的生活並沒有因而改變。誠然，他也開始過問家務事了，但只是偶一爲之。地方官和佃農想要找他的時候，根本就無從找起——可是當他們根本不想撞見我哥的時候，小男爵又偏偏在他們頭頂上的樹枝出現。

部分是爲了處理田產的問題，柯西謨開始不時在城裡出現。他要不是站在廣場上的大堅果樹上，就是窩在碼頭邊的冬青槲上頭。老百姓對他充滿敬意，稱呼他爲「男爵大人」。而我哥也擺出一副老成態度——年輕男人就愛這樣——坐在樹上，對成群的翁勃薩百姓說故事。百姓們全都簇集在樹下。

我哥經常說起叔叔的死。他每次的說法都不一樣，他甚至開始逐漸透露騎士與海盜勾結的情事。樹上的民衆聽了之後迅即激憤起來，而我哥爲了平息衆怒，便馬上接著說起茲愛拉的故事——彷彿叔叔曾在死前對我哥透露過這段神秘的情史似地。民衆聽了叔叔的悲慘結局之後，也紛紛感動起來。

我想，起初柯西謨的故事原本全屬虛構，但他不斷加以修飾之後，就幾乎完全符合事實了。整修過的故事版本，讓他說過兩三回。而他發覺，他的聽衆居然聽不厭這個故事，而且一直有新的聽衆加入聆聽的行列、追問故事細節——於是，我哥開始爲叔叔的悲劇故事增添內容，加長篇幅、誇大情節、引入新的角色與段落。至此，叔叔的故事已經完全走樣，跟原來的版本相較更屬杜撰。

柯西謨現在擁有一批群衆：他們總是目瞪口呆地傾聽柯西謨。我哥喜歡談起他的樹上生活、他的狩獵、土匪吉安・德・布魯吉以及忠犬歐弟謨・馬西謨。這些全都化爲他的故事內容，永遠說不盡。（在我現在所寫的這本柯西謨生平記事中，有許多情節即來自柯西謨應聽衆要求所說出來的故事，在此特別說明。如果讀者發現我所寫出來的故事並不足採信，或未能妥善應合人性和事實的話，要請讀者諒解——這並非我的過錯。）

例如，會有無聊聽衆問道：「男爵大人，您說您從來沒有離開樹上，可是眞的嗎？」

柯西謨亢奮答道，「只有一次失誤：有一回，我爬到公鹿的犄角上啦。那時，我本來以爲自己爬上了一棵楓樹，未料我發現自己竟然落在一頭鹿的腦袋上。原來那頭鹿是從皇家狩獵保留地逃出來的，那時牠正靜靜站在楓樹旁邊。公鹿察覺我的身子壓在牠的犄角上，便驚逃到森林裡。你們想想，當時我可有多慘哪！我掛在鹿頭上，感覺各種異物向我扎來：犄角的尖端、荆棘、打在我臉上的樹枝……公鹿轉過頭來，想要把我甩開。但我緊緊抱住牠……」

他停頓一下，等待聽衆追問：「大人，那麼後來您怎麼逃脫呢？」

每次有人這樣一問，我哥都會提供不同的結局。「公鹿跑了又跑，來到一批鹿群前面——群鹿一見居然有個人在鹿頭上出現，便爭先走避，但也有幾頭鹿好奇挨過來瞧。我肩上還有一把槍，於是我將槍口瞄準群鹿，一一射倒在地。我殺了五十頭……」

「在那一帶怎麼會有五十頭鹿出現呢？」一名流浪漢問道。

「那一群，全都絕種了。你知道嗎，那五十頭全是母鹿。每一回我騎的公鹿想要接近一頭母鹿，我就會開火，那頭母鹿也就倒地斃命。而我所騎的那頭公鹿可眞不知如何是好了。然後……然後牠突然決定自殺算了。牠衝跳到一座高巖上頭，然後縱身跳崖。幸好我及時抓住一株突出於崖壁的松樹，所以我才能留在樹上說故事給大夥聽！」

這個故事還另有結局。我哥說，有兩頭公鹿打起架來，犄角相抵。牠們只要一互撞，我哥就從其中一頭的角上跳到另一頭的角上，再一撞，我哥又跳回來。結果，兩鹿互撞的動作太劇烈，竟然把我哥彈到一棵橡樹上去了……

事實上我哥已經著魔了，他瘋狂扮演說書人的角色。他不知道哪一種故事比較美麗——是眞實發生過的故事呢，還是純屬虛構的故事？眞實發生的故事可以召喚過往的記憶、瑣細的情緒、對生命的倦怠、歡愉、不安全感、虛榮心、對自我的厭棄，如是等等。由他杜撰的故事則可以任他設計故事的輪廓，其中細節顯得容易掌握，於是他便開始任意加以揑塑——但他逐漸清楚發現：其實他所編造的故事都是曾經發生的事實，不然，也都可以符合現實情境的想像。

對柯西謨那般年紀的少年來說，說故事的欲望仍然爲生活帶來衝勁；他們也覺得自己的生活仍然不夠豐富，尚不足以成爲故事的材料。爲了說出更多更妙的故事，柯西謨會離群遠行好幾個星期，四處狩獵；之後，他再回到廣場的樹上，頸子上掛著雉鷄、貛以及狐狸的死屍，嘴裡向翁勃薩的民衆說起全新的故事。透過柯西謨的嘴巴，眞實的故事聽來像是虛構，而虛構也化爲眞實。

其實在柯西謨瘋狂敍說故事的行爲背後，存有某種深沉的不滿；在他討好聽衆的需求之中，埋藏了一種不同的缺憾。柯西謨仍然不識愛情的滋味。短少了愛情，生命經驗又算是什麼呢？如果生命的眞實況味都還沒能夠領略，那麼冒險求生的意義又在哪裡？

在翁勃薩的廣場上，時有農家女和魚販走過，也有仕女乘車經過。站在樹上的柯西謨目光銳利，俯視這些女人。他不知道，爲什麼他所要尋找的某件事物就遍存在眼前每一位女子的身上，但他也覺得這些女子之中沒有任何一位眞正擁有他所想要的那點什麼。夜裡，家家戶戶燈火通明，而柯西謨一個人待在樹上，睜著貓頭鷹一般的黃眼珠——他開始夢想愛情。有些情侶躲在樹叢後頭或藤蔓之間幽會，柯西謨看了又嫉又羨。他的目光跟隨情侶步入暗處——如果他們剛好就在我哥所在的樹腳躺下來，我哥便會羞慚走避。

但他爲了克服自己對於性愛的怯懦，便開始觀察動物的愛情生活。一到春天，樹林中洞房處處：松鼠吱吱叫著作愛，動作彷彿人類；鳥兒拍著翅膀交配；甚至蜥蜴成對滑行，兩隻尾巴緊緊交纏；刺蝟爲了享受甜美的擁抱，連尖刺都軟化下來了。歐弟謨．馬西謨找不到理想對象，因為牠是翁勃薩地區獨一無二的臘腸狗——牠只好向大型牧羊犬或獵狼犬示愛，態度大膽狂熱，放任自然慾力的驅使。有時牠被咬得遍體鱗傷——不過，只要成功求愛一次，就足以抵消以往的千百次挫敗。

柯西謨和歐弟謨．馬西謨一樣，都找不到同類的伴侶。柯西謨在做白日夢的時候，會幻想自己向美女求愛——可是，他怎麼可能在樹上找到愛情呢？他想像著，自己的羅曼史並不會在某個具體的實際地點滋長，不在地上也不在樹上，而在一種不算是地方的地方。如果要抵達那個虛幻世界，他應該往上升，而不該向下爬。是啊，就是如此。或許世界上存有一棵夠高的樹，他只消爬上去，就可以看見另一番情境——他將可以爬上月亮……

廣場上的閒談風氣越來越盛，我哥越來越不滿意自己。有一天街上趕集，一名來自鄰近市鎮的男子見到柯西謨，便驚道：「啊！原來你們這裡也有西班牙人啦！」人們問這位來自歐利伐巴沙的男子，這話是什麼意思？他答道：「在我們歐利伐巴沙那邊，有一大群西班牙人住在樹上哩！」柯西謨聽了他這麼說，就再也按捺不住，急於穿越森林，趕赴歐利伐巴沙這個市鎮。

17

歐利伐巴沙是個不靠海的市鎮。柯西謨花了兩天的時間，走過許多林木稀疏的危險路線，才抵達歐利伐巴沙。一路上，他只要途經民宅，沒有見過他的居民便會發出驚叫，甚至有人還向他擲石子——所以他的行動就盡可能避人耳目。可是到了歐利伐巴沙之後，他發覺每一位樵夫、犂田的農夫、摘橄欖的工人都不對他表現驚詫——事實上，他們甚至對我哥脫帽行禮，彷彿他們認識我哥一般。他們對我哥說出一種怪腔怪調的語言——卻顯然不是當地的方言。他們說：「邪紐幼！布耶納斯・狄阿斯。邪紐幼！」❶

正值冬天，部分枝葉凋零。在歐利伐巴沙，有成排的楡樹和法國梧桐橫越市鎮。我哥爬近之後發現，有人也在光禿的樹枝上哩：一個，兩個，有些樹上還同時負載三個人。他們神態嚴肅，或坐或站。我哥跳了幾步，來到他們身邊。

樹上的男人都穿了貴族衣袍，戴了插上羽毛的三角帽，披上大斗篷。樹上的貴婦戴了面紗，三三兩兩坐在枝幹上，有些人在繡花，有人胸口微斜、雙臂張開坐在樹枝上，不時向樹下道路眺望，像是倚在窗台邊似的。

向我哥打招呼的百姓，都在口氣中透露深深同情。「布耶納斯，邪紐幼。」❷柯西謨也脫帽行禮。這群樹上怪人之中看來最具權威的一位，是個體格粗壯的男人。他嵌在一棵法國梧桐的樹叉中，看來不得抽身。他的面色枯黃，刮乾淨的下巴和上唇透出青色，雖然年事已高卻沒白色鬍子。這男子轉頭朝向身邊另一名男子：這人又蒼白又憔悴，一身黑衣，兩頰刮過了卻仍透出青色。他們兩人似乎在議論：穿過樹林來到他們面前的這名陌生男子，究竟是誰？

柯西謨心想，自我介紹的時機來了。

他移向粗壯紳士的法國梧桐，行禮說道：「隆多的柯西謨．皮歐伐斯哥男爵。請指教！」

「隆多？」肥漢驚道，「隆多？阿拉貢？加里西亞？」❸

「不，先生。」

「加泰隆尼亞？」❹

「不，先生。我是這附近的人。」

「疊斯疊拉朵．擋便煙？」❺

另一位憔悴的紳士覺得他有義務出面口譯，便以很浮誇的口氣說道：「弗雷德里哥・阿龍梭・桑切・意・多巴斯柯殿下要請問您，是否也是被流放的一員？我們看見你也在樹上爬。」

「不，先生。或者至少該說，我的放逐並不是由別人所宣判的。」

「維雅哈・烏斯疊・梭不雷・羅斯・阿柏雷斯・波爾・古斯托？」❻口譯者解釋：「弗雷德里哥・阿龍梭殿下寬容大量，想請問大人您採用這種旅行方式是不是爲了追求樂趣。」

柯西謨想了想，才答道：「我這樣做，是因爲樹上生活適合我，而不是因爲有外人強迫。」

「飛黎斯・烏斯疊！」弗雷德里哥・阿龍梭・桑切大嘆，「哀・的・密，哀・的・密！」❼黑衣男子繼續解釋，口氣益加誇張：「殿下降尊紆貴表示，大人您實在蒙受幸運之神的眷顧，得以享受如此自在的生活。然而我們卻不得像你這樣怡然稱快，只能繼續忍受限制，聽任上帝安排我們的命運。」說著他便在胸口畫了個十字。

透過桑切親王的簡潔嘆詞以及黑衣紳士的細密解說，柯西謨才得以了解爲什麼這群人將樹上世界視爲避難所。原來他們是曾經對抗國王查理三世的西班牙貴族，意圖爭取封地利益，後來鬥爭失敗，只好被迫全家放逐。他們來到歐利伐巴沙之後，卻不得繼續行進——原來歐利伐巴沙曾在百年前簽定協議，不得接待遭受西班牙放逐的人士，也不得讓路給這種人。這些貴族家庭來到歐利伐巴沙之後，處境當然十分困窘，極需援助；歐利伐巴沙的長官並不希望因爲幫了他們而破壞外交關係，卻也不想虐待這些富有的外國訪客。當地長官願意體諒客人。他們檢視了古老的協議，發現裡頭明載著，不許讓放逐人士「踏上歐利伐巴沙的土地」——於是，落難的貴族決定上樹過活，一切的問題均告解決。當地人士提供梯子，讓貴族爬上榆樹和法國梧桐，待他們全數爬上之後再將梯子移去。之後，他們已經在樹上住了幾個月，期盼溫和的天氣、查理三世的大赦以及天意的寬容。貴族們隨行帶了許多西班牙金幣以及日用品，所以他們也可以和當地民衆進行交易。他們裝設了滑輪，方便將碗盤拉到樹上。他們也在某些樹上架設天棚，以便在棚下睡覺。其實他們把樹上的居住環境布置得很舒適——或者是該說，歐利伐巴沙的民衆將他們照顧得很愜意，反正雙方各蒙其利。這些流放的貴族根本可以飽食終日而不消動一根指頭。

以往柯西謨從未遇過也在樹上定居的人類。他向他們詢問一些實際的問題。

「下雨的時候，您怎麼辦？」

「沙克拉馬斯．兜兜．葉勒．提焉婆，邪紐幼。」❽

口譯的男子解釋：「我們的天棚可以擋雨。我們心向蒼穹，感謝主的恩賜，讓我們不致淋雨受寒……」

口譯者叫做蘇比修．德．瓜達雷特神父，是耶穌會一員。因爲他的教團在西班牙遭禁，所以他也流落至此。

「您也打獵嗎？」

「拱・葉勒・維斯柯，邪紐幼，阿勒姑拿・維斯。」❾

「有時我們在樹枝上塗上黏膠，藉以玩玩！」

柯西謨孜孜不倦，想要知道對方如何解決他自己曾經遇過的各種問題。

「如果要洗滌，您怎麼辦？」

「波爾・喇伐兒，愛・喇方疊拉斯！」弗雷德里哥先生聳肩答道❿。

「我們把衣物交給村裡的洗衣婦處理。」蘇比修先生解釋。「每逢週一，我們就把髒衣服丟進籃子裡。」

「誤會了。我是說，您如何洗臉、洗澡？」

弗雷德里哥哼了一聲，聳聳肩，根本不把這個問題當作一回事。

蘇比修先生覺得他有必要說明一下。「根據殿下的想法，這種事情太過隱私了。」

「那，眞抱歉，請問您平時如何方便呢？」

「歐雅斯，邪紐幼。」⓫

蘇比修先生拘謹說道：「老實說，我們利用某種夜壺。」

柯西謨向弗雷德里哥先生告辭之後，便由蘇比修神父帶領，訪視住在不同樹上的其他落難貴族。雖然樹上的居住環境仍然不頂舒服，這些貴族貴婦卻仍然可以保持旣有作風，惺惺作態。有些人把馬鞍架在樹枝上，然後再跨上去坐著——這種做法很討柯西謨高興，這些年來他從未想過要在樹上利用馬鞍。（馬蹬——他馬上發現——可以避免雙腳晃動，因而免除之後的酸麻感覺）。還有些人正在使用海軍專用的望遠鏡（其中一名貴族曾經官拜海軍將官），可能是爲了探看鄰樹上的人們在做什麼，反正無聊嘛。仕女們不論老少，都坐在她們親手刺繡的椅墊上，忙著女紅（樹上貴族中，只有女人會做事），或爲大肥貓搔癢。樹上養了極多的貓咪和鳥雀（關在籠子裡——或許都是捕鳥膠的受害者吧）。偶有幾隻自由的鴿子飛過，棲停在某個女孩的手中，悲傷地接受撫摸。

在樹上的會客室裡，柯西謨受到隆重的接待。他們請他喝咖啡，然後馬上聊起他們留棄在塞維爾的宮殿，格拉那達，他們的財帛、穀倉和馬廄⑫。他們說，如果有朝一日衣錦還鄉，就要請柯西謨去作客。聊起放逐他們的國王時，他們的口氣不但表露嫌惡卻也顯示敬畏——他們一方面和國王存有夙怨，另一方面他們也知道自己的爵位都維繫在王權上頭。有時，他們將兩種複雜情緒合而爲一，突然狂哮起來——每回他們一壟斷發言權，柯西謨就尷尬得不知如何是好。

這些放逐客的姿態和言談之中，帶有一種哀悼憂鬱的氣息——可能因爲他們的天性使然，可能因爲他們刻意作態。有時他們爲著非常曖昧的信念相互爭辯，而爲了維持虛微的信念，他們就擺出一副高倨的神情。

還有那些女孩——柯西謨看了她們一眼，就覺得她們渾身多毛、皮膚滑膩——她們偶爾發出欣悅的叫嚷，卻又總是及時打住。有兩個女孩各據在一棵樹上，打羽毛球。嘀嗒，嘀嗒，然後尖叫一聲——羽毛球跌落地面啦。歐利伐巴沙的一名乞丐爲她們撿球，得到兩枚西班牙幣的賞金。

最偏遠的一棵，是榆樹，上頭有一名老人，叫做「伯爵」。但他沒有戴上假髮，服裝也不特別。蘇比修一靠近「伯爵」，便壓低嗓音，而柯西謨也跟著拉下音量。「伯爵」不時以手臂挪開枝葉，望向樹下風景，斜坡以及原野，空曠的綠意和金光在遠方交融。

蘇比修悄聲對柯西謨說道：「公爵」的一名兒子被查理國王關在牢裡，飽受凌虐。柯西謨明白了：樹上的貴族們都擺出一副遭受放逐的模樣，不時重複回憶敍說自己爲何淪落至此的故事——然而，只有年老的「公爵」才是眞正受苦的人。「公爵」撥開枝葉，彷彿在期待另一片陸地浮現。他的凝視深深埋入波動起伏的遠方，似乎在祈求自己永遠不要看見地平線——但他也可能因而指認出某些地點，啊，太過遙遠了。至此，柯西謨才知道流放者的心境爲何。他也同時體會，那些樹上貴族一定很仰賴「公爵」的存在——只有「公爵」才能讓他們聚合在一起，只有「公爵」可以給予他們存在的理由。或許「公爵」

是這群人當中最悲憐的、最沒有理由返鄉的一位吧?只有他能夠告訴貴族——什麼是受苦的理由、什麼是等待的藉口。

柯西謨結束拜訪之後,他在赤楊樹上看見一名他從未見過的女孩。他跳了兩三步,來到她身邊。這名女孩的可愛眼睛呈現長春花色澤。她的肌膚散放甜香。她手持桶子。

「我見過這裡的每一個人,可是我沒有見過妳。」

「我在井邊打水啊。」她笑道。她的水桶稍微歪斜,潑出了一些水。我哥幫她把水桶扶正。

「所以妳從樹上爬到地面?」

「不。有一棵歪扭的老櫻桃樹蔓長到牆頭外去了。我們將水桶拋過去就行。你過來看。」

他們沿著一根樹幹行進,爬上牆頭。她先爬上櫻桃樹,像個嚮導。下頭有一口井。

「看見了嗎,男爵?」

「妳怎麼知道我是男爵?」

「我什麼都知道。」她笑道,「你來到這裡的事情,姐妹們都告訴我啦。」

「打羽毛球的女孩嗎?」

「伊蓮娜和萊孟妲,是啊。」

「都是弗雷德里哥先生的千金嗎?」

「對。」

「妳叫什麼名字?」

「吳蘇拉。」

「在這裡,妳的爬樹技巧比別人都好。」

「我從小就會爬樹了。在格拉那達,我家的院子裡有好大的樹唷。」

「妳摘得到那朵玫瑰嗎?」樹頂開了一朵攀緣的玫瑰。

「不行耶,好可惜。」

「好,我幫妳摘吧。」我哥將玫瑰摘回。

吳蘇拉微笑伸出雙手。

「我幫妳把花別上。妳想別在哪裡?」

「別在我頭上,謝謝。」她指示我哥的手該怎麼做。

「告訴我,」柯西謨問,「妳知道要怎樣才去得了那棵胡桃樹?」

「怎麼可能?」她笑道,「我又不是鳥。」

「等著看。」柯西謨把繩頭丟給女孩。「只要妳把繩索捆在妳身上，我就可以把妳送過去。」

「不要啦……我害怕……」但她仍然笑著。

「這是我的方法。這幾年來，我都是以這套方法行遍天下，全都自己來。」

「媽媽咪啊！」

我哥把女孩運送過去。然後輪到他自己。那是棵稚嫩的胡桃木，一點也不高。他們倆依偎在一起。吳蘇拉安全登上胡桃木之後，仍然臉紅心跳。

「怕了嗎？」

「沒有。」她心頭仍然猛烈跳著。

「妳的玫瑰並沒有掉下來。」我哥把女孩頭上的玫瑰扶正。

於是他們倆在樹上緊靠一起，兩人手臂交環。

「唔！」她輕道。然後，由他主動，兩人接吻了。

他們譜起戀曲，男孩又驚又喜，女孩喜而不驚（對女孩而言，任何事的發生都有跡可尋，不必驚奇）。柯西謨期待愛情已久，沒想到愛情竟然莫名降臨，如此的甜蜜美好是他之前所未曾想像的。對他而言，最重要的新發現是：原來愛情是這樣簡單！於是男孩便想：愛情一定永遠都是這麼容易的。

❶這種柯西謨所聽不懂的語言，其實就是西班牙語。對柯西謨而言，西班牙語只是一串陌生的音節，他必須仰賴別人爲他翻譯才得以理解。爲了讓讀者感受小謨當時的尷尬情境，譯者故意不將文中的西班牙語加以意譯，而改以音譯呈現。意譯則在註釋中提供。「邪紐幼——」這句話的意思是：「先生，日安，先生！」

❷「日安，先生。」

❸肥漢想問出柯西謨來自西班牙的何處。他對隆多這個地方感到陌生——當然，因爲隆多並不在西班牙而在義大利。阿拉貢、加里西亞都是西班牙的地方名稱。

❹西班牙地名。

❺「也被放逐了嗎？」

❻「您在樹上旅行，是爲了娛樂嗎？」

❼「您眞幸福！」「我可憐，我可憐！」

❽「蒙主隨時保祐，先生。」

❾「用黏膠，先生，有時候。」

❿「要洗衣服？有洗衣婦嘛！」

⓫「夜壺，先生。」

⓬塞維爾與格拉那達均為西班牙地名。

18

桃樹，胡桃樹，櫻桃樹，全開花了。柯西謨和吳蘇拉一起在花朵盛放的樹上共享幸福時光。雖然吳蘇拉的那群親戚讓人感染嚴肅氣息，這個春天卻還是洋溢繽紛色彩。

我哥馬上獲得流放貴族的重視。他教導眾人如何在樹間行動，鼓勵這些王爺暫且擱下習有的矜持、改而舒活一下筋骨。我哥也架設索橋，以便長一輩的貴族可以互相串門子。我哥幾乎花了一年的時光和西班牙貴族共處，把他自己發明的多項器具交付他們：比如蓄水池、鍋爐、毛皮製的睡袋等等。他樂於從事發明工作，所以他也就得以協助這些貴族挽回他們既有的生活習慣（雖然他們絕對不欣賞柯西謨心儀的作家們）——我哥知道這些虔誠的貴族勤於進行懺悔，他便在樹幹上開鑿出一間懺悔用的告解室，於是削瘦的蘇比修先生便可以坐進去、透過拉上布帘的格子窗聆聽告解。

對於工藝革新的純然熱情，其實並不足夠；柯西謨必須吸汲新鮮的觀念，才能夠突破常規。所以柯西謨寫信給書商歐柏切，要求對方從翁勃薩寄幾本剛到貨的進口書到歐利伐巴沙來。如此，他便可以朗讀《保羅與維珍妮》和《新耶洛意絲》給吳蘇拉聽❶。

流放的貴族經常在一棵大橡樹上舉行會議，討論該如何寫信給他們的國王。起初，他們的信函中充斥了激奮、抗議和威脅，幾乎等於最後通牒——不過，漸漸有一兩位貴族吭聲，主張寄出比較溫馴恭敬的信件。最後，他們寫出一封陳情書，形同謙卑地撲倒在寬大爲懷的陛下面前，祈求聖上饒恕。

接著「伯爵」站起身。大家隨即靜下來了。「伯爵」望向高處，以低沉顫抖的嗓音發言，說出心中所有的話。他語罷坐下，其他的人啞口無言了。沒人膽敢再提起那份陳情書。

這時柯西謨儼然成爲樹上社區的一員，並且參與貴族的會議。由於他年輕氣盛、血氣方剛，所以總在會議中引述哲學家的大道理，指責君王的惡行，主張以正義和公理來治理國家。不過沒什麼人要聽我哥的高談闊論，只有少數幾位例外：「伯爵」雖然年紀老大，卻總愛尋求認知和行爲的新方向；吳蘇拉畢竟讀過幾册書；以及幾個女孩，她們比在座諸位大人還理智許多。其他樹上貴族的腦袋就像鞋底一般，只適合用來墊腳。

事實上，「伯爵」也想開始念書了，而不願只把時間用來愁對河山。他覺得盧騷有些粗鄙，卻頂喜愛孟德斯鳩——這是個好的開始。其他的貴族不愛念書，只有其中一兩名會偷偷要求蘇比修神父去向柯西謨借《普葉歇雅》(*La Puelzella*)，然後躱起來翻讀其中刺激情節。所以，當「伯爵」正在咀嚼書中新知的時候，橡樹上的會議卻是另一回事——他們甚至打算回西班牙，發動革命。

起初蘇比修神父並未查覺不對勁。他這個人並不精明審愼，更何況已經沒有層層疊疊的上級領導他，所以他並未警覺樹上播散的心靈毒藥。不過，待他腦袋恢復淸明之後（也有人說，待他收到主教寄來的幾封信之後），便開始揚言：惡魔已經入侵樹上社區，樹上貴族將引來雷霆，樹上每個人全都會燒死。

一夜，莫名的呻吟將柯西謨驚醒。我哥急忙提了燈籠一探究竟，發現「伯爵」竟被捆在橡樹上，而在旁的耶穌會員蘇比修正忙著扯緊繩結。

「神父，住手！你在做什麼？」

「孩子，這就是神聖的宗教裁判！這邪惡的老頭就要坦承他的罪狀了，我要爲他驅魔。接下來就輪到你。」

柯西謨抽出寶劍，切斷繩索。「神父，你當心啊！世上還有許多你所不知道的公理與正義哩！」耶穌會員蘇比修也從斗篷抽出他的劍。「隆多男爵，你的家族和我的教團結怨已久！」

「哎，可憐的家父說得對，」柯西謨苦喊，手上的劍與對方交鋒，「耶穌會眞不饒人！」

樹間劍影舞動。蘇比修先生的劍術優越，不時將我哥逼入險境。幸好他們進入第三回合時，「伯爵」終於得以振作精神，向他人呼救。其他貴族驚醒趕至，爲兩方調解。蘇比修馬上收起他的劍，佯裝無事發生，並要求眾人冷靜。

如此嚴重的事件，若在其他社群發生，絕不可能輕易平息——然而在樹上社區就不一樣了。樹上貴族希望能夠盡量削減心中雜念。所以弗雷德里哥先生便出面斡旋，讓蘇比修先生和「伯爵」達成和解。於是一切如舊。

當然柯西謨更加小心翼翼了。每回他和吳蘇拉在樹上並肩同行，他總是擔心耶穌會在旁窺視。他也知道他們倆的這段情很讓弗雷德里哥先生煩憂：弗雷德里哥再也不許吳蘇拉隨柯西謨外出了。老實說，這些貴族從小就習慣關在深宅之中啊：不過，他們畢竟是被放逐到樹上了，也就不多顧慮門戶是否洞開。對他們來說，柯西謨看來是個不錯的年輕人，具備頭銜，懂得助人，而且又完全自願地陪他們在樹上過活。如果柯西謨和吳蘇拉之間眞有什麼柔情蜜意，如果貴族們看見這小兩口相偕在樹間採果摘花，這些貴族也會睜一隻眼閉一隻眼，不多干涉。

可是因爲蘇比修先生施壓，弗雷德里哥先生就再也不能佯作一無所知的模樣了。他把柯西謨喚來，他所住的法國梧桐上還有別人旁觀。在弗雷德里哥先生身邊站的人就是瘦長的蘇比修，一身黑衣。

「男爵，有人告訴我，你經常和我的『妮妮呀』在一起。」❷

「大人，她是爲了教我說『烏耶斯抓・衣笛歐馬』。」❸

「你幾歲了？」

「大約十九歲。」

「『侯文』！太年輕啦！而小女已經到了婚嫁的年齡。你怎麼能和她交往？」❹

「吳蘇拉也十七歲了啊。」

「你已經想要『卡薩貼』了嗎？」❺

「什麼是『卡薩貼』？」

「『翁不累』，小女並沒有好好教你西班牙語嘛！我說呀，如果你想為自己找個『諾維亞』，就先把你的家給建起來吧。」❻

蘇比修和柯西謨均伸手向前，似乎想要阻止一些什麼。這場會晤結果讓耶穌會神父吃驚，更讓我哥意外。

「我的家……」柯西謨的手臂揮向最高的樹枝，揮向天際。「我四海為家，只要我爬得上去的地方就是我家……」

「『諾・耶斯・耶斯斗！』」❼弗雷德里哥親王搖了搖頭。「男爵，以後你來格拉那達的時候就會知道，我們是西耶拉地區最富有的地主。『梅柚・給・啊葛意。』」❽

蘇比修先生再也忍不住了。「可是，大人哪，這小子是伏爾泰的信徒哪……他絕對不該和令嬡來往……」

「噢，『耶斯・侯文』，他年輕嘛，想法變來變去，『給・誰・卡誰』，讓他結婚吧，之後就會改變的。來格拉那達吧。」❾

「『木恰斯・葛拉夕亞斯・啊・烏斯疊』……我會再多想想……」柯西謨手裡揉弄貓皮帽，連忙鞠躬告辭❿。

當再次遇見吳蘇拉的時候，我哥顯得心事重重。「吳蘇拉，妳知道嗎，令尊向我提到妳……他提起某些話題……」

吳蘇拉一臉驚惶。「你是說，他希望我們不要再見面了嗎？」

「不，不是這樣……他說，當你們可以回家的時候，他希望我可以和妳一起回格拉那達……」

「哇，好棒！太好了！」

「可是，妳看嘛，雖然我愛妳，但我是一直住在樹上的，而且我想要永遠留在樹上……」

「喔，柯西謨，我們家也有美麗的樹呀……」

「沒錯，但為了抵達格拉那達，我勢必要先爬回地面，而一旦我爬下去……」

「柯西謨，先別擔心。畢竟我們現在還是被放逐的，說不定我們這一輩子都要在樹上度過。」於是我哥就不再多想了。

可惜吳蘇拉猜錯了。不久之後，弗雷德里哥收到一封來自皇室的信件。原來寬宏大量的國王宣布，放逐令解除了！被放逐的貴族們可以重返家園，收回領地。一時樹上貴族奔相走告。「我們要回家了！我們要回家了！馬德里呀！卡弟茲呀！塞維爾呀！」

這個好消息也傳入小城。歐利伐巴沙的民眾帶來梯子。有些貴族一邊歡呼一邊爬下梯子，有些則留在樹上收拾行李。

「不過事情還沒了結呢！」「伯爵」繼續說道，「讓朝廷等著瞧吧！讓國王好看！」這時沒有任何一位貴族有興趣理會「伯爵」的痴人狂喧。仕女們掛心的是，她們的禮服已經過時，而衣櫃也亟需汰舊換新。「伯爵」開始朝向歐利伐巴沙的民眾慷慨發言：「我們就要前往西班牙，到時候看著辦吧，我們會把舊帳算清楚。我和這位年輕人終究會得到正義！」他指向柯西謨。柯西謨頗感困窘，只得示出不以爲然的表情。

眾人將弗雷德里哥先生扶持到地面。「『罷哈，侯文‧畢沙羅！』」⑪他對柯西謨喊道，「下來吧，你這奇怪的年輕人！跟我們去格拉那達！」

柯西謨蹲伏在樹枝上，雙手抱頭。

親王又道，「怎麼，不依？我要把你當作親生兒子喔！」

「放逐已經結束，」「伯爵」道，「我們深慮已久的想法，終於可以付諸實行了！男爵，你為何還要留在樹上？不合理啊。」

柯西謨張開雙臂喊道，「各位，在你們來到這裡之前，我就已經在樹上了。你們離開之後，我仍然要留在樹上！」

「所以你想退出了？」「伯爵」驚呼。

「不。我想要抵抗。」男爵答道。

吳蘇拉本來是最早返回地面的其中一位，正忙著和姐妹把行李塞入馬車。她衝向小謨所在的樹。「那麼我和你留下來！我陪你！」她衝上梯子。

四、五個人將她攔住，把她拉開。梯子撤走。

「『阿笛幼斯』，吳蘇拉，祝妳快樂！」⓬柯西謨喊道。人們把吳蘇拉強押上車，驅車離去。

突然響起歡愉的犬吠聲。臘腸狗歐弟謨・馬西謨自從和主人一起來到歐利伐巴沙之後，一直很不開心，悶吼了許久——而這時牠又快樂起來了。牠追逐貴族遺留在樹上的貓，看似開玩笑，貓咪豎起毛髮，對壞心小狗嘶叫。

貴族們全都回家了，有人騎馬，有人乘車。路上車馬已經走光了。沒有人留在歐利伐巴沙的樹上，只有我哥除外。樹枝間，還四處殘留了一些羽毛、緞帶、在風中掀動的蕾絲碎片，以及手套、飾有流蘇的陽傘，還有附上馬刺的皮靴。

---

❶《保羅與維珍妮》(*Paul et Virginie*)，由十八世紀的法文散文家聖皮耶(Bernardin de Saint-Pierre)所著。《新耶洛意絲》(*La Nouvelle Heloise*)由十八世紀的法國文壇巨人盧騷(Jean-Jacque Rousseau)所著。

❷「妮妮呀」，西班牙文，「女兒」。

❸西班牙文，「你們的語言」。

❹「侯文」，「年輕」。

❺「卡薩貼」，「結婚」。

❻「翁不累」，「男人」；「諾維亞」，「新娘」。

❼「不是這樣說」。

❽「比這裡好得多」。

❾「耶斯・侯文・給・誰・卡誰」，「（他）很年輕就結婚」。

❿「非常感謝您」。

⓫「下來，聰明勇敢的年輕人！」

⓬「再會」。

19

那個夏天，月圓、蛙鳴、鳥囀，男爵又回到翁勃薩。他像鳥雀一般躁動，在枝頭間跳來跳去，眉頭深鎖，好管閒事，猶疑不決。

不久，竟有謠言傳道：山谷對面有一位茄姬娜小姐，就是我哥的情婦。這名女子住在一幢荒屋裡，和一位失聰的姑媽同住，巧的是她的窗口正鄰接一棵橄欖樹。廣場上的人們無所事事，搬弄茄姬娜的是非。

「我看見他們兩人在一起：茄姬娜靠著窗枱，柯西謨待在樹上。柯西謨像蝙蝠一般朝著女人鼓動雙臂，而茄姬娜則笑彎了腰！」

「然後他跳進窗口？」

「你亂講。柯西謨曾經發誓，他這輩子都不會離開樹木……」

「嗯，反正規矩是他自己定的，他當然也可以容許一些例外啊……」

「咦？如果要考慮例外狀況……」

「噢不。其實是女人從窗口跳出，攀到枝頭上！」

「他們在樹上要怎麼辦事？一定很不爽快吧……」

「我說啊，他們根本沒有誰曾經碰過對方。沒錯，男人挑逗女人，或者是女人引誘男方。可是柯西謨絕不會願意下樹的……」

是還是不是？他還是她？上樹還是下樹？……如此的討論無止無盡。後來，已訂婚的青年或已婚的男人只要一見他們的女人抬眼望向任何一棵樹，他們就會氣得跳腳。可是，女人們只要有機會私下碰面，便開始竊竊私語——她們嚼舌的主題是什麼？就是我哥哪。

不管我哥的情婦是茄姬娜還是誰，他都可以享用女人而不必爬回地面。有一回，我看見他在樹上奔跑，肩頭扛了一張床墊，輕鬆得像在扛槍管，繩索，斧頭，水瓶還是火藥筒一般。

城裡有一名叫做朵羅西亞的女人向我坦承，她和我哥共處過，而且她之後有了一個心得。她和我哥的那一段，純粹出於她的自願，而不是為了要錢。

「妳得到的心得是什麼？」

「噢！我很滿意……」

還有一位索貝德，對我說她曾經夢見「樹上男子」（他們這樣稱呼我哥）——她的夢境鉅細靡遺，我想她必然親身體驗過才是。

呃，我並不清楚謠言流傳得如何，但柯西謨勢必對女人散發出強烈吸引力。自從他和西班牙人相處過之後，他更加注重自己的儀容，不再像隻熊似地全身掛滿毛皮四下遊蕩。他穿上長襪、有腰身的外套，戴上英國人的高帽子，剃去鬍子，梳理假髮。事實上，旁人只要打量他的穿著，就可以推知他是要去獵取禽獸還是要獵取情婦。

聽說有一名貴婦也和我哥有些瓜葛。我不能供出這位成熟高貴仕女的姓名，因爲她是翁勃薩地方人士。（她的子孫仍然住在翁勃薩，所以她的艷史會讓人尷尬。不過，她和我哥的緋聞在當年卻早已家喻戶曉。）她總是乘坐馬車出門，單獨一人，只有一名老車夫爲她駕駛。她行經的大道是橫越森林的。

每回抵達村中某一定點，她就對老車夫說：「喬偉達，森林裡長滿了蘑菇哪！請你下車幫我摘一籃菇，採好了再回來，好嗎？」貴婦交給車夫一只好大的籃子。這可憐的老頭正爲風濕所苦，卻不得不爬下馬車，把大籃子扛在肩上，走入林中深處，在沾露的羊齒群落間搜索，鑽進櫸木森林裡，在每一葉片下頭尋找菇菌。這時，馬車上的貴婦會突然消失，隱沒於大道上空的濃密枝幹之間，彷彿被吸入天空一般。她失蹤的時候幹了什麼好事，就不得而知了——只知人們在走過森林的時候經常發現這輛空無一人的馬車。貴婦的失蹤誠然驚人，但她迅即重回馬車的奇蹟也讓人驚嘆。一切如常，但回到馬車的她看來很憔悴。喬偉達一身濕透回到馬車，大籃子底部只散置了幾朵小菇。之後驅車離去。

我哥的諸多艷史在四處流傳，其中某個故事與幾位熱內亞仕女有關。她們經常爲有錢的單身漢舉辦小型宴會（當我單身時，我經常參加）。聽說，這五位仕女突發奇想，意圖染指男爵。說實在的，有某棵老橡樹仍然被人稱作「五隻痲雀的橡樹」哩——我們老一輩的男人都知道這是什麼意思。這五位仕女的傳言來自傑，一位商人，傑說的話我們都信。在晴朗的一日，這位傑來到森林打獵，走到橡樹下頭——咦，他看見了啥？柯西謨在樹上同時享用五名女子哩，這枝頭上掛了一個，那裡又趴了另一個，享受午後溫暖，袒裼裸裎，卻仍撐開小傘以便避開日光。男爵在五女之中念誦拉丁詩文，但傑聽不出究竟是歐維還是魯克瑞息斯❶的作品。

與我哥相關的風流軼事不可勝數，但其中真僞我也不甚了然。那時，他對於這些逸聞是頗有保留的，很不大方；不過，待他年紀老大之後，他卻自動說起這些陳年往事，甚至口無遮攔——雖然他說出的某些故事其實過於離奇，他根本不可能親身體驗過。人們養成某種習慣——當有些女孩給人弄大了肚子，卻又不知道野種來自何人的時候，處理這種醜聞的最佳方式就是歸罪給柯西謨。有一回，一名女孩回憶自己在摘橄欖時，她的身子突然被猴子一般的長臂抱起……不久，她便生出一對雙胞胎。於是，男爵的私生子充斥於翁勃薩，眞假參半。現在這些野種都長大成人了——說眞的，其中有一些還眞像我哥呢。但有些人並非直接得到我哥的遺傳，而毋寧說是受到暗示：有些女人在懷孕時，驚見柯西謨在樹間飛跳，於是她們的體內便產生了變化。

這些懷孕奇譚，我自己並不輕信。我也不知道我哥是否曾和這麼多女人發生關係，一如衆人耳語。但我確知的是，眞正認識我哥的人，並不願多提往事。

再說，倘使眞有許多女人追逐我哥，那麼月夜時分他何必像野貓似地徘徊村莊周圍的無花果樹、梅樹、榲桲樹上頭，在果園裡俯瞰翁勃薩外圍的房舍，兀自哀嘆呢？他努力想將嘆息、哈欠、呻吟調整為正常的人聲，但矯枉無功，他的喉嚨反而發出號叫或咆哮。翁勃薩的人民深知我哥習性，所以就算在睡眠中聽聞我哥狂吼也不爲所動——他們頂多在床上翻聲嘆道：「男爵又出來找女人了。希望他趕快找到一個，我們才好睡覺。」

有時候，某些老頭子睡不著，只要一聽聞異聲便喜孜孜地挨向窗口，望向果園，在無花果樹的枝幹間看見柯西謨身影。月光把人與樹的影子打在地面上。「大人，您今晚睡不著嗎？」

「唔，我越活動就越覺得清醒。」柯西謨說。他彷彿躺在床上說話似地，他的臉似乎深埋在枕頭裡，他期盼自己的眼皮快闔起來，然而事實上他卻像空中飛人一般懸吊在半空中。「不知道今晚是怎麼回事。

天氣熱。神經過敏。或許天氣又將轉變。你覺得呢?」

「喔，我感覺得到，感覺得到……不過大人啊，我老啦。您呢，卻有血氣之勇……」

「是的，沒錯……」

「嘿，男爵大人，試著放鬆一點吧。這裡沒有什麼人可以為您提供安慰，只有可憐的小百姓哪，我們黎明即起，所以現在非睡不可……」

柯西謨一言不發，沙沙作響鑽入果園。他總是提醒自己不要逾矩，不過翁勃薩的人民也總是知道如何容忍他的古怪行徑：一部分因為他畢竟是一位男爵大人嘛，另一部分也因為他和其他男爵不一樣。

有時他的獸性吶喊傳至另一些窗口，鑽入更好奇的耳朵裡。有人點亮蠟燭，有人壓低音量嘲笑他；他沒辦法捕捉黑暗中的女子耳語，這些碎嘴言談鐵定是取笑他的話。對我哥加以奚弄，或佯裝與他對喊，都會被錯認為嚴肅的、真愛的舉動──樹上夜行者就像狼人一般，他瘋了。

接著其中一名不要臉的女孩便走向窗邊，故作探視風景似地。她仍然保持被窩裡的體溫，露出酥胸，散開長髮，堅毅的雙唇放開玉潔的微笑。一場對話如是開始。

「是誰啊?是貓咪呀?」

他回道，「是個人，是男人哪。」

「會喵喵叫的男人嗎？」

「不，我只會嘆息。」

「爲啥？出了什麼事？」

「是出了一些事……」

「啥事？」

「妳到我這裡來，讓我告訴妳……」

不過，我哥雖然和女人極盡輕薄，其他男人卻都不會咒罵他，也不見我哥與人結怨。在我看來，是因爲柯西謨一點也不危險。只有一次，他莫名其妙受傷了。消息在早上傳開。翁勃薩的大夫只得爬上榛果樹——我哥正在樹上哀嚎呢。他的一隻腿嵌滿了葡萄彈。這種槍彈很小，是用來打麻雀用的，要用鉗子把他腿上的子彈一一摘下才行。很痛，但他也復原得快。他爲何出事，我們始終不甚清楚；他說，是在爬樹的時候不愼中彈所致。

*

我哥在樹上不便行動，靜養身子，於是他又重拾嚴肅的書册。他開始著手撰寫《樹上理想國之建國芻議》，他描繪想像中的「樹林共和國」，居民全是正人君子。他首先制定法律、研擬政府體制，之後他卻開始亢奮寫起繁複的小說，完成一大篇充斥歷險、決鬥和情色的大雜燴。這節奇文被置入討論婚姻權的篇章中。我哥心目中的最後一章應該是這樣寫的：「本書作者在群樹之上建立了完美國度，邀請全體人類上樹安居樂業，然而他自己卻甘於返回早已荒棄的地面居住。」《芻議》尾聲是該這樣寫的，可惜我哥並沒有將書寫完。我哥將《芻議》摘要寄給狄德羅，上頭的署名是：「柯西謨·隆多，《百科全書》的讀者。」狄德羅回給他一封致謝的短信。

❶魯克瑞息斯(Lucretius)，西元前一世紀的羅馬詩人、哲人。

20

對於那段時期，我沒什麼可說，因為當時正值我的首次歐陸之旅。我那時才二十一歲，可以隨我心意運用家產——反正我哥並不大需要用錢，而家母更用不到了：那些年來她蒼老許多，實在可憐。我哥簽署了一份委託書，決定把所有家產歸我所有，條件是我每個月要給他一筆零用金、替他交稅、並且幫他打點雜事。而我繼承家產之後，就必須管理產業，還要找個老婆。我早就預見自己風平浪靜的一生，雖然世局動蕩，可是我還是安然無恙存活下來。

但在平凡而優渥的後半生之前，我決定出門遠行。我也去了法國，正巧有幸目睹出走多年的伏爾泰如何意氣風發返回巴黎，也看了他的一齣劇。不過我並不是在撰寫自己的回憶錄，畢竟我的一生並不值得寫下——我只想提及這趟旅程。旅途中，不論身置何處，我都驚愕聽聞「翁勃薩樹男」的顯赫名聲。有一回，我在一本年鑑上看到一幅插畫，圖片下方有一行法文：「翁勃薩（熱內亞共和國）的野男。獨居樹上。」

插畫裡的樹男全身覆滿樹葉，留了鬍子和辮子，正在吃一隻蝗蟲。他被放進「怪獸篇」的那幾頁，夾在陰陽人和海妖的圖片之間。

在異地聽見我哥的名字，當然欣喜莫名；不過我總是小心翼翼，不讓別人知道他是我兄弟。然而，也有例外。我受邀參加迎接伏爾泰返回巴黎的典禮，看見年老的哲學家坐在扶手椅上，一群仕女圍在他周遭。哲人像蟋蟀一樣歡愉，也像刺蝟一樣扎人。他一知道我來自翁勃薩，便夾雜了法語問我：

「親愛的騎士，府上附近是否有一位著名的哲學家，像猴子一般住在樹上？」

我虛榮過頭，便忍不住夾雜了法語答道：「先生，他就是家兄啊，隆多男爵！」

伏爾泰很覺詫異。一部分的原因可能是，他發現怪物的弟弟——我——看起來竟然如此平庸。他繼續問道：「令兄待在樹上，果眞比較接近天空嗎？」

「家兄認爲，」我答道，「想要清楚看見地面的人，就應該和地面保持必要的距離。」

伏爾泰看似對這個回答很滿意。

「以前只有『自然』才可以主宰世界，」他提出結論，「但現在世界以『理性』爲主宰。」語罷，老哲人又繼續和他的虔誠崇拜者繼續閒聊。

*

未久我就被迫中止旅行，提早返回翁勃薩，因爲我收到一封緊急的信函。家母的哮喘突然加劇，可憐而老邁的她再也無法離開病床。

我回到家，抬頭望向我家的屋子，相信一定會看見我哥的踪影。柯西謨蹲伏在一棵桑樹的高枝上，正鄰著家母臥房的窗台。「柯西謨——」我壓低音量叫道。他對我作出手勢——一方面告訴我家母已經好轉許多、但仍然困在床上，另一方面也要叮嚀我不要出聲驚動家母。

臥房昏暗。家母躺在床上，一堆枕頭撐在她的肩膀下。家母比我印象裡的她肥腫許多。家裡一些女僕圍在她身邊。姐姐芭蒂斯妲還沒回家——她的伯爵夫婿也沒出現——他們夫妻家裡在採葡萄，所以擔擱了。在幽黑的房間裡，只有窗口是光亮的：透過窗框，可以看見樹上的柯西謨。

我俯身親吻家母的手。她馬上認出我是誰，並把她的手按在我頭上。「啊，你回來啦，畢雅久……」只有在哮喘不致勒住她的喉頭時，她才能勉強出聲——不過她的咬字清晰，話裡充滿感情。而震動我的是，她竟然同時對我和柯西謨說話，彷彿除了我之外柯西謨也跪在她床邊。柯西謨人在樹上，回答她的詢問。

「柯西謨，我是在多久前吃藥的呀？」

「嗯，母親大人，您幾分鐘前才吃的。您要再等一會才能繼續吃藥，不然是沒有藥效的。」

然後，她又說，「柯西謨，給我一瓣橘子吧。」我聞之大驚。但我更驚訝的是，柯西謨竟然以某種捕魚叉伸入房間窗口，魚叉上捕了一瓣橘子。他將果瓣擱在家母手中。

我發現，一遇到類似小事，家母寧可找柯西謨幫忙，而不找我。

「柯西謨，拿圍巾給我。」

我哥利用魚叉，在扶椅上的衣物中翻找出圍巾，然後交到家母手中。

「找到了，母親大人。」

「謝謝，柯西謨，我的乖孩子。」家母說話時，她彷彿相信柯西謨就在床邊服侍，而不在樹上。不過，我也發覺，家母絕不會要求我哥去做那些樹上辦不成的事。遇到這種情形，家母才找我或女僕幫忙。

夜裡，家母無法入睡。柯西謨仍然留在樹上看顧家母。我哥在枝頭掛了一小盞燈籠，如此一來家母就可以在黑夜中看見我哥的臉。

每逢早晨，她的哮喘特別難熬。唯一的解救之道，就是試著逗逗家母，讓她去想一些病情之外的事。於是，柯西謨就爲她吹出長笛小調，模仿鳥兒歌唱，抓了蝴蝶放進房裡飛舞，或利用黃水仙製成花綵懸掛屋中。

一日，天氣晴朗。柯西謨取來蘆葦的草管，從樹上吹出肥皂泡泡，將泡泡趕進窗口、飄飛到家母的病床前頭。家母眼見七彩泡泡充盈飛舞，便道：「喔，你又在玩什麼把戲啊。」不禁想起，當我哥和我還是孩童的時候，家母向來反對我們的童玩，因爲她覺得無聊幼稚——然而，這時的她卻也開始欣賞我們的把戲了，她這一生的第一次。肥皀泡泡甚至撲上她的臉，她只消吹口氣或擺笑臉就可以加以戳破。有一球泡泡落在她的嘴唇上，但竟可以保持完好不動——家人連忙湊前查看。柯西謨手中的蘆葦跌落。家母走了。

*

哀悼儀式落幕未久，歡愉時光就接著上場；畢竟人生的法則就是如此。家母過世一年之後，我和附近一名貴族女孩訂婚。要求我的未婚妻與我同住翁勃薩，竟然非常困難——她畏懼我哥。她一想到有位男子成日在樹上行動、透過窗口窺視每個人的一舉一動、總是在意料之外的時間場合跳出來……她便覺得驚惶。她恐懼，因爲她從未見過柯西謨、錯將我哥想像成美洲的野蠻人。爲了驅除她心中的畏懼，我在樹下空地舉行了一場餐宴，並且邀請柯西謨參加。柯西謨坐在我們頭頂上的冬青槲上，小餐盤上置放了他的餐點。我必須強調，雖然我哥極少和他人共同用餐，但他在餐宴中的表現是十分合宜的。我的未婚妻冷靜了許多；她發現我哥和其他男人一樣正常，只不過他住在樹上就是了。不過她仍然未能克服對我哥的膽怯。

甚至在我們結婚定居翁勃薩之後，我的妻子竟還是盡量迴避我哥，不但避免和他說話，還不願見到他。可憐的我哥，卻還經常爲妻子帶來花束和珍奇毛皮哩。我們的孩子出生長大之後，妻子就生出一個怪念頭：我哥的存在，會對孩子造成不良的影響。她怏怏不樂，於是我們只好整頓荒置已久的隆多古堡，儘可能住在古堡而不要待在翁勃薩，如此一來孩子就可以避開不良的影響。

＊

柯西謨也開始查覺時光的流逝：他發現臘腸狗歐弟謨・馬西謨的年歲已大，再也沒有意願隨同野狗追逐狐狸，也不再企圖向路邊土狗瘋狂示愛。牠總是趴在地上，不願站起來——反正牠站立的時候肚皮也貼著地面，既然如此牠又何必撐起身子？柯西謨待在樹上，而牠則全身塌軟趴在樹腳；牠偶爾一臉倦容望著主人，鮮少搖動尾巴。柯西謨越來越覺得煩悶；時光流逝的感覺讓他對生命產生不滿——原來他的一生就耗在同一批老樹上頭啊。再也沒有什麼事物可以提供我哥充分的滿足，狩獵、求愛和閱讀都行不通了。他也不知道自己想要什麼。心事重重的他輕快伶俐爬上最柔軟脆弱的枝頭上，彷彿想要尋找從樹頂長出的新苗，他企圖爬得更高。

有一天，歐弟謨・馬西謨顯得很躁動不安。春風似乎吹起。老狗舉起鼻頭，嗅了嗅，又把鼻頭擱回地面。反覆兩三次之後，牠突然起身跑起步來。牠緩緩前行，不時停止，繼續嗅聞。柯西謨則在樹上跟隨。

歐弟謨・馬西謨奔向森林。牠似乎對於前進的方向很有把握；就連牠偶爾抬腿小便時，牠都站在定點，伸長舌頭望著主人，然後牠又搔搔癢，繼續信心十足往前跑。老狗跑入柯西謨甚少光顧的林中地帶——其實柯西謨對於眼前林木十分陌生，他已經逼近多樂麥珂公爵的狩獵特區。多樂麥珂公爵本來是個浪蕩子，但他早已老邁疲敗，長年以來再也無法打獵。但是，獵人還是不得擅自闖入公爵的狩獵特區，因為公爵雇用了許多警醒的獵場管理員，戒備森嚴。柯西謨曾和這些管理員打過交道，所以他知道還是勿越雷池為上。這時歐弟謨・馬西謨和柯西謨越來越深入公爵的禁地，不過他們心裡想的全不是特區的珍奇獵物。老狗繼續前行，發出詭異的吼聲；而男爵也擋不住好奇心，連忙跟上一探究竟。

臘腸狗來到森林盡頭，眼前一片空曠草原。我哥看見一對石獅蟠據在石柱上，合舉一面貴族家徽。再往裡頭走，應該就是庭院，更加臨近多樂麥珂公爵的宅邸。不過，我哥並沒有見到屋舍或人眾，只見這對石獅以及綠草如茵，草皮的盡頭在遠處隱沒，和背景的黑色橡木相接。空中雲朵稀落。未聞鳥鳴。

草原的景像讓柯西謨惶惶不安。他平時住在翁勃薩的濃密樹林中，總是可以採行自己的樹上便道抵達任何地方——但這時他看見眼前一片空曠難以跨越，藍天之下舉目空無，於是他覺得昏眩起來。

歐弟謨・馬西謨衝入草原，拚命狂奔，彷彿返老還童似地。而柯西謨只能蹲伏在冬青槲上，對老狗喊叫和吹口哨，「喂，回來呀，歐弟謨‧馬西謨，回來啊，你要去哪裡？」但老狗卻不理會他的呼喊，甚至懶得回頭看他。牠穿越草原，我哥眼裡的牠只剩下遠方的黑點，像是一個逗號。那是牠的尾巴。最後連牠的尾巴也隱沒不見。

樹上的柯西謨焦急擰手起來。忠狗的逃逸和缺席對他而言很平常，但這時歐弟謨‧馬西謨卻深入一片他自己無法跨進的草原。老狗的狂奔呼應了柯西謨不久之前的焦慮。我哥心中充溢了一種模糊的期待——他等候某件事就要在曠野中發生。

我哥正憂煩著，卻聽見橡樹下方響起腳步聲。他看見一名獵場管理員路過——那人吹著口哨，雙手揷在口袋裡。這男子一副無所謂的神情，實在不像那批恐怖的獵場管理員；然而他的制服上又別了公爵僕役的識別章，所以他應該也是其中一名惡棍。柯西謨只好縮身於樹幹之後。但他一想起自己的狗，就無暇畏懼了——他對樹下的管理員喊道：「嘿，你啊，老兄，有沒有看見一隻狗？」

管理員抬頭看他。「啊？是你呀？飛簷走壁的人狗雙俠！沒，沒見到什麼狗。今天早上你獵得了什麼呀？」

柯西謨這才認出，對方是他最要命的冤家之一！他硬著頭皮答道，「呃，沒有啦，其實是因爲我的狗走失了，所以才跟到這裡……我不會在這裡打獵的……。」

對方笑道，「喔？想射什麼就射啊，隨你打個痛快！現在沒人在乎啦！」

「爲什麼現在沒人在乎？」

「公爵死啦。那還有誰會在乎偷獵呢？」

「呃，他死了……我不知道哩。」

「已經下葬三個月啦。他前兩任老婆的孩子正在和他的年輕寡婦搶遺產呢。」

「他娶了三個老婆，是吧？」

「他在八十歲那年娶了第三任妻子，結果過了一年他就翹辮子囉。那寡婦大概才二十一歲吧。這眞是瘋狂啊，這名寡婦根本沒有和公爵共度一天好日子，這會兒她卻要開始巡視公爵的產業了，但她並不喜歡。」

「她不喜歡公爵留給她的房子，嗯？」

「嗯，是這樣的，公爵夫人住在一座宮殿還是城堡裡，結果她的愛慕者也都跟來了——她身邊總是圍著一群仰慕者。三天之後，她覺得周遭的一切都很醜陋感傷，於是她又決意離開。這時，公爵的其他繼承人也趕來了，衝進城堡，宣示他們擁有產權。而夫人說，『喔，好哇，如果你們要，就拿去好了。』之後她就前往狩獵別館。但她又能在那兒待多久呢？我敢說，一定待不久。」

「狩獵別館在哪裡？」

「穿過草原，越過橡木林，就是了。」

「所以我的狗去了那裡……」

「牠一定是爲了找骨頭啃吧……眞抱歉，可是我眞的覺得，大人您眞是聽從狗仔的領導哩！」他狂笑離去。

柯西謨一言不發，凝望這片無法跨越的草地，等候臘腸狗折返。等了一整天，老狗都沒有回來。第二天，柯西謨又留在冬青檞上守候，望著一片綠地，心裡波濤洶湧。

向晚時分，狗仔終於出現了。柯西謨的銳利目光看見原野上的一枚小黑點，越來越淸晰。「歐弟謨・馬西謨！回來呀！你去了哪裡？」狗兒停步，搖了搖尾巴，望著主人，好像想要邀他一起去玩——不過牠發現主人根本無法跨過這片草原，於是牠折返回來，腳步遲疑，隨即又轉身奔離。「歐弟謨・馬西謨！過來呀！歐弟謨・馬西謨！」但狗兒已經跑開了，在草原盡處消失。

有兩名獵場管理員路過。「大人，您還在等您的狗嗎？我在別館看到牠，受到妥善照顧……」

「什麼？」

「啊，是侯爵夫人呀——或者該說是新寡的公爵夫人吧。我們叫她夫人，因爲她小時候就是個小貴婦了。從她和狗共處的模樣看來，牠似乎許久以前就認夫人爲主人啦。恕我直說，大人啊，那隻狗實在喜歡巴結諂媚！現在，牠有了一個柔軟的窩啦，待在那裡不肯走……」

兩名管理員獰笑離去。歐弟謨・馬西謨並沒有回來。日復一日，柯西謨待在樹上，瞪著草原，想從這片綠地中讀出他心中醞釀多年的掙扎。人與人之間的距離，人心的難以觸及，以及守候——這些念頭可以讓他煩上一輩子。

21

有一天，柯西謨站在冬青槲上向外張望。日頭閃耀，一道光芒閃過草原，由孔雀綠轉爲翡翠色。在深幽的橡木林中，矮樹叢裡一陣騷動——一匹馬騰躍而出。馬鞍上的騎士一身黑，披戴斗篷——喔不，穿著裙子哩。不是一般騎士，而是位女子。她放馬奔馳，一頭金髮！

柯西謨怦然心動。他好期盼女騎士可以靠近他一點，好讓他看清她的臉——她的臉蛋想必非常美麗。柯西謨心裡有三個願望：一，希望女人靠過來一點；二，希望她長得美麗；三，希望這位散發魅力的美人可以應合他曾經擁有卻又失落的記憶。那段記憶只剩一條虛線，只餘下黯淡光澤。他期待昔日情景得以重現，不然也盼望在既存的人事物之中重拾過往滋味。

我哥坐在樹上，渴望女騎士接近，過來立有石獅的這一頭。然而，他的守候越來越加煎熬——他發覺，女騎士並不打算直接騎馬穿越草原，反而另闢谿徑，就要奔回森林。

他就要看不見她了。不過她卻又突然將馬調頭，另抄一條路，於是她的身影就離我哥更近一點了

——可惜她終究還是會奔向草原的另一個盡頭。

這時，柯西謨惱火發現——有兩名男子，各騎了匹棕馬，從森林奔入草原。但他馬上擺脫心中不快，不想把這兩名騎士放在眼裡。看看他們在女騎士身後狼狽追趕的模樣！他眞不想被這兩名男子攪壞情緒——不過他又不得不承認，他們的出現讓他很不愉快。

女騎士就要在草原一角隱沒了，可是她卻又調頭，另採一個方向，結果距離柯西謨更遠……。喔，她就這樣不斷改變行進方向，看來似乎是爲了故意擺脫兩名男子的糾纏——那兩名男子果然跑遠了，卻還不明白跟丟了她。

這下，事情越來越貼近柯西謨的心意了。女騎士在陽光下不停馳行，越來越顯嬌美，也越來越符合柯西謨的過往記憶。我哥唯一憂煩之處，是女騎士不斷改變行進方向的作風——他眞摸不清這女人在想什麼。那兩名騎士也壓根不知道她要去哪裡，爲了跟上她只好倍增奔波卻又全然徒勞，白費他們的一片心意以及敏捷騎術。

出於柯西謨意料之外，女騎士竟然往他的方向奔來，穿越石獅蟠據的雙柱——那對石獅擺在那裡，似乎就是爲了增添她的榮耀。她奔入草原，以誇大的手勢甩向掠過的景物，繼續馳行，並且從冬青槲下跑過。因此，柯西謨得以淸楚看見她的臉龐與軀體：她直坐馬鞍上，她的臉上同時掛著婦人的高傲以及孩童的天眞，她的額頭快樂地長在眼睛上方，眼睛快樂地長在額頭下面，鼻子、嘴唇、下巴、頸子，全和她身上的其他部位快樂共處。她這個人，是的她整個人，讓他想起他曾見過的十二歲小女孩。在樹上生活的第一天，他看見女孩玩鞦韆。薇奧拉。翁達麗華的薇奧蘭特。辛弗洛莎。

他發現了她——或者該說，他深埋心底的疑慮終至水落石出的一刻——於是，他滿心灼熱。他想要喊住她，如此一來她就會抬頭望向冬青槲、就會看見我哥——不過，他的喉嚨只擠出粗啞的咕嚕聲，她並沒有回頭。

女子所騎的白馬奔入栗樹群落，馬蹄拍打四散的栗子，於是栗殼剝落，露出果肉的光澤。女騎士不斷改變行進方向，飄忽不定；有時柯西謨以爲她越跑越遠、遙不可及，有時他卻在樹間跳躍時驚見她在林中出現。她的騰躍在他心中搧風點火，揚起記憶的火光。他企圖向她呼喊，讓她知道自己就在樹上——可惜他吐出來的嗓音卻一如雉雞啼叫，她根本沒聽見。

那兩名追逐她的男子似乎摸不清她的心思也不明白她的路徑，不斷錯認方位，最後身陷樹叢，困在泥沼中。然而，她卻暢快馳行，無拘無束。她不時對兩名男子施發號令或提供鼓勵；她舉臂揮鞭，或是投擲摘下的核果，彷彿是要幫他們指點迷津。兩名男子馬上趕赴她所指引的方位，躍過田野和山坡，而她卻早已轉向離去，再也不看他們一眼。

「是她啊！是她啊！」柯西謨心裡想著，燒起更強炙的熱望，想要呼喊她的名字——可是他仍然只能吐出一長聲悲傷的叫嚷，像千鳥的呻吟。

女騎士聲東擊西，愚弄男子，花招百出，但她似乎朝向某個方位行進，雖然她的路徑迂迴多變。大膽猜測之後，柯西謨便決定不再亦步亦趨，辛苦跟隨她的行動——他自忖：「如果眞是她，她一定會去那個地方。我就去那裡等她。事實上，她非去那裡不可。」我哥改採樹上捷徑，前往荒廢的翁達麗華庭園。

在綠蔭中，在香氛濃郁的空氣裡，在一草一木形貌殊異的天地間，柯西謨覺得孩提記憶向他溫柔撲來。他幾乎忘記那名女騎士了，就算他沒有將她忘記，他也要告訴自己：他看見的女人不是記憶中的她——全是因爲他的等候和期待過於眞實，所以他才會輕易相信。

接著，他聽見某種聲響：馬蹄敲打鵝卵石路。馬兒進入庭院之後，速度減緩下來——看來，馬背上的騎士想要仔細審視園中景緻。沒有另兩位騎士的踪影——他們想必是跟丟了。

他看見她。她徘徊在亭台流水之間，觀察幾年來成長茁壯的植物，懸垂的氣根、繁衍成林的木蘭樹。不過她並沒有看見他——我哥想要呼喊她的名字，喉嚨發出鴿子的咕咕聲以及雲雀的顫音。這些鳥語般的聲響和園中鳥雀的細密啼叫交融合一。

她下了馬，抓住繮繩牽馬步行。她走向大宅，放開馬匹，踏入門廊。突然，她大聲喊道：「歐登夏！杰坦諾！達基紐！這裡需要粉刷，窗板要上油漆，壁毯該掛起來！我要在這裡擺大餐桌，那裡放茶几，中間擺鋼琴，圖畫全要重掛！」

柯西謨赫然發現，他迷離視線中的這幢大宅看來封閉騰空日久，至此才重新開放：屋裡擠滿人，僕人們忙著清理、洗刷、整頓、開窗、移動家具、撣地毯。所以薇奧拉**真的**回來了。薇奧拉在翁勃薩重建自己的地位，掌管她自幼離開的大宅！柯西謨心裡同時躍動著喜悅和恐懼。她的歸來和她的存在均是驕傲而不可測的，我哥深怕如此一來他反而就要永遠失去她了，就連在記憶裡、在芳草芬菲綠光斑駁的神秘角落都不再留下她的痕跡……他恐怕將要被迫離開她，放棄初遇女孩的過往記憶。

柯西謨的心頭冷熱不定，眼看薇奧拉穿梭僕人之間。她命令僕人搬動沙發、豎琴和演奏台，然後又匆忙奔入庭院跨上馬背，身後跟了一群等候接受指示的下人。她又找來園丁，囑咐他們整理荒置的花床以及大雨沖毀的碎石路，並且布置柳條椅以及秋千。

她揮動手臂，指點曾經懸掛秋千的樹枝，打算在原處重設秋千。她指示繩索該有多長、盪幅該有多寬；她正說著，手勢和眼神都不約而同掃向木蘭樹，當年她初見柯西謨的地點。而這時柯西謨就待在同一棵樹上。她又看見他了，一如當年。

她很錯愕。非常錯愕，是的，雖然驚訝之中她的眼睛兀自輻射笑意。但她馬上平復，佯裝毫不在乎。她的眼睛和嘴唇都笑了，露出童年時期就已經存在的牙齒。

「是你！」她盡可能維持自然語調，卻掩不住她的興致與快樂。她繼續道，「呃，你一直待在樹上，從未回到地面？」

柯西謨的喉頭終於成功發出燕子的嗓音。「是的，薇奧拉，是我。妳記得我嗎？」

「你從來沒有，眞的從來沒有回到地面過？」

「從來沒有。」

然後她一副已經多加讓步的神態：「啊，所以你辦到了，你看！並不算非常困難嘛。」

「我一直等著妳回來……」

「好極了。喂，你啊，你要把窗帘拿到哪裡去？留在這裡，由我看著辦！」她又回眸看他。柯西謨當天穿著狩獵裝，渾身毛絨絨的，戴著貓皮帽，手持毛瑟槍。「你看起來好像魯濱遜！」

「妳讀過《魯濱遜漂流記》？」他馬上答道，顯示自己跟得上潮流。

薇奧拉轉過身去。「杰坦諾！安塔留！來淸枯葉啦！這裡全是枯葉啊！」然後又對他說：「一個小時後，在庭院盡處見。不見不散。」然後她留在馬背上，匆促交代更多差事。

柯西謨投身林木深處。他寧願森林變得稠密千百倍，化為枝葉、荊棘、羊齒和孔雀草所組成的方陣，好讓他身陷其中不得自拔，如此他才會知道，自己究竟是快樂呢，還是恐懼得發狂。

柯西謨人在庭院盡處的大樹上，膝頭緊抵著枝幹，他看了看錶——這隻口袋錶傳自外公，克特維茲大將軍。我哥自言自語：她不會來了。然而，薇奧拉卻幾乎準時騎馬赴約。她停在樹下，根本不往上看。她並未穿戴騎士衣帽。她改穿白色短衣、飾有蕾絲的黑裙，看來就像修女一般。她踩在馬蹬上，把手伸向樹上的他——他拉她一把——她踩上馬鞍，搆到樹枝。她仍然正眼不瞧他一眼，俐落爬上樹枝。她相中一處舒適的枝椏，大方坐下。柯西謨伏在她腳邊，只敢開口輕問：「所以妳回來啦？」

薇奧拉丟給他一個嘲諷的眼神。她的頭髮像童年時期那般金黃閃亮。「你怎麼知道的？」

他聽不懂她話語中的戲謔。「我在公爵的狩獵特區看到妳。」

「特區是我的，不是公爵的。只要我高興，就放任它荒蕪吧！你怎麼知道的？我是說，關於我的事？」

「呃……我才剛剛知道妳守寡了……」

「哼，當然囉，我在守寡！」她拍了拍黑裙，加以撫平，然後迅速說道：「你什麼都不懂。你整天待在樹上，偷看他人的言行舉止，可是你什麼都不懂。我和多樂麥珂這老頭結婚，是因為家人要求我，強迫我。他們說我是個浪貨，所以一定要有個丈夫才行。所以我當了一年的多樂麥珂公爵夫人。這真是我這輩子最無趣的一年，雖然我和老頭子共處的時光只不過一個禮拜。我從來沒有去過那些城堡、古跡、林道——全拿去養蛇算啦！從現在起，我要留在這裡，我從小生長的地方。我要在這裡待多久，當然隨我高興，我隨時都可以走人。畢竟我是個寡婦了，所以我要爲所欲爲！老實說，我只幹我愛幹的事——我和多樂麥珂結婚，只是因爲很適合我。硬說家人強迫我和老頭結婚，也不盡然正確——他們要把我送進婚姻中犧牲，那麼我就故意挑選一位去日無多的新郎。『這樣我才可以早日守寡，』我對自己說。結果，我料中了，你看吧。」

柯西謨呆坐著聆聽薇奧拉排山倒海而來的資訊以及不容置疑的信念，而她猶兀自說個不停：她是浪貨、是寡婦、是名媛，來自遙不可及的另一個世界。我哥啞口無言，只能問一句：「那麼近來妳交往的對象是誰？」

她答道：「看！你嫉妒了。你要小心喔，我不會讓你嫉妒的。」

兩人針鋒相對，柯西謨心中的確閃過一絲妒意。而他又轉念一想：「什麼？嫉妒？爲什麼說我會嫉妒？爲什麼說『我不會讓你嫉妒的……』？彷彿她覺得我們……」

我哥漲紅了臉，心中一股熱流，好想要告訴她——詢問她——聆聽她——然而她卻冷冷回問我哥：「現在談談你自己吧。這些年來你做了哪些事？」

「噢，我做了許多事，」我哥開始暢談，「我打獵，獵野豬，不過我的主要獵物是狐狸、野兔和雉雞，當然也獵殺畫眉和山烏。我也遇上海盜，土耳其的海盜，我們進行激烈搏鬥，結果我叔叔不幸殉難。我也讀了許多書，爲自己讀也爲我的一位朋友讀——他是一位土匪，已經被吊死了。我有整套的《百科全書》，我還寫信給主編狄德羅，而他也從巴黎回信給我。我也做了不少工作，比如種穀、救火……」

「你會不會永遠愛我，捨棄一切至死不渝，而且甘願爲我做任何事？」

柯西謨聽她這麼問，心頭一震。他說，「當然。」

「你在樹上住了這麼久，都只是爲了我？你是爲了愛我……？」

「是啊……是啊……」

「吻我。」

他把她壓在樹幹上，吻了她。我哥抬起臉，驚覺她的美貌直到此刻才得以親炙，以前似乎從未得見。

「哎，妳眞是美麗……」

「都是要給你的……」她解開白色上衣鈕扣。乳房稚嫩，乳頭粉紅。柯西謨立即啓唇叼住。薇奧拉飛翔似地在枝葉之間閃躲，而他在她身後追趕，死盯住她的裙擺不放。

「你要把我帶到哪裡去？」薇奧拉問道——彷彿是他在帶領她，雖然明明相反。

「往這邊走。」柯西謨喘道。他引領她，只要一遇上樹間便道，他便會牽引她的手或摟住她的腰，教她跨越。

「往這走。」他們來到一叢突出於懸崖的橄欖樹上。方才他們在樹間通行的時候，只見細碎錯雜的枝葉；來到橄欖樹頂之後，他們赫然看見海洋，沉靜光明，豁然開朗。海平面無垠開闊，海藍色平整空曠，連一艘船也看不見，甚至他們也數不出有無波浪。只不過偶有一陣輕微騷動掃過灘上圓石，宛如一聲嘆息。

他們看呆了，才折回墨綠樹影中。「往這邊走。」

在一棵核果樹的粗幹上，有一窟貝殼似的凹穴，以前用斧頭砍鑿出來的，是柯西謨的窩巢之一。裡頭鋪了野豬皮，周圍散置了水瓶、工具以及一只碗。

薇奧拉撲到豬皮上。「你有沒有帶其他女人來過這裡？」

我哥遲疑不語。薇奧拉又道，「如果你沒有，就算不上是男子漢。」

「呃……有過一兩個吧……」

她狠狠刮了他一巴掌。「所以你用這種方式等待我回來？」

柯西謨把掌心按在紅腫的臉頰上，不知該說些什麼。但薇奧拉似乎又開心起來。「她們的表現如何？

快說。她們的表現好不好？」

「和妳不一樣。薇奧拉，她們和妳不同……」

「你怎麼知道我的表現如何呢？嗯？你又是怎麼知道的？」

她又變得溫柔了。她不時改變態度，讓我哥不勝驚奇。他靠近她。薇奧拉是黃金，是蜜糖。

「你說……」

「妳說……」

他們彼此瞭解。他瞭解她，所以他才瞭解他自己——老實說，以前他對他自己是一無所知的。而她瞭解他，所以她才瞭解她自己——雖然她早就已經認識自己了，但直到這一刻她才了悟這個事實。

22

他們兩人同遊舊地，來到一棵具有紀念意義的樹上。樹皮上可見深深的刻痕，但已然老朽變形，不像出自人手。銘刻的字樣是：「薇奥拉&柯西謨」，下面還有一行字：「歐弟謨・馬西謨」。

「刻在這裡？誰刻的？什麼時候刻的？」

「我刻的。在那時候刻的。」

薇奥拉很感動。

「這是什麼意思呢？」她指向這串名字：「歐弟謨・馬西謨」。

「我的狗。也是妳的狗。那隻臘腸狗。」

「你是說德加雷？」

「可是我叫牠歐弟謨・馬西謨。」

「德加雷！那時候，我發現家人沒有把狗放進馬車，結果我哭得好傷心哪！……喔，如果你我不得再見也無所謂，但如果少了這隻狗我就會絕望而死！」

「要不是因爲這隻狗，我也不會再次見到妳呢！牠從空氣中聞出妳的下落，之後就不再安分，於是我找到了妳。」

「我一看到牠跑來別館，上氣不接下氣，我就認出牠是誰了……旁人問，『這狗是哪裡來的啊？』我彎腰檢視一番，然後說：『這是德加雷啊！我小時候在翁勃薩養的臘腸狗呀！』」

柯西謨笑了——未料薇奧拉突然擰住我哥的鼻子。「『歐弟謨・馬西謨』——多難聽的名字啊？你去哪裡找來這麼差勁的名字？」柯西謨的臉色青一陣白一陣。

歐弟謨・馬西謨現在好快樂呀。老狗的一片心意原本要分給兩個主人，不過現在牠又可以把剝開兩半的心意拼合回來。其實，這幾天來，牠一直引誘夫人前往狩獵特區的邊界，因爲柯西謨就在邊界的一棵冬青槲上頭。牠使勁咬住她的裙襬，或咬走她的用品，以便慫恿女主人踏上草原。而她不解老狗的心意，只得斥道：「你想幹啥？你要找我去**哪裡**？德加雷！別跑！我怎麼撿回一頭**瘋狗**呀！」

不過臘腸狗的出現已然喚起她的孩提記憶，她對於翁勃薩的鄉愁。於是她馬上收拾行李，搬出公爵別館，決定返回長滿奇花異卉的老家。

所以她回家了，薇奧拉回家了。柯西謨開始經歷他這輩子中最甜蜜的一段時光——對薇奧拉而言亦然。她騎著白馬在鄉間奔馳的時候，如果她瞥見天空與枝葉之間閃現男爵的身影，就會下馬爬樹，與男爵相會。她馬上像他一樣成爲爬樹專家，陪他走過每一個角落。

「噢，薇奧拉，我不知道，我不知道自己該爬到哪裡去……」

「爬到我身上來吧——」薇奧拉悄聲提議。而我哥一聽就暈了。

她把情場當戰場。愛情的樂趣，摻合了多種試煉：勇氣、豪情、奉獻、刺激，這些都是她的心靈特徵。他和她的樹上世界，極爲錯綜複雜、彎扭崎嶇、難以穿透。

「去那邊試試吧！」她指向高處的枝椏喊道。於是他們一起轉移陣地，兩人之間舉行空中飛人的競賽，比賽的獎品是更多更多的擁吻。他們在空中做愛，在樹間翻騰，她撲向他，一如飛行。

薇奧拉和柯西謨都是固執的戀人，兩人有時契合但有時衝突。柯西謨總會迴避對方的仔細追問、旁生枝節以及精心設計的變態行徑——不自然的愛慾行爲，無法讓他開心。當時正風行共和政體的信念，處於一個既淫蕩又嚴厲的時代。柯西謨是個不願知足的戀人，卻又是苦行禁慾的清教徒。他總要在愛情之中找出歡愉，但他絕不只是一個酒色之徒。他已經漸漸不願相信親吻、愛撫、言辭挑逗，因爲這些行爲只是自然情愛的代替品。我哥之所以有這些領悟，都是透過薇奧拉才通徹發現。和她在一起，他就無法懂得愛情之後的傷悲——而這是神學家教誨的概念啊。我哥甚至以愛之悲爲題，寫了一封玄之又玄的信函向盧騷討教——但盧騷大概覺得無聊，所以並未回信。

而薇奧拉也是個敏銳、狡黠、狂想的女子，她的肉體和靈魂都是天主教徒。柯西謨的愛意讓她的感官充分滿足，可是她的心靈仍然空虛。於是兩人之間開始吵架、積怨。

吵累了，他們便躲進濃密綠蔭中歇息。他們躺進吊床，把自己裹成紙捲一般；他們睡在空中別館，窗帘在風中拍打；他們坐擁羽毛鋪成的巢穴。薇奧拉小姐在生活享受方面實在頗具貴婦風格：不管她身置何處，她這位貴婦總有辦法將她的周遭環境佈置得舒適、奢華、愜意。她可以輕而易舉獲得她所希冀的繁複華麗，其輕易程度讓人稱奇——原來，不論她想要得到什麼，她都非要不可，馬上就要，不惜代價。

他們兩人在空中樓閣纏綿，知更鳥棲息在他們身邊吟唱，成對的蝴蝶鑽進窗帘振翅追逐。夏日午後，戀人並肩睡著了。一隻小松鼠闖入，想找些什麼來啃；牠用毛絨絨的尾巴撥弄戀人的臉，把牙齒扎入戀人的腳趾。戀人只好將窗帘拉得嚴密一切。但還沒完沒了呢，有一家子的樹鼠正在啃咬蜜月套房的屋頂，結果摔跌下來，落在戀人的頭上。

這時他們正在互相追尋對方，說起自己的身世，質問著。

「那時你覺得孤獨嗎？」

「那時我沒有妳啊。」

「所以你與世隔離？」

「不。爲什麼隔離呢？我一直和別人往來呀。我採水果，修樹木，跟隨神父研究哲學，擊退海盜。每個人的生活都像我一樣啊。」

「你和他們不一樣。所以我才會愛上你。」

但是男爵仍然不能夠理解——薇奧拉願意接受他的哪些部分？不願意忍受哪些部分呢？有時，只要一句話、一種聲調或甚至毫無來由，就可以引爆貴婦的怒火。

例如，他說道：「我和吉安・德・布魯吉一起閱讀。我和騎士叔叔一起設計水道……」

「那麼你和我一起做什麼？」

「我和妳一起做愛。就像摘果子、剪樹葉一樣自然——」

她緘默不語，僵直不動。柯西謨馬上知道自己惹禍了。她的眼神突然化爲寒冰。

「爲什麼？怎麼了？薇奧拉，我說錯了什麼嗎？」

她彷彿已經飄忽而去，不看也不聽，距他千百里之遙。她的面容化爲大理石。

「噢不，薇奧拉，爲什麼？妳聽我說——」

薇奧拉站起身，敏捷爬回地面，完全不需幫忙。柯西謨還不知道自己犯了什麼錯，沒有時間多加思索——或許他根本不願意思索，不想要瞭解。他乾脆裝傻算了。「不，不，妳不懂。薇奧拉，聽我說——」他隨她來到低處的樹枝上。「薇奧拉，別走，請不要離開我，不要這樣，薇奧拉——」

她說話了——卻是對馬兒說。她跨上馬背，揪住韁繩，揚長而去。

柯西謨絕望極了，在樹間狂跳。「噢，薇奧拉，對我說話呀，薇奧拉！」

可是她已經跑遠了。他在樹上追逐，企圖趕上。「**拜託**，薇奧拉，我愛妳啊！」但她已經奔離他的視線。我哥縱身跳向不牢靠的樹枝，步伐危險飄浮。「薇奧拉！薇奧拉！」

他知道自己已經失去她了，便忍不住啜泣起來。但突然間她又騎馬跑回，卻不抬眼看他。

「薇奧拉，看看我！看我！我該怎麼辦？」他開始以腦袋去撞擊樹幹。（老實說，硬得很呢。）

她根本不看他一眼。又跑開了。

柯西謨在群樹之間繞行，等著她回來。

「薇奧拉！我絕望了！」他倒掛空中，腦袋朝下，雙腿懸在樹枝上，拚命捶打自己的頭殼和臉龐。不然他便憤怒折毀枝葉，在幾秒鐘內將一棵榆樹的葉片拔個精光，彷若一陣冰雹掃過。

但他從未要脅自殺——事實上他從不口出威脅。他這個人沒有情緒勒索的成分在內。他只做他想做的事。他只在做完事之後才會宣布他的成果，而不會事先張揚。

未料薇奧拉小姐又忽然出現——她的行踪和她的脾氣一樣，難以預料。柯西謨幹出來的多種傻事，似乎沒法子打動薇奧拉——不過她還是莫名感動了，心中充滿憐惜和愛意。「喔，柯西謨，我的愛人，等等我！」她跳上馬鞍，奮力爬上樹幹——他的手臂正在上頭守候，要把她的身子摟起來。

他們再次瘋狂做愛，愛情的強熾和爭執一樣猛烈。愛與怨，其實是同一回事，但柯西謨還不理解。

「妳爲什麼要折磨我？」

「因爲我愛你。」

這回輪我哥生氣了。「不，不。妳不愛我！戀人需要的是歡樂，而不是痛楚！」

「戀人不需要歡樂，只需要愛情。但愛情要建立在痛楚上。」

「所以妳故意折磨我。」

男爵的哲學停止不前。

「痛苦是罪惡。」

「愛情是一切。」

「我們應該對抗痛苦。」

「愛情從來不對抗什麼。」

「有些事我永遠不願意承認。」

「哼，現在你就承認了呀。你愛我，而且你受苦。」

*

柯西謨在絕望時固然大吵大鬧，而他在快樂的時候也毫不安寧。有時候，他的喜悅過於強烈，於是他甚至要擱下心中的愛戀，轉而四處遊走，對全世界喊出情人的美好。

「我要世界上最美妙的愛情！」❶

那些坐在翁勃薩廣場板凳上的無賴和老水手們，對於我哥不時跳出來吶喊瘋話的行爲已經非常習慣。我哥跳越冬青槲，唱道：

尋尋覓覓我的愛，
一切都是爲了妳，
牙買加的島嶼上，
徹夜守候到天明！

不然他就唱：

有一片草坪，
葉片顯金綠；
請帶我遠行，
妳在我心底。

唱完，他又消失踪影。

他對古典與當代語言所下的功夫雖然不夠，但他已經可以同時運用多種語言來宣洩他的紛亂情緒。他的情緒越加熾烈，他的言辭也就會越加難以理解。這裡老一輩的人都記得，在一場盛典時，翁勃薩的民眾都聚集在廣場上，而廣場上也張燈結綵，甚至立起一棵掛滿禮物、象徵豐收的「豐饒樹」。原本站在法國梧桐樹頂的男爵以無人能及的伶俐手腳跳到「豐饒樹」的頂端，向眾人喊道：「美麗的愛神再世，萬歲！」❷他滑下樹幹，幾乎抵達地面才喊停，之後又爬上樹頂，摘下樹上最好的一份禮物——圓餅狀的粉紅乳酪，接著他又跳回法國梧桐，消失踪影。翁勃薩的眾人都看呆了。

＊

我哥浮誇的示愛很討夫人歡心，而她在感動之餘便以更狂野的方式展現愛意。每當翁勃薩百姓見到她快馬加鞭趕路，臉蛋幾乎埋在白色馬鬃裡的時候，就知道她急著要和男爵相會。她的騎術甚至也展示出愛的力量，只可惜柯西謨不得在她身後追隨。我哥稱讚她駕馭馬匹的熱情，但我哥也因而暗自嫉妒怨恨——他發現薇奧拉統御的世界比他的樹上王國廣大許多，他也驚覺自己並無法獨占這名女子、不可能把她鎖在樹上王國裡。夫人也有她自己的痛苦吧：她無法同時扮演忠誠戀人和自由騎士的角色。她心裡偶爾昇起矇矓的欲望，想把她和柯西謨的樹上戀曲移轉到馬背——光在樹上追逐已經無法滿足她的需求，她期待可以和我哥共乘駿馬行遍天下。

事實上她的座騎由於長期在鄉野奔馳，竟然變得越來越像植物了。薇奧拉經常鼓勵她的馬兒攀爬枝幹歪扭的樹木，比如老橄欖樹。有時候馬兒搆得到較低矮的枝椏哩。於是她便習慣把馬栓在半空中，而非栓在地樁上。下馬之後，她就放任馬兒嚼食枝葉。

有一名長舌公途經橄欖樹時，目光拋向樹上好奇一看，赫然發現男爵和夫人在樹上親熱。長舌公連忙奔相走告這個艷聞，還不忘加上一句：「連她的白馬也爬上樹去了。」結果人人笑他妄想，沒人信他。

也因此，戀人的秘密才不至於揭穿。

❶柯西謨的這幾段瘋話，原本是由多種語言（德、法、義、西班牙語等等）揉合而成。語言的混血狀態可以顯示出他癲狂的心理，也可從此看出他的博學（或雜學）。但譯者在此將這些胡言亂語改譯爲可讀的中文。

❷這句瘋話原本也是由多種語言混合組成。

23

從上一章的故事看來，原本對我哥羅曼史議論紛紛的翁勃薩百姓，眼睜睜看著一場激戀就在他們頭頂上爆發。他們故作姿態冷眼旁觀，戀人的事情彷彿比百姓的生計更為重要。他們並不是不批評夫人的行為——他們更在乎表面上看來的小事。比如，他們質疑她快馬加鞭的騎馬方式（「她這樣趕路，是要去哪裡啊？」），以及她不斷把家具吊上樹頂的行徑。他們已經普遍認為，夫人的怪異行為就是貴族作風吧，是展現豪奢的一種方式。（「現在，男的女的都爬上樹去了：他們接下來會幹出什麼好事？」）時代風氣變得比較寬容，但也更加偽善。

後來男爵並不常在廣場的冬青槲上出現：如果他果真在眾人面前露臉，就可推知女人離開他了。薇奧拉有時會遠行幾個月，巡視她散布全歐洲的財產——而她每回遠行，總是起於戀人的甜蜜關係生變。她希望柯西謨以她所理解的方式去愛她，但柯西謨不懂，所以她便怒氣沖沖拂袖而去。薇奧拉並不是要棄絕我哥：他們終要重修舊好。可是，我哥心裡還是有所疑慮：她刻意出國旅行，是不是因為煩厭他了？

他根本無力阻止她的離去。或許她和他的距離已經漸行漸遠，或許旅程中的一樁事件，一個念頭就可以讓她不再回首。難怪我哥苟活得好焦慮。他想要回歸尚未和她重逢之前的正常生活，恬淡漁獵，平凡耕耘，安靜讀書，在廣場與人民閒談，彷彿他並未經歷什麼大不了的事（我哥生性固執，年輕氣盛，不肯承認別人在他身上造成的影響）。不過，他也慶幸自己從愛情經驗中得到教訓、輕盈和驕傲。但在此同時，他也發現，其他事他已經不在乎了——少了薇奧拉，生命就少了滋味。他一直惦念她。我哥咬牙擺脫薇奧拉的致命魅影，想把熱情和樂趣推回理性心智的國度——然而我哥越是拚命驅魔，就越深切感受薇奧拉離去之後的虛空，越急躁地等候她回頭。事實上我哥身陷的這種愛火正合乎薇奧拉的心意，她並不要他惺惺作態。到頭來總是女人勝利，她甚至可以在遠地遙控男人的生死——而柯西謨雖然身不由己，卻痛苦得快樂無比。

夫人的歸來總在意料之外。樹上再度演奏戀曲，以及嫉妒之歌。薇奧拉去過哪裡？做過什麼事？柯西謨想要知道。然而，他同時又害怕她閃爍敷衍他的詢問，而她的敷衍會爲他帶來更多的疑慮。雖然他知道她所說的一切都是爲了折磨他，但她的言語內容恐怕非常眞實。我哥摸不著頭緒，只好時而壓抑他的妒意，但怨氣又彆不住而稍候爆發。薇奧拉的自白次次不同，無法預測；有時她小鳥依人，有時她又掀起怒火。

夫人在旅程中究竟有何經歷？身置翁勃薩的我們並不得而知。我們距離歐陸各大都會甚遠，聽不到什麼傳言。不過，那時我正二度前往巴黎，洽談關於檸檬的生意；許多貴族已經改行從商，而我就是其中之一。

*

有一天傍晚，我來到巴黎最光鮮亮麗的沙龍。我見到薇奧拉小姐。她的髮飾華奢，衣袍浮誇，我一眼就認出她——其實我一看見她就吃了一驚。像她這樣的女人，是不可能被錯認的。她淡漠地和我打招呼，但不久就設法把我拉到一邊，連珠炮一般追問我，我根本沒有機會應答——「有沒有你哥的消息？你會馬上返回翁勃薩嗎？幫我把這個交給他，要他記得我。」她從胸口抽出一條絲巾，塞入我的手中。然後她又匆匆奔向她的那群仰慕者——她走到哪裡，他們就跟到哪裡。

「你認得這位夫人？」一位巴黎友人悄聲問我。

「呃，並不熟。」我沒說錯。當薇奧拉待在翁勃薩的時候，她總是留在樹上和我哥廝混，根本不和當地貴族往來。

「這樣的美人，竟然有一顆如此躁動的心，實在少見，」我的朋友說道，「聽說，她只要身在巴黎，就會不斷更換情人——她喜新厭舊的速度太快了，所以沒有人敢說自己曾經擁有她，也沒人認為自己佔了便宜。可是，她偶爾會在巴黎社交圈消失，一離開就是好幾個月——聽說她不時躲在修道院裡懺悔。」

我差點笑岔氣了——夫人在翁勃薩樹頂的淫佚生活竟然被巴黎人當作修行！不過，這些傳聞也讓我覺得不安——我可以預知我哥的哀愁了。

爲了避免我哥日後驚嚇難堪，我決定趕快警告他。我一回翁勃薩，便前去找他。他仔細詢問了我的旅程以及來自法國的訊息。我和他討論法國的政治和文學，發現他完全瞭若指掌。

最後，我從口袋抽出薇奥拉小姐的手巾。「我在巴黎的沙龍裡，遇見一位認識你的女士。她要我把手巾交給你，還要向你問好。」

他馬上重下吊籃，把絲巾吊上樹頂。他把手巾按在臉上，嗅聞香氣。「啊，你見到她啦！她過得如何？告訴我，她看起來怎樣？」

「非常美麗，非常明艷。」我緩緩答道，「不過，聽人說，她身上的香氣被很多人聞過。」

他把手巾按在胸膛，好似擔心別人搶走。然後他紅著臉對我說，「你爲什麼不把那些搬弄是非的騙子給殺了？」

我坦言，我壓根沒這樣想過。

他沉默了一會兒。然後他聳聳肩。「他們全在扯謊。只有我才知道，她完全屬於我。」然後他抽身跑開，也不和我道別。我知道，他向來如此：他拒絕承認某些事實，以免他的世界崩毀幻滅。

之後，每回看到他，他都一副悲傷煩悶的模樣。他在樹間奔跳，無所事事。我不時聽見他和山烏比賽吹口哨——他的音調更爲不安，更加沉鬱。

*

夫人又回來了。一如以往，我哥的醋勁讓她開心。她挑釁我哥，然後又把她的把戲轉化爲一個玩笑。他們又重回美麗的恩愛時光，我哥再度快活起來。

但夫人開始批評我哥狹隘的愛情觀，毫不留情。

「妳說什麼？妳說我愛吃醋？」

「你吃醋是應該的。不過，你太習慣用理智來處理你的妒意。」

「我當然要運用理智囉。這樣我才能從容應付。」

「你的理智實在太多。怎麼可以用理智來看待愛情呢？」

「還不是爲了更加愛妳。有了理智，愛情才會更有力量。」

「你住在樹上，可是你的想法和藝品鑑定家一樣。」

「最嚴酷的工作，只有最簡單的腦袋才得以完成。」

我哥繼續咬文嚼字，吐出箴言，可是她卻跑掉了。我哥絕望跟隨，披頭散髮。

＊

那一陣子，英國船艦停泊在我們的港口。艦長舉行一場餐宴，邀請了翁勃薩的名流以及其他同港船隻的要員。夫人也去了——那一夜起，柯西謨的醋意又開始酸楚。有兩位來自不同船艦的軍官不約而同愛上薇奧拉小姐——他們不斷在岸上對她示好，而且爭風吃醋。其中一位是英國艦長的中尉，而另一位也是中尉，來自拿坡里艦隊。這兩人各自雇了小紅馬，輪番在夫人的陽台下守候——如果兩人窄路相逢，拿坡里人就會朝英國人狠狠瞪上一眼，目光毒辣，幾乎可以把人就地燒死；而英國人也不甘示弱，半闔的眼皮間射出劍刃一般的光芒。

那麼薇奧拉小姐呢？她這騷貨在幹什麼？她身披睡袍，整天待在家裡，倚著窗枱，彷彿她才守寡不久，葬儀才剛結束！柯西謨沒能夠在樹上坐擁愛人，也聽不見她騎馬奔向自己的蹄聲，便不禁瘋狂起來，但最後也只能安分（連他都學乖了）坐在她的窗口前，觀察她和兩名軍官的行動。

我哥發現，薇奧拉竟然同時鼓勵兩名軍官向她示愛。於是，我哥便想要捉弄他的兩名情敵，盡快將他們趕回船上。他也希望薇奧拉只不過在戲耍這兩名軍官而已——同時也在調侃他。但我哥不會因而放鬆他的監視行動——他一看到她偏袒其中一名軍官，就決意出面干預。

一日早晨，英國人前來探望薇奧拉。她正站在窗前。兩人相視而笑。夫人擲出一張紙條——軍官攔截飄落的紙條，一讀便臉紅了，連忙鞠躬，隨後離去。薇奧拉要和他約會呀！所以英國人走運啦！柯西謨發誓，如果英國人夜裡膽敢來找薇奧拉，一定要他好看！

不久，拿坡里人也來了。薇奧拉也丟給他一張紙條。軍官讀了之後，便將紙條按在唇上，吻個不停。所以他被夫人選中了，不是嗎？那麼，另一名軍官該怎麼辦？柯西謨到底應該對付哪一位呢？薇奧拉小姐一定只和其中一位軍官約會，而存心向另一位紳士開玩笑——難道她打算同時嘲弄這兩名仰慕者嗎？幽會的地點會在哪裡呢？柯西謨猜想，就是庭園盡頭的狩獵別館吧！不久之前，夫人才將別館整修過。柯西謨一想到薇奧拉曾經命人將沙發窗帘吊到他的樹頂，就心如刀割。她不再經營樹頂了，改而將心力花在柯西謨去不了的地方。「我要好好監視行館。」柯西謨自言自語，「如果她要和其中一名軍官幽會，地點一定在別館！」他藏身於印地安栗樹的濃葉間。

天黑之前，一陣蹄聲揚起。是那位拿坡里人。「我來耍一耍他吧！」柯西謨想著。他取來弩弓，將一把松鼠屎射到拿坡里人的脖子上。軍官振振身子，四下張看。柯西謨爬出濃蔭，立在枝頭上，而這時他看見英國中尉正在籬笆外下馬，將馬匹栓在木樁上。「那麼是他囉？說不定另一位只是正巧路過？」他也把一團糞便送到英國人的鼻頭上。

「是誰?」英國人喊道。他穿過籬笆，撞見拿坡里人。拿坡里人也才剛下馬，同樣問道，「是誰?」

「老兄，很抱歉，」英國人說道，「但我要請你馬上離開這裡！」

「我有權留在這裡，」拿坡里人怒斥，「我才要請大人您快滾哩！」

「你不會比我更有權待在這裡。」英國人回道，「很抱歉，但我不容你留下。」

「你侵害了我的榮譽！」拿坡里人說道，「你知道我的家族吧?莎耳瓦多・迪・桑・卡妲多・迪・聖塔・馬利亞・卡布瓦・維蝶耳，皇家海軍的世家！」❶

「而我呢，是奧斯柏・卡索菲德爵士的三公子！」英國人也自我介紹，「爲了**我的**榮譽，請你立刻離開這裡！」

「沒有好好教訓你之前，**我**不會走！」拿坡里人拔劍。

「老兄，出招啊！」奧斯柏爵士喊道，拔劍應戰。

他們決鬥起來。

「老兄，爲了這一刻，我已經等了很久了。」拿坡里人猛刺一劍。

奧斯柏爵士邊躲邊道，「中尉，我也是老早就在觀察你了，就在等這一天！」

兩名中尉勢均力敵，左砍右殺，正值決鬥高潮時，突有人聲喊道：「天哪，住手！」薇奧拉在別館的台階上出現。

「夫人，這傢伙……」兩名中尉異口同聲說道。他們放下寶劍，手指向對方。

薇奧拉小姐說：「親愛的朋友！把劍收起來，拜託你們！你們想要驚嚇一位淑女嗎？我一直以為這棟別館是我的庭園中最沉靜私密的角落，沒想到我還沒來得及打個盹，就聽見刀劍聲！」

「但，夫人，」英國人問，「你邀請的人不是我嗎？」

「夫人，您等候的對象是**我**……」拿坡里人搶道。

薇奧拉小姐的喉頭發出宛如小鳥拍翅的輕笑。「喔，是啊，是啊，我邀了你——還是他呢？啊，我迷糊了。嗯，兩位，你們在屋外等什麼呢？進來吧，請……」

「夫人，我以為您應該只邀了我而已。我很失望。在此向您告辭。」

「夫人，我也想這麼說。別矣。」

夫人答道：「我的兩位好友啊……我的**好**朋友……我真是頭昏了……我約奧斯柏爵士在某個時段見面……而和莎耳瓦多先生約了另一個時段呀……噢，不，對不起——我約兩位在同一個時間見面，只不過在不同的地點……哎呀，我怎麼可能在同一時間的不同地點與兩位相會哩？……嗯，反正兩位都來了，何不坐下來，好好聊一聊呢？」

兩位中尉面面相覷，然後瞪著夫人。「夫人，我們懂了。您假意接受我們，只不過是爲了開玩笑？」

「哎，何苦這麼說，我的好友！此言差矣，此言差矣……兩位的痴情，深深打動我的心……兩位都是我的摯愛……。所以我就憂慮了……如果我選擇優雅的奧斯柏爵士，我就要失去熱情的莎耳瓦多先生……如果我挑中莎耳瓦多中尉的愛火，就要放棄奧斯柏爵士了。哎，爲什麼，爲什麼……」

「什麼『爲什麼』呀？」兩位軍官異口同聲問道。

薇奧拉小姐垂眼說道：「爲什麼不能一次找兩個男人啊？」

印地安栗樹上喀嚓作響。原來柯西謨再也無法保持冷靜了。

兩名中尉聽見夫人的心願，震驚不已。他們同時退了一步。「別說笑了，夫人。」

夫人抬起可人的臉龐，綻放光采笑意。「兩位之中，有哪一位甘願和情敵一起分享我，就表示願意處處討好我。我要把自己獻給如此大方的紳士。」

「夫人——」

「夫人——」

兩名中尉冷漠地向薇奧拉行禮，然後對看一眼，舉手握拳。

「我想您是一位紳士吧？」英國人說。

「我從未懷疑您的名譽。」拿坡里人道。

他們背向夫人，各自走向自己的馬匹。

「兩位朋友……何必發火……傻孩子……」薇奧拉勸阻道，但兩位軍官已經踩上馬蹬。

兩位紳士上馬的這一刻，實在讓柯西謨久等了。他就為兩位情敵準備好報復手段，正得意地期待他們又驚又痛地出醜。不過，他看見他們威武不屈、朝向無恥的夫人道別之後，柯西謨突然同情他們起來了。可是——太晚了！現在若要將他佈置的報復陷阱移除，已經來不及啦！柯西謨轉念一想，便決定坦然警告他們。「小心！」他在樹上喊道，「別騎馬呀！」

兩名軍官錯愕抬頭。「你在樹上幹嘛？你的話是什麼意思？滾下來！」

他們聽見身後傳來薇奧拉小姐的笑聲，宛如鳥羽一般輕柔。

他們看來驚呆了。所以還有第三名男子啊？而且似乎從頭到尾都一直在場！情勢越來越錯綜複雜。

「反正，」他們互相擔保，「我們兩人同心一志！」

「我們講求榮譽！」

「我們兩人絕不可能和人一起分享夫人！」

「這輩子絕不可能！」

「可是如果我們之中有一位願意玩一場三人遊戲……」

「如果這樣，也要我們兩人都同意才行！」

「說定了！就這樣，走吧！」

柯西謨聽了他們這番話，又怒氣沖沖，啃起手指，後悔自己不該中止報復行動。「就讓事情發生吧！」然後他又鑽回枝葉裡。兩名軍官則跨上馬背。「現在，他們該尖叫啦。」柯西謨摀住耳朵想道。果然，兩道驚呼聲響起——兩位中尉的座墊中藏了兩隻刺蝟！

「暗算啊！」他們蹦到地上，又叫又跳，全身痙攣。乍看之下，還以爲他們要向夫人報仇哩。不過薇奧拉小姐倒比他們還要氣憤。她怒喊，「你這隻惡毒醜陋的猴子！」她衝向栗樹，迅即隱沒枝葉中——兩名軍官刹那不見她的身影，還以爲她被大地吞噬去了。

薇奧拉和柯西謨在樹枝上四目相視。他們盯住對方，眼中射出怒火——然而怒氣卻也爲他們披上純潔的氣質，彷彿天使。他們差點要將彼此撕得粉身碎骨，但女人卻喊道：「噢，我的愛人！」她又道，「對啊，是啊，我就愛你這樣：善於嫉妒，意氣用事！……」她的一隻手臂已經環扣他的頸子。兩人擁吻。接下來發生了什麼事，柯西謨已經記不得了。

她的雙臂撫弄他的身軀。她的臉移開他的臉，似乎突有心事閃過。她說，「但是剛才那一對軍官也非常愛我。你看到了吧？他們甚至願意共同用我……」

柯西謨一時想把身子投進她懷裡，但他卻又站直在樹枝上，頭殼猛撞樹幹。「他們那兩隻毒蟲……」薇奧拉撤開身子，她的面容化爲雕塑。「你眞該好好學學他們！」一轉身，她迅速爬回地面。

那兩名仰慕者已經忘記先前的敵對關係，反而認眞耐煩地爲對方的屁股拔出尖刺。但薇奧拉喝止他們的兄弟情誼。「快！上我的馬車吧！」他們三人走到別館後頭，馬車駛離。柯西謨一個人留在印地安栗樹上面，雙手抱住腦袋。

柯西謨又有一段折磨好受了。那兩名前情敵同樣受苦。但如此一來，薇奧拉難道就可以享受歡樂嗎？我相信，夫人之所以折磨別人，是因爲她想折磨她自己。那兩名貴族軍官總是言聽計從，像連體嬰一般同時出現在夫人的窗口下、她的沙龍裡、或在本地酒館漫長守候。而她會同時哄騙兩人，要求他們繼續競爭，證明誰的愛意比較充沛——而他們永遠願意全力以赴。這時，他們甚至願意一起分享夫人這名女子了——不只如此，他們也樂於和其他男子共同享用。所謂的讓步，就像是滑溜的斜坡：他們只要一開始讓步，就會開始向下滑落，不能在中途暫停。他們都希望能夠成功地感動夫人、促使她的承諾在他們頭上實現。兩名情敵之間的關係緊密堅定，然而他們腦裡又充溢妒意，老想著要將對方取而代之。恐怕，在讓步的斜坡上，他們會接受莫名的墮落力量拉扯，以至滅頂，萬劫不復。

每回兩位海軍軍官作出新的讓步，薇奧拉就會跨上快馬，連忙向柯西謨炫耀。

「看，你知道嗎？英國人已經願意做這個做那個……而拿坡里人呢……」她一見他在樹上沉鬱棲息，便大聲喊道。

柯西謨一言不發。

「這就是極致的愛情。」她宣稱著。

「極致的混蛋！你們全部都是！」柯西謨怒斥之後，轉身消失。

這就是他們彼此愛戀的殘酷遊戲，無路可出。

英國的旗艦就要拔錨啓程了。「你要留下來吧，不是嗎？」薇奧拉對奧斯柏爵士說。奧斯柏爵士沒有返回艦上報到——英方將他視爲逃兵。莎耳瓦多先生爲了表示兄弟情誼、效法先烈，所以他也照辦。

「爲了我，他們都成爲逃兵了！」薇奧拉向柯西謨得意宣布。「而你呢……」

「而我呢？」柯西謨怒喊，將一個兇狠的目光擲向薇奧拉。於是她便不敢再置一詞。

奧斯柏爵士和莎耳瓦多先生各自離開皇家海軍之後，便成天耗在酒館裡，藉著玩九柱戲來打發時間。他們臉色蒼白，惶惶不安，試圖互相打氣。而薇奧拉對於她自己和周遭一切的不滿卻也已經抵達頂點。

她騎馬來到森林。柯西謨在橡樹上。她停在樹下，身置原野中央。

「我厭倦了。」

「他們讓妳厭倦？」

「你們全都讓我厭倦。」

「喔！」

「他們向我獻出最崇高的愛——」

柯西謨吥了一聲。

「——但對我來說仍然不夠。」

柯西謨抬頭，盯住她的雙眸。

她說：「難道你不覺得，愛情應該是絕對的奉獻，將自我完全棄絕？」

她立在一片綠野之中，像平常一樣俏麗。她臉上冰霜以及她的高傲姿態，只需稍一碰觸就會消融——之後，他又可以將她擁入懷中……柯西謨願意為她說出任何話，願意出示任何讓步。他應該說：「告訴我，妳希望我做什麼？我都願意——」那麼，他就可以重拾歡愉，甜蜜生活不再有暗影。然而他並未甜言蜜語。他說出口的話反而是：「如果不能全心全力做好自己，就談不上所謂愛情。」

薇奧拉擺出一個遭受激怒的手勢，卻也是個承認虛弱的手勢。可是她應該仍是懂得他的，事實上她的確瞭解他，舌尖差點就要迸出一些好話：「我就愛你這個模樣——」然後她就可以回到他身邊……但她卻咬咬嘴唇，冷漠說道：「那麼，你自己一個人去做你自己吧。」

「但這樣一來，做我自己就失去了意義……」這是柯西謨想說的話。但他並未這麼說。他反而駁道：「如果妳比較寵愛那些毒蟲……」

「我不准你侮辱我的朋友！」她吼道——然而她心裡卻仍然悄悄想著——「我眞正在乎的人，是你啊！我所做的一切，都只是爲了你！」

「所以，應該被侮辱的人是我？」

「你的邏輯眞妙！」

「我就是這樣。」

「那麼，別矣。我今晚走人。你從此再也見不到我了。」

*

她匆忙回家打包，隨即離去，甚至沒有留下隻字片語給兩位中尉。她遵守誓言，再也沒有返回翁勃薩。她去了法國。其實身在異國的她沒有別的期望，只願返鄉，然而她的個人意志畢竟抵不了歷史巨輪。法國大革命爆發，接著烽火四起。夫人先是對歷史事件的進展產生興趣（她追隨拉法葉）[2]，之後移居比利時，接著去了英國。在倫敦的濃霧裡，在長年對抗拿破崙的戰爭中，夫人經常午夜夢迴重返翁勃薩樹林。她再婚了，對象是一名英國貴族；夫婿參與東印度公司的事務，於是夫妻兩人就去了印度的加爾各答。她在陽台上觀看熱帶森林，眼前景觀比她童年庭院裡的奇花異卉還要獨特。她經常幻想柯西謨在印度的樹間行進。當然，不是他。只不過是猿猴虎豹的身影。

奧斯柏爵士和莎耳瓦多先生一直是生死相許的兄弟。他們並肩探訪各地。有人在威尼斯的賭場見過他們。他們也去了古丁根的神學院，以及凱薩琳女皇在位的彼得堡。之後行踪沒人知曉。

有好長一段時日，柯西謨在林中漫無目的地遊蕩，不時哭泣，衣衫襤褸，拒絕進食。他像初生嬰孩一樣痛哭失聲。柯西謨是一名神射手，所以鳥雀只要一見到他的踪影就會匆忙飛避。然而，柯西謨哭泣之後，鳥兒竟然開始飛近他，停駐在鄰近的樹頂，或者在他頭上盤旋。燕子叫嚷，金翅雀顫聲唱著，鴿子咕咕，畫眉吹哨，鷚鳥唧唧，鷦鷯應和。松鼠從高處巢穴鑽出，隨同貓頭鷹和地鼠加入尖聲合唱的行列。一股哀惋氣氛將我哥包裹起來。

他開始使出毀滅性的暴力。他將每棵樹的樹皮迅捷剝光，從樹頂到樹腳，每片葉子都不放過。樹木光禿一如進入寒冬，就連向來不落葉的樹木也難逃大劫。他又爬上樹頂，折斷所有細嫩的樹枝，最後只留下剝去外衣的樹木主幹。他再次爬至樹頂，以小刀削除樹芽。浩劫後的林木展現慘白可怖的傷口。

我哥的瘋狂行爲並非是要對薇奧拉洩憤——而是出自他的懊悔。他懊悔自己失去她，懊悔自己不懂得如何將她留下，懊悔自己以不當而愚昧的傲氣傷害了她。他至此才了解：她一直對他忠誠。她之所以同時和兩名無聊男子周旋，是爲了表示：只有柯西謨，才稱得上她獨一無二的戀人。她狂想無數，牢騷滿腹，是因爲她心中有一股難以平息的熱望——她企圖擴展他們倆的愛情版圖，卻又不願意承認地圖的邊界。不了解這一切的人，是他，是他，就是他！他只知道挑撥她，於是他終究失去了她。

有好幾個星期，他都隻身待在森林裡，他從來不曾這麼孤獨。他甚至失去了歐弟謨・馬西謨的陪伴——因爲薇奧拉把狗帶離翁勃薩了。待我哥終於重回翁勃薩眾人面前時，他整個人爲之大變，就算是我都不得不承認——這一回，柯西謨眞的瘋了。

---

❶關於名銜的迷戀，不妨參考卡爾維諾的《不存在的騎士》。

❷拉法葉侯爵(Marquis de Lafayette)，十八至十九世紀人，法國的軍事、政治、革命領袖。

24

長久以來，翁勃薩的人們都說柯西謨瘋了：他在十二歲的時候爬到樹上，再也不肯回到地面，瘋得一塌糊塗。不過，時日之後，所有的人都接納我哥的瘋狂狀態——我並非只是指他定居樹上的決心——他的各種古怪言行都被衆人包容了。大家只把他當作一位奇人，並不再大驚小怪。當時他對薇奧拉的愛意滔滔不絕，咕噥吐出許多難以理解的語言；他在宗教盛宴中所說出來的話尤其被人當成異端的蔑聖言辭。有人認爲他的呼喊內容爲愛琴海古老民族的腓尼基語，有人相信他以波蘭語宣揚「叟西尼教派」的唯一教教義❶。那時只要一有人說：「男爵發瘋了！」就會有人接著講：「一個一直都是瘋子的人，怎麼還會發瘋呢？」

衆說紛云之際，柯西謨是眞的瘋了。他原本從頭到腳都裹了一層毛皮，這時他卻開始用羽毛裝飾腦袋，像美洲的印地安人一樣，魚狗或鷽鳥的七彩羽飾插了滿頭都是。他也在周身衣物上頭遍撒羽毛，於是他的外套給羽毛蓋滿了。他並且模仿多種鳥雀的習慣，比如啄木鳥等等——他從樹幹中扯出蟲子，還自以爲發現了什麼寶藏哩，向別人炫耀一番。

他也發表保護鳥類的演說，而民衆聚在樹下聆聽、戲耍。以前他是一名荼毒鳥類的神射手，這時他卻變成鳥雀的保護神。他有時自稱小鳥，有時自謂貓頭鷹，或自以爲是知更鳥，越來越擅長將自己扮成鳥類。他發表冗長的演說來抨擊人類，指責人類不懂得將鳥兒視爲自己的好朋友；他的演說採取寓言的形式呈現，控訴整個人類社會。鳥兒們也理解我哥想法的改變，於是牠們樂於親近他，就算有人在樹下聽演講鳥兒也不怕。這麼一來，我哥在演講的時候就有了活生生的現成圖說，他只消指向周遭枝頭上的鳥雀就行了。

因爲我哥和鳥雀異常親近，於是就有人謠傳，某些翁勃薩的獵人利用我哥做爲誘餌，藉此方便獵捕鳥類——然而，從來沒有人膽敢對我哥周圍的鳥兒們開火。雖然男爵的神智越來越不清楚了，可是人們對他仍然持有一份敬重。人們挑釁男爵，沒錯，而且樹下總有一批野孩子和無賴漢跟隨他、捉弄他、佔他便宜——不過，人們還是尊敬他，全神貫注聆聽他的話。

後來他的樹上懸掛了畫滿塗鴉的紙片、抄錄了塞內加與謝弗斯柏里箴言的厚紙板❷，以及多種物件：成簇的羽毛、教堂的臘燭、樹葉編成的冠冕、女性的胸像、手槍以及天秤，以某種獨特的順序排妥。翁勃薩的百姓花了好多時間，努力猜想這些物件象徵了什麼——這些代表了貴族？教宗？美德？還是戰爭？而在我看來，這堆雜物之中有好一些根本沒有任何意義可言，純粹只是爲了激發他的記憶，讓他知道就算最離奇的點子也可能正確。

柯西謨也著手寫作，寫下《山烏之歌》、《啄木鳥的敲打樂》、《貓頭鷹對談錄》等等作品，並公開發行。事實上，我哥就在這一段痴呆的時日裡學會印刷術，並開始印行一些小手册以及報紙（包括《喜鵲報》），後來這些印刷品彙集爲《雙足報》❸。他在一棵堅果樹上安置了木匠的工作枱、織工的紡織機、印刷機、一副活體印刷字盤以及一瓶墨汁；日復一日，他編版印報。不時有些蜘蛛和蝴蝶闖入織布機和紙張之間，結果牠們身體的印子就打在紙頁中；有時蜥蜴跳到紙頁上，但墨水還沒乾哪，結果牠的尾巴將墨汁甩得到處都是；偶爾松鼠會將字盤中的字母誤認爲可以吃的果子，便偷了帶回巢穴——每回遺失的字母都是「Q」，因爲「Q」的形狀圓滾，還長出一根果梗呢，難怪松鼠誤會。於是，柯西謨只好改用「C」來代替「Q」印報❹。

當然我哥的這些作爲都不是壞事——不過我總覺得我哥並不只是變笨而已，他也變蠢了。他的呆傻反而更要命，更讓人感傷——畢竟瘋狂是人性力量的展現，是好是壞很難說；然而痴呆卻是人性耗弱的癥候，徒讓人惋嘆。

冬天的時候，他似乎可以在昏睡的情況中自得其樂。他縮進有襯裡的睡袋中，懸吊樹上，只把腦袋伸出袋外，彷彿從巨大的巢穴探出頭來一般。只有在一天之中的暖和時分，他才肯跳個幾步，躍上梅當索河上的赤楊木，好好方便一番。他待在睡袋裡，閒散閱讀（他在一片幽黑中點起一小盞油燈）、喃喃自語或兀自哼歌。不過大部分的時間都被他用來睡覺。

關於飲食，我哥自有神秘的安排。不過，有些善良的百姓會爬上梯子，帶一些湯或餃子給我哥吃，而他也欣然接受。事實上，當地農民之間流傳了某種迷信：只要向男爵進獻食物，便可以帶來運氣。我哥究竟誘發出什樣的恐懼或善意？我想是後者吧。不過，威赫的隆多男爵竟然依賴衆人的施捨維生，這眞是讓做弟弟的我丟臉透了；如果家父地下有知，不知做何是想。不過，我尙不覺得有何需要自責之處，因爲我哥本來就一直鄙視來自我家的救援，更何況他又簽了那份授權書——依據文件內容，我只需付給他些許零用金（都被他花在書本上），我對他就別無義務了。可是，眼看他沒有能力自行尋找食物，我便指使了一名僕役，命他穿上制服披上假髮，以托盤帶了一大份土雞和一杯波爾多酒，爬上樹，獻給我哥享用。我想，基於我哥的某些神秘原則，他可能會拒絕我的這份心意吧？然而，他還是乾脆而且極爲樂意地享受這份大餐。此後，每回我靈機一動，就從家中準備一份飲食，送到樹上給他。

沒錯，我哥整個人衰頹下來，讓人感傷。所幸，翁勃薩遭受群狼入侵，於是柯西謨又有了大展身手的好機會。

那是個冰寒的冬天，甚至連我們的林子也落雪；阿爾卑斯山上鬧起飢荒，於是成群結隊的野狼便到我們這裡的海邊逃難。有些樵夫不巧撞見了狼隻，便倉惶逃逸，帶回野狼入侵的消息。翁勃薩的民眾曾經歷經救火的那段歲月，懂得如何團結應對危難；他們又開始在城鎮四周輪站看哨，避免飢餓的野獸向民眾進逼。但沒有人膽敢離開街坊太遠，夜裡尤其不敢獨行。

「眞可惜，男爵已經不像以前那樣英勇了！」翁勃薩民眾如是說。

嚴冬也侵犯柯西謨的健康。他縮在獸皮袋子裡，懸在枝頭上，活像包在繭裡頭的蛹。他的鼻水流個不停，看來昏昧失聰。野狼入侵的消息傳到他耳邊，百姓也來到樹下向他喊道：「男爵啊，既然以前您替我們抵抗森林大火，現在我們要替您打擊惡狼！」

我哥的眼皮半開半闔，似乎沒聽懂，也似乎根本漠不關心。但他卻又突然抬起頭來，擤了擤鼻子，然後粗啞說道：「拿羊來。給狼吃。放樹上。綁起來。」

聚在樹下的百姓聆聽我哥的瘋話，錯愕之餘，又嘲弄一番。可是我哥卻從皮袋鑽出，吸著氣，咳嗽說道，「我來教你們。」然後他開始在樹間遊走。

他來到森林和墾地之間的堅果樹和橡樹。他仔細審愼，選定位置。柯西謨囑咐民眾帶羊隻和羔羊過來，然後他將這些牲畜活生生地綁在樹枝上。羊兒哭天喊地，卻不至於從樹上跌落。此外，我哥在每一棵樹上都裝設一把裝滿葡萄彈的毛瑟槍。然後，我哥自己也打扮成羊兒的模樣：他頭戴遮雨帽，身穿夾克和馬褲，而全身衣物一概由鬈毛羊皮製成。然後他開始在樹上守夜。大家都認爲，獵狼行動是柯西謨這輩子幹過最瘋狂的一回事了！

當晚，狼來了。牠們聞到羊騷味，聽見咩咩啼叫，還看見羊兒高高掛樹上哩。整批狼群在樹下停步，仰天長嘯，露出飢渴的獠牙。牠們的爪子撲向樹幹。這時，柯西謨從枝椏之間跳了出來。群狼看見這隻半羊半人的怪物像鳥一樣在樹上跳躍，便吃驚得不得動彈，張口結舌。「砰！砰！」牠們喉嚨中彈。一對野狼倒地。柯西謨身上抱了一管槍（每一開火就馬上塡彈），每棵樹上也都備了一把，槍管中有一顆子彈。所以，每回我哥一開火，就有兩隻狼中彈，跌在凍僵的地面上。我哥就這樣殲滅了大量豺狼。他每一開火，狼群便倉惶奔走，無所適從。其他荷槍的民衆一聽見狼嚎，也連忙趕上，將餘下的狼隻盡數殺光。

關於獵狼傳奇，事後我哥發展出許多版本供他說嘴，我並不知道其中哪一個版本才是對的。其中一個版本這麼說：「這場仗打得正順的時候呢，我來到綁上羊兒的最後一棵樹木，瞧見有三隻狼正想要爬樹，打算一口把羊兒呑掉。我當時發高燒，視線模糊，神智不清，雖然狼隻還沒有發現我，但我自己卻差一點跌入狼口。不過，牠們還是發現我了：我也像是一頭羊，卻以兩隻腳在樹上行走。牠們轉頭看我，露出仍然淌血的獠牙。當時我的槍管裡正好沒有子彈，一番征戰之後早就將火藥用完，而備用的槍卻又在野狼附近，我無法靠近取用。我正在一根比較細小、非常柔軟的樹枝上，而我頭頂上的樹枝是比較粗大的，只要我舉臂就可以搆到。我開始在細枝上倒退，慢慢撤離樹的主幹，走向細枝末端。三匹狼之中，其中一匹也緩緩跟著我過來。細枝沒辦法支撐我的身軀，於是我的雙手便抓扶頭頂上的粗幹，雙腳卻猶然踩在細枝上——事實上，全憑上頭的粗幹支撐我的重量。但那匹傻狼被唬了，還不住踩在細枝上向我走來，枝頭都彎折了還渾然不覺。此時，我一使勁，跳上頭上的枝幹，而野狼則從細枝上跌落，發出狗仔的微弱呻吟。牠在地上摔斷了背脊，當場斃命。」

「不是還有兩匹狼嗎？」

「……另外兩匹狼全身僵直，死盯著我。這時候，我突然剝下羊皮衣帽，朝向牠們擲去。兩匹狼之中的其中一匹，以爲看見羊兒的白色鬼魂飛來，便試圖張口咬住——牠本來以爲會咬中龐然重物，未料卻是一張空洞的羊皮！結果呢，牠失去重心，同樣摔到樹下，一命嗚呼！」

「還剩一匹狼。」

「……還剩一匹狼——我把羊皮衣擲向野狼之後，我身上的衣物便單薄許多。結果，我開始拚命打噴嚏，足以撼動天地。因爲我的鼻涕突然爆發，所以剩下的這匹狼飽受驚嚇，同樣牠也從樹上摔落，折斷脖子……」

我哥的獵狼之夜就是這麼一回事。唯一可以確定的是，他之後開始發高燒——他平時就已經帶病在身，所以一發起燒來更是要命。日以繼夜，他在生死之間徘徊，幸好翁勃薩公社願意照料他，以示感恩。他躺在吊床裡，成群的醫生爬上梯子，圍在他身邊。最好的大夫都找來了，有人提供灌腸劑，有人拿出吸血蛭，芥子硬膏，以及熱敷劑。沒有任何一位大夫認爲隆多男爵發瘋——他們反而覺得，男爵擁有世界上的最偉大的腦袋之一，足以列入這個世紀的超凡奇跡❺。

他病了。他痊癒之後，一切又都有了改變。同樣，一如以往，有人說他大智若愚，有人說他痴癲瘋傻。不過事實上他再也不狂妄了。他著手印行周刊，不再稱作《雙足報》，而改名爲《理智的脊椎動物特刊》。

---

❶叟西尼教派（Socinianism）是義大利十六世紀的一種教派，信仰唯一教。叟西尼教派一名，出自兩位名爲叟西納斯（Socinus）的義大利神學家。唯一教（Unitarianism），反對三位一體的說法，主張唯一神格，不承認基督爲神。

❷塞內加（Seneca），西元一世紀的羅馬斯多噶教派哲學家、作家。謝弗斯柏里（Shaftesbury），十七世紀的英國政治家。

❸鳥類均有兩足——人類亦同。

❹柯西謨以「C」代「Q」，是因爲兩者在字辭中的發音類似。

❺不知卡爾維諾有沒有想過，在他過世之後，這番讚辭也運用到他自己的身上。

25

那時共濟會的翁勃薩分會是不是成立了，我並不清楚。許久之後，等到拿破崙首度凱旋時，我才和許多在地權貴一起加入共濟會；也因此，我哥起初是不是和分會有所接觸，我並不得而知。就這一點，我想要引述一段往事；我所說的細節大致沒錯，許多當時目擊者也可以爲我說的故事作證。

話說有一天兩名西班牙人——路過的旅客——來到了翁勃薩。他們前來訪視一位名叫巴多羅美歐•卡華涅雅的甜點師傅——巴多羅美歐是有名的共濟會會員。這兩名西班牙人自稱是來自馬德里分會的共濟會同志。於是，巴多羅美歐就在某個晚上帶領他們參加翁勃薩共濟會的聚會。他們的聚會地點在林中空地，點起火炬和焰火作爲照明之用。其實，以上這些細節都來自傳言和臆測啦，唯一可以確定的是：在第二天，當這兩名西班牙人走出客棧時，他們就被柯西謨盯上了。我哥躲在樹上，觀察他們的行踪。

兩名旅人走出城門，來到一家酒店的庭院中。而柯西謨則棲息在一棵甘草樹上。餐桌前坐了一位客人，正在等候兩名西班牙旅客——這名客人的面孔難以辨識，因爲他戴了寬邊黑帽，把臉遮住了。三顆腦袋——或者該說是三頂帽子——圍著方形桌巾，相互點頭示意。一陣閒談之後，那第三名男子開始在一張小紙片上寫字——兩名西班牙人口述什麼，第三名男子便寫下什麼。他寫出來的文字逐一向下排列，看來是一份名字的清單。

「各位，日安！」柯西謨在他們頭上喊道。三頂帽子抬起頭來，露出三張臉孔，每一雙眼睛都盯向樹上的漢子。不過，三名男子中的其中一名——戴寬邊帽的那一位——卻馬上低下頭來，他的鼻尖幾乎就要貼上桌面。但我哥的眼光夠利夠快，還是在對方掩面之前看見自己依然認得的容貌。

「先生，日安！」❶另兩位男子道，「但這可是這一帶的風俗嗎？您向陌生人打招呼的時候，竟然像鴿子一般，從天而降？或許您應該有禮貌一點，爬下樹來，好好解釋一番！」

「在樹上的人，光明正大，不怕別人看，」男爵說道，「可是有些人卻躲在地面的塵土中，藏頭縮尾。」

「先生，依我看哪，我們可沒義務要露臉給您瞧啊！您總不會也要求我們露出臀部給您觀賞吧？」

「對某些人來說，當然沒這種義務。遮臉不給人看，是因為怕丟臉。」

「有哪些人怕丟臉啊？」

「間諜，比如說。」

兩名男子一驚。低頭的第三名男子仍然動也不動，但這時他卻終於吭聲了：「又比如說，某些秘密會社的成員……」他緩緩說道。

這句話可以導向多種詮釋。柯西謨想了想，才朗聲說道：「先生，您說的這句話具有很多種含義。您所說的『某些秘密會社成員』，是在影射我嗎？還是在指各位呢？或者各位和我都算是？或，沒有人是？還是說，您說出這句話，是用來方便與我抬槓？」

「什麼，什麼，什麼呀！」❷寬邊帽男子困惑喊道。他一時情急，便忘了繼續壓低他的臉——他抬起臉，足以看見柯西謨的眼睛。柯西謨也馬上認出他是誰了：他是蘇比修先生啊，那名耶穌會員，當時在歐利伐巴沙和我哥作對的傢伙！

「啊！所以我沒有認錯人！揭下你的假面具吧，可敬的神父！」男爵吼道。

「是你！我就曉得！」這西班牙男人喊道，並脫帽行禮，露出僧人特有的髮式。「在下蘇比修，耶穌會長老！」❸

「在下柯西謨，共濟會會員！」

另兩名西班牙人也微微頷首，自我介紹。

「在下嘉里士多！」

「在下傅恆修！」

「兩位也都是耶穌會員？」

「不過教宗最近不是才頒令解散各位的教團嗎？」

「都是！」❹

「我們才不放過你們這些淫賊和異類呢！」蘇比修一邊嚷著，一邊拔劍。

教宗解散了他們的教團之後，這些西班牙耶穌會員便四處流竄，想在鄉間組織武裝自衛隊，來和一神教以及新觀念決一死戰。

柯西謨握住劍柄。三個人圈圍住他。「要決鬥的話，您最好爬下樹來，才夠『甲把耶婁沙曼疊』！」西班牙人說。❺

近處有一片堅果林子。正值收成時節，農人們在樹間高懸被單，如此一來他們打下來的堅果就會墜入被單，不至於跌落地面。柯西謨躍上一棵堅果樹，然後再跳進被單中，努力保持身子直挺，避免在吊床般的被單上滑倒。

「蘇比修先生，您也爬高一點吧；畢竟我已經降低不少高度了，比我平時的高度低了許多！」他說著，也抽劍出來。

蘇比修也跳到被單上。想在被單上維持身軀直挺並不簡單——被單很容易就像布袋一般將他們裹住。可是，這兩名劍客窄路相逢，劍氣如火，必定要廝殺一陣才行。

「向上帝的神力致敬！」

「向偉大的宇宙致敬！」

然後他們開戰。

「在我砍斷你的脖子之前，」柯西謨說，「快告訴我，吳蘇拉小姐過得如何？」

「她死在修道院！」

柯西謨聽了這個消息，頗爲震懾（我卻覺得，這根本是蘇比修當場揑造的假消息），蘇比修這名前耶穌會員眼見機不可失，便使出一招突襲。蘇比修撲向被單繫在樹上的一角——這一角將被單撐起、讓柯西謨得以立身於被單上——蘇比修把被單的這一角砍斷。柯西謨差點就要跌到地面去了，幸好他及時躍向蘇比修所站的位置，並且抓住了一根繩索。我哥這麼一躍，便突破蘇比修的守勢，將劍刃刺入蘇比修的肚皮裡。蘇比修不支倒地，整個身子滑向他自己砍裂的被單一角，然後跌落地面。柯西謨則安然回到堅果樹上。另兩名前耶穌會員抬起他們的同伴蘇比修——蘇比修斷氣了沒，我一直不知道——然後匆匆逃逸，再也沒見過他們的人影。

一群民衆聚在鮮血染紅的被單旁圍觀。此後，人人都知道我哥是一位共濟會員。

＊

因爲共濟會習於保守秘密，所以我可以獲知的詳情無多。當我初入會的時候，就如我說過的，我發現柯西謨享有複雜離奇的名聲。有人說柯西謨是一位舊日的同志，和分會之間的往來曖昧；有人說他「整天都在睡覺」；有人說他是參與外教的異端；有人甚至說他是一名背教的叛徒——不過，會友提及我哥的過往事跡時，總是滿懷敬意。我哥甚至被尊奉爲傳說中的「啄木鳥共濟會」長老，隸屬於翁勃薩東部分會。這個分會的入會儀式就充分顯示出我哥的影響力：新會員在入會時，必須矇住眼睛、奉令爬樹，然後再攀躍繩索。

的確，我們和共濟會員的最初幾次聚會，是在午夜的林中舉行。所以，柯西謨的會員身分也就比較容易讓人想像了。當初有人收到海外寄來的好幾卷共濟會大法，而這個人恐怕就是柯西謨。當然也可能另有他人在法國或英國入了會，之後才將共濟會的儀式傳入翁勃薩。另外的一個可能是：共濟會早就在翁勃薩成立了，但柯西謨一直不知道。我猜測，直到某夜，我哥在森林漫遊時，才湊巧撞見林中空地舉行的集會，燭光下的衆人衣物器具看來詭異。我哥可能駐足聆聽，進而干預，沒來由地說出一些瘋話來驚擾會衆，例如他會說：「如果你們建起一道牆，想想你把什麼留在牆外了！」（我經常聽他反覆念著這句話）之類的句子。共濟會員可能驚詫於我哥的超凡觀念，便邀他加入會員，交給他一些獨特的任務，而他也為共濟會帶來更多更新的儀節。

事實上在那個時期，我哥密切投入共濟會的運作。室外的共濟會（我稱之為「室外」，是為了和後來在密閉樓房中聚行的聚會區隔）的儀節繁瑣許多，會衆要備妥貓頭鷹、望遠鏡、松果、幫浦、蘑菇、依照笛卡爾數學理論畫出來的橢圓形、蜘蛛，以及畢氏定理的圖表❻。他們還在聚會的時候展示頭骨——除了人骨之外，還有牛骨、狼骨和鷹骨。一般共濟會祈禱儀式中所需的尺規以及用來砌牆的抹子，當時卻懸掛在枝頭上，呈現古怪的圖樣——這也出自男爵的瘋狂行徑。只有極少數人才懂得這種謎樣圖形的意義——不過，沒有人可以清楚區辨不同圖形之間的差異。這些圖樣是不是和其他神秘會社的玄妙符號有關，旁人也不得而知。

早在柯西謨加入共濟會之前，他就已經參與過多種社團、組織、商會，諸如「聖克里斯蘋協會」（或稱「鞋匠協會」）、「桶匠美德會」、「甲冑產業公正會」以及「帽商良心會」等等❼。因為我哥生活所需的任何用品幾乎全部出於他自己手中，所以他嫻熟的技能極多，他在每一行會都占有一席之地，足以炫耀。各個社團也都很高興擁有我哥這樣的會員，因為我哥出自貴族之家，具有驚人天賦，而且他的大公無私又是遠近馳名的。

柯西謨對於團體生活總是展現出強熾熱情，然而他這個人又不斷從塵世中撤走。他的入世熱情和出世撤走，怎麼能夠相容呢？我一直不懂。而這只是他這個人的衆多奇癖之一。有人說，柯西謨越是執著躲藏於樹上巢穴中，就越是渴求和人群建立新的溝通方式。然而，雖然我哥經常全心全意地建塑新的友誼、建議詳盡的規範和目標、爲每一項工作挑選最合宜的人選，但他的同伴卻沒有足夠的安全感：他的友伴不知道是否可以眞切地倚賴他，不知道要去哪裡找他，不知道他會不會突然抽身回歸鳥雀世界，不知道他會不會再也不見人。或許，只需細想，就可以將我哥的諸多矛盾歸納爲一個重點吧：要記得，我哥和當時各種新興的人類制度唱反調，所以他急於逃脫這些制度，試圖另外進行新的實驗——不過，他的實驗結果未必讓他滿意，或者和舊制度大同小異，於是他寧可時時自我放逐於荒野之中。

他心中所思考的，是天下一家的理念。他經常忙著召集群衆，可能是出於某些特定的目的（如救火、趕狼），也可能是爲了社團集會（如「車匠完美協會」、「臘燭啓蒙會」）。他總是要求衆人在夜黑的林中集會，命他們圍著一棵樹，而他就站在這棵樹上說法。也因此，這種集會不免讓人聯想謀反、支派和異教；在這樣的詭譎氛圍中，他的言辭很容易就由細節跳到泛論，從某些手工業的基本原則離題到重建世界的雄圖大略。他幻想將這個世界重建爲一個共和國，居民一概平等、自由、公正。

所以，柯西謨在共濟會裡頭，其實重複了他在其他諸多神秘或半神秘會社中的作爲。也因此，當一位利弗普拉克爵士來訪時，就惹了麻煩。利弗普拉克是由共濟會的倫敦大會派來的，他前來訪視共濟會的歐陸同志。利弗普拉克來到翁勃薩時，我哥正好擔任會長。結果，利弗普拉克對於我哥的異端行徑大感不滿，便寫信回倫敦告狀。利弗普拉克認爲，翁勃薩分會一定是蘇格蘭系統的分支，想來是由史都瓦特家族支助；他猜測，翁勃薩分會的任務就是爲了發表不利於漢諾威王室的言論，並且協助詹姆士國王復辟。

之後發生的事，我已經說過了。兩名西班牙旅人自稱共濟會員，前來訪視巴多羅美歐•卡華涅雅。這兩名西班牙人混入聚會，結果發現翁勃薩的聚會儀式其實正常得很，甚至他們覺得彷彿身置馬德里的東方分會一般。但兩名西班牙人引起柯西謨的疑心——聚會儀式中有哪些出自我哥的發明，還是他自己最清楚了。之後，我哥跟踪這兩名間諜，揭去他們的假面，並且戰勝他的宿敵蘇比修。

總之，在我看來，這些儀式的更動都出自於我哥自己的個人需求。其實他大可以完全不理會石匠的符號，大可以大肆採用各行各業的象徵❽。畢竟我哥一直不要、不建也不住有牆的房屋。

❶西班牙語。

❷西班牙語。

❸蘇比修雖然是西班牙人，但他的頭銜卻是法文。

❹西班牙語。

❺「甲把耶婁沙曼疊」，西班牙語，指「有紳士風範地」。

❻笛卡爾（Descartes），十七世紀的法國哲人、數學家。畢氏即畢達哥拉斯（Pythagoras），西元前六世紀的希臘哲人、數學家。

❼聖克里斯蘋（Saint Crispin），天主教的聖徒之一，是鞋匠的守護神。

❽共濟會原本是砌牆工、泥瓦工的集會。因此，抹泥用的抹子以及砌牆的行爲都別具意義。

26

翁勃薩也是藤蔓之鄉。之前我沒有提及這項特色——因為在描述柯西謨的生活時，我必須特別專注於高大的樹幹。其實翁勃薩的山坡上長滿了葡萄藤。八月的時候，蜿蜒的葉片間懸垂一串串粉紅色的膨大葡萄，果瓤裡的濃密漿汁已經顯現酒紅。有些藤蔓爬在棚架上頭。我提起棚架：柯西謨年紀老大之後，他的身子變得又小又輕，而他的攀爬技術也更臻熟練，他懂得在樹上分散體重，而不至於將重點集中於樹枝容易脆裂的地方——於是，就算棚架也可以撐起柯西謨的體重。他在藤蔓上頭挪行，名為「史嘉拉斯」(scarasse) 的豎桿撐住他的身子。如此一來，一年四季我哥都可以在葡萄園工作：他在冬天修剪枝葉，彼時帶勾鐵絲網內的光禿藤蔓看似象形文字；他在夏日將濃密的葉片打薄；他尋找昆蟲；他在九月的時候幫忙收成。

每逢葡萄收成的時節，翁勃薩的百姓就全數出動，湧進葡萄園。藤蔓的綠影中，不時雜錯閃現裙襬和帶穗帽子的明亮色澤。趕驢人將一籃接著一籃的葡萄倒進馱籃中，然後再全部送進釀酒的大桶裡——其餘的收成，則全給五花八門的衆稅官奪去了。稅官帶了一夥僕役前來，徵收租稅，然後回去送給地方貴族、熱內亞共和國政府、神職人員等等。每一年，收稅這回事都會釀成糾紛。

到底哪塊田地裡的作物才該被徵收？在法國大革命時期，這種紛爭總是「抱怨書」裡頭的重要抗議內容。在翁勃薩也找得到這種「抱怨書」，算是一種試驗，雖然這種玩意在翁勃薩一點也沒用。這個點子是柯西謨想出來的；當時他已經無心參與共濟會的聚會，再也不想和那些腐朽發霉的老會員對話。他寧可站在廣場的樹上，等候百姓的擁抱。民衆從海濱鄉間趕來，群集樹下，懇求男爵爲他們講解新聞——我哥訂了報紙，而且有一些朋友還會寫信給他。他的筆友包括天文學家貝理——後來的巴黎市長——以及其他俱樂部會員。我哥每天都有新聞可說：他的話題包括涅克❶、網球賽程、巴士底監獄、騎乘白馬的拉法葉❷、喬裝爲侍從的路易國王等等。柯西謨爲了充分解說新聞內容，便比手畫腳，在樹間跳來跳去：他先在這裡介紹講壇上的米哈波❸，然後躍到那裡敍述馬哈在雅各賓派的故事❹，接下來又跳到別處，說起凡爾賽宮裡的路易國王如何戴上小紅帽，藉以取悅從巴黎行軍而來的主婦們。

爲了解釋何謂「抱怨書」，柯西謨道，「我們也試著做一本吧。」他找來一本學童用的作業簿，以一根繩子吊在樹上；任何人都可以在簿子裡寫下他們的各種不滿。結果，各式各樣的牢騷都出籠了：漁夫嫌魚價低，葡萄農嫌稅金高❺，牧童嫌草皮小，樵夫嫌公社的樹木少，親人坐牢的人都來申訴了，犯錯而挨鞭刑的人都來出氣了，妻子和貴族苟且的丈夫們都彎不住了，簿子裡的怨氣無止無盡。柯西謨想了想——就算是「抱怨書」，也不必這麼不堪入目啊！因此，他又有了個點子：他要大家寫下各自最喜歡的人事物。於是，每個人又都寫下自己的想法，其中有些還挺不錯：有人愛土產蛋糕，有人愛家鄉濃湯，有人想要一位金髮美女，有人想要一對褐髮小姐，有人想要一整天睡大覺，有人想要花一整年去採菇，有人想要四頭馬車，有人只要一隻羊就夠了，有人希望與他們逝去的母親重逢，有人希望遇見希臘神話的衆神……事實上，衆人把世界上的一切美好事物都寫進這本作業簿了，許多人不會寫字於是就在簿子裡畫圖，甚至著上顏色。就連柯西謨，也寫下他最喜歡的一個名字：「薇奧拉」。這幾年來，不管柯西謨人在何處，他都反覆寫著這個名字。

於是這本美好的作業簿就塞滿了。柯西謨把這本簿子稱爲「抱怨書兼滿意書」。不過，雖然這本簿子早已密密麻麻塡滿了，但翁勃薩的人民卻不可能把它送到議會去請願——翁勃薩沒有議會。於是，只好繼續任它吊在樹上。大雨之後，簿子染上汚漬，開始褪色。翁勃薩的百姓平時過得苦哈哈的，看見簿子的狼狽相之後，他們的心就更加抽緊了。他們滿懷革命的欲望。

*

事實上，法國大革命之所以爆發的種種原因，也可以在翁勃薩找到。只可惜，我們不在法國，這裡也沒有大革命。在我們居住的這片鄉野，一切有原因，但事事沒結果。

但是，人在翁勃薩的我們也一直保持激越心情。共和國軍隊和奧地利人的交戰，幾乎就在我們的鼻頭下舉行呢。我們曉得哥雅旦特的馬歇納、內維亞的拉阿普，海岸線上的慕黑等等名將——當時的拿破崙還只是一名炮兵將軍哩。微風將一陣陣的隆隆炮聲吹進翁勃薩民衆的耳朵，這些喧囂，全是拿破崙這位老兄惹起。

時逢九月，又是葡萄收成的季節。但人們似乎也正同時籌畫某些秘密而可怖的情事。關於起義的討論，在街坊間流蕩。

「葡萄熟了！」

「是熟了！是眞的，沒錯！」

「熟得不能再熟了！需要好好採收啦！」

「我們就去採收吧！」

「我們準備好了。你們要往哪兒去？」

「過橋之後，有座葡萄園。我們會在那邊。你呢？還有你呢？」

「我會在比納伯爵家。」

「而我會在磨坊旁邊的葡萄園裡。」

「你知道稅官帶了多少人來嗎?他們就像烏鴉一樣,飛來偷吃我們的葡萄!」

「可是他們今年可吃不到了!」

「如果他們是烏鴉,我們就是獵人!」

「我們之中,有些人不敢來呢!有些人跑了!」

「爲什麼有這麼多人不喜歡今年葡萄的收成?」

「他們裝作沒看見。可是葡萄已經熟了啊!」

「成熟了!」

翌日的葡萄園卻十分安靜。園子裡,棚架下,擠滿了百姓,可是沒人唱歌。偶有一兩聲呼喊,「你也在這裡嗎?成熟了呢!」人們躁動著,一陣抑鬱,連天空也被感染。天色並非全然陰霾,但是雲層很厚。偶有人聲響起,還來不及成形爲一首歌,卻又迅即閃滅,沒有人應聲合唱。趕驢人將馱籃裡的葡萄盡數倒進釀酒的大桶裡——這有些不對勁。以往,百姓都要先把準備獻給貴族、主教、政府的葡萄挑出來,放在一邊,之後才可以採收百姓自己的葡萄。可是今年他們好像遺忘正確的程序。

前來收稅的多位稅官緊張起來了,卻不知該如何是好。時間一分一秒過去,該發生的事卻沒見個影子。大家越加急切期待某些事情爆發，然而稅官們也更加慌張了——他們知道該有所表示，卻又不明白是出了什麼問題。

柯西謨以貓般的步伐在棚架上行走。他帶了把剪刀，隨手剪下一串串的葡萄，神情閒適；他把剪下的葡萄遞給正在棚下採收的男女，並低聲對每位民衆說了一些話。

其中一名稅官再也忍不住了。他說道，「耶，嗯，呃，這，你們該交出來的稅呢？」結果他話還沒有說出口，就開始後悔了。葡萄園裡響起一陣低沉聲響，像咆哮，又像嘶鳴——有一位村民吹起大海螺，聲響傳遍山谷。每座小丘上都有類似的聲音應和，甚至每一位民衆都將手中號角一般的海螺舉起，連棚架上的柯西謨也不落人後。

藤蔓間響起歌聲，匯集成一首曲子。起初，這曲子聽起來支離破碎、五音不全，所以很難理解。之後，歧出的音符融合在一起，變得和諧起來，調子也轉而鮮明，詠唱的音韻彷彿奔騰著、飛翔著。男男女女僵直站著，半掩在藤蔓間。棚架上的一串串葡萄似乎舞動起來，彷彿自行跌入大桶，而空氣、雲朵、陽光也全化為還沒有醱酵的果漿。這時，曲子變得清晰可辨了——在一串音符之後，歌詞是這樣的：「要走了！要走了！要走了！」❻年輕男子染紅的光腳在葡萄上踩踩，「要走了！」而女孩們則伸出銳利如匕首的剪刀，在濃密曲折的葡萄藤中剪下一串串果實，「要走了！」準備榨汁的一堆葡萄上頭，成群的蚊蟲揮之不去呢！「要走了！」這時稅官們已經忍無可忍，只好喊道，「住嘴！安靜！夠了！誰敢再唱，就斃了誰！」說著他們就在空中放槍。

這些稅官朝向空中開槍之後，又另有一陣隆隆槍聲響起，應和著——槍聲似乎來自山丘上排成作戰陣勢的民兵。翁勃薩的每一支毛瑟槍都鳴放了。柯西謨爬上一棵高聳的無花果樹，直抵樹頂，然後大吹海螺，宣布進攻的號令。山坡上的人民開始移動，很難區分何爲藤蔓、何爲群衆：男人、葡萄、女人、細枝、剪子、藤葉、「史嘉拉斯」、毛瑟槍、籃子、馬匹、帶勾的鐵絲網、拳頭、驢蹄、小腿和乳頭，全都唱道「要走啦！」

「你們要的稅，在這裡！」百姓將諸位稅官頭下腳上揷進盛滿葡萄的大桶裡，任憑稅官的毛腿伸在外頭狂亂抽搐。待衆稅官打道回府時，他們兩手空空，全身染上葡萄汁，種籽、果皮和果梗沾黏在毛瑟槍、火藥袋以及大鬍子上頭。

稅官狼狽逃逸之後，百姓舉行盛宴，他們以爲已經一舉廢除封建制度的弊端。然而我們這些地方權貴卻嚇壞了，連忙將家宅嚴密圍住，人人全副武裝，準備決一死戰。(我呢，老實說，卻什麼都沒做，而只不過乖乖坐在家裡頭。我反而比較擔心其他貴族會逮到機會指責我和我哥同謀——在貴族眼中，我哥是頭號惡魔，是翁勃薩地區最要命的煽動家、雅各賓黨徒。）在稅官遭到驅逐的那一天，沒有人對貴族脫帽行禮。

衆人歡天喜地，準備慶典。他們甚至仿效法國人，打算立起一棵「自由樹」——只可惜，大家都不大清楚「自由樹」應該是什麼模樣；更何況，在翁勃薩的林木世界中立起一棵假樹也沒什麼意思吧。於是他們便改挑一棵眞樹，妝點一番：他們選中一棵榆樹，以花朵、葡萄、彩帶與海報加以裝飾，海報上寫著：「國家萬歲！」❼我哥戴上貓皮帽，上頭別了自由平等博愛的三色帽章。我哥站在枝頭上，宣讀盧騷和伏爾泰的演講詞，不過沒有人聽見他究竟說了些什麼——因爲樹下四處蜂擁的群衆仍然早唱「要走了！」，喧嚷不休。

但歡愉難免短命。官方派來強大武力，進攻翁勃薩。熱內亞共和國爲了要收稅，並且爲了確保領土的中立立場，所以派兵前來。奧薩帝國也派出軍隊，因爲他們聽說翁勃薩的雅各賓人士打算將翁勃薩改建爲天下一家的國家——那豈不就是要給法蘭西共和國併吞了嗎？起義人士奮力抵抗，建立了多道防線，緊閉城門……可是沒用，這般防禦仍不足夠！軍隊進入翁勃薩，滲入各地，四下盤查。結果具有煽動群衆嫌疑的人士都被關進監獄，只有我哥等少數人得以倖免（軍隊把我哥當成惡魔，所以不願逮他）。

針對革命份子的審判，火速進行。然而嫌犯指出，他們自己和暴亂無關，而眞正的群衆領袖反而逃之夭夭，沒有被抓。於是嫌犯又都給釋放出來。反正部隊已經進駐翁勃薩，所以再也不怕騷亂蜂起。有一支奧薩帝國的軍隊也留駐下來，以防法國力量的滲入——而這支軍隊的統帥就是耶斯多馬！我的姐夫，芭蒂斯妲的先生！他們夫妻倆離開了法國，遷往普羅旺斯。

於是我又見到拔扈的姐姐芭蒂斯妲——我見到她的反應爲何，就留待讀者自行想像吧。她把自己安置在大宅中，身旁有丈夫、馬匹、傳令兵侍候。她每天晚上都不厭其煩地絮說巴黎刑場的情景——她甚至擁有一座斷頭台模型，附有眞的刀刃哩。她爲了方便解說她的衆多親友如何在刑場慘死，便找來壁虎、蜈蚣、毛蟲和老鼠，當場用斷頭台模型剁下牠們的腦袋作爲示範。夜裡，我們就這樣打發時間。這時，我不免再次羨慕柯西謨——日日夜夜他都待在戶外，躲在樹林深處，樂得清靜。

---

❶涅克（J. Necker），十八世紀的法國政治家。

❷在稍前的章節中指出，薇奧拉曾爲拉法葉工作。

❸米哈波伯爵（Count de Mirabeau），十八世紀法國大革命時期的政治家、演說家。

❹馬哈（J. P. Marat），十八世紀法國革命的領袖。雅各賓派（Jacobins）是指法國大革命時期的激進政治派系，建立了恐怖統治。

❺這裡的稅金，是指當時歐洲常見的「什一稅」(tithe)：從百姓的所得之中，徵收十分之一出來。

❻法文。

❼法文。法文並不是翁勃薩百姓的語文（只有翁達麗華家族才用法文），但在起義前後人民卻愛用法文——爲什麼？譯者猜測，是由於法國大革命的影響：對百姓來說，法文彷彿具備政治改革的神力，因此樂於採用。

27

關於戰爭期間柯西謨的林中遭遇，他自己說出了許多，內容一概讓人覺得不可思議。不過，我並不想向他的任何一則傳奇撥出冷水。所以我還是尊重他的發言權，忠實記述一些他講過的故事。

*

「那時在森林裡，敵對的兩軍都派出兵士進行偵察搜索。人在枝頭上的我，只要一聽見矮樹叢發出窸窣聲響，就豎直耳朵，猜測來者究竟是奧薩軍還是法國人❶。

「有一位滿頭金髮的矮小奧地利中尉領了一支巡邏隊，隊員一概制服整齊、留了髮辮、垂掛流蘇、頭戴三角帽、穿了襪帶、身上白色皮帶交叉，手持安裝刺刀的毛瑟槍。金髮中尉指示兵士並排前進，促使他們踏上難以通行的小徑。這名矮小軍官對於森林一無所知，卻又拘泥死板地發號施令，只懂得參照地圖決定行進路線。結果，他的鼻頭不斷撞上樹幹，兵士的釘靴老是在平滑石板上溜倒，甚至有些人的眼珠還被荊棘挖了出來。奧地利軍官只懂得尊崇皇家軍隊的規矩。

「他們可眞是傑出的軍人哪。我在林中隙地等候他們，躲在一棵松樹上頭。我手裡準備了一顆很重的松果，一見排頭步兵來到樹下，我就把松果擲向他的腦袋。結果他撒開雙臂，膝蓋彎曲，跌落羊齒群落間。但其他兵士竟然沒有查覺，繼續前行。

「我再次趕上他們。這一回，我朝向一位下士的頭顱砸了一球刺蝟。下士的頭殼凹陷一角，昏厥過去。這次金髮中尉倒是發現屬下出了事，便命兩名士兵找來擔架，之後繼續趕路。

「這支巡邏隊不知是否出於故意，竟然深入整座森林中最濃密的杜松林子裡。而我在那裡也準備好最新的埋伏招式。我用一頁紙張收集了一些毛蟲——這種藍色蟲子毛絨絨的，皮膚只要一觸及就會紅腫不堪，比蕁痲還要毒。我撒了一百隻左右的毛蟲在這隊士兵身上喔！結果，巡邏隊乍看若無其事，走進林中深處——但不久他們卻又跳了出來，猛搔身子，手上腿上都冒出紅色膿胞。不過，他們還是繼續向前走。

「眞是偉大的士兵，偉大的軍官啊！這名奧地利軍官對整座森林全然陌生，根本不懂趨吉化凶，徒使自己的兵士不斷折損，卻還能夠保持一副不可一世、無法無天的模樣。於是我就想借助野貓家族之力。我抓起衆貓尾巴，將牠們扔向空中——牠們當然被我逼瘋了。衆貓墜落之後，發出一陣嘶吼——貓的咆哮比人聲大——之後一片沉寂，人貓休兵。奧地利士兵們連忙照料自己身上的傷勢。之後，巡邏隊員身上都綑滿了白色繃帶，但卻繼續行進。

『「唯一能讓他們止步不前的方法，就是將他們囚禁起來！」』我自言自語。我趕在奧地利士兵的前頭，希望可以找到法國巡邏隊，以便警告法國人提防奧地利人的進犯。可惜我一直找不到任何法國人的蹤跡。

「來到一塊滑溜的地方之後，我看見有些異物在動。我停止腳步，豎起耳朵。我聽見一條小溪潺流，不斷發出嘩啦水聲——仔細辨認，我聽出人話來了：『可是呀……我相信……妳給我……妳害我……什麼呀……』❷我瞇眼望向半明半暗的樹影中，才發現：下方一片柔軟植物，原來大抵是由毛絨絨的高頂皮軍帽以及飄垂的鬍鬚組成。這是一隊法國的輕騎兵哪！法國士兵歷經冬征的濕氣，一到春天，他們身上便開始發黴生苔。

「在前頭領軍的是阿各希巴·巴比雍中尉，他來自法國的胡昂，是一位詩人，自願加入共和國軍隊。巴比雍中尉相信大自然的眞善美，所以他告誡手下士兵，切勿粗暴對待松針、栗子、細枝，以及穿越森林時黏附到身上的蝸牛。這支法國巡邏隊已經和周遭的自然環境融合，很不容易辨識他們的位置，幸好我有一對訓練有素的耳朵才找得出他們。

「士兵們忙著扎營，而軍官詩人則獨自誦詩。他的長髮捲成小圈，面色憔悴，皮帽斜戴。他念道：『噢，森林！噢，夜晚！我臣屬於您！您孕育的羊齒鬈鬚，柔軟纏捲英勇兵士的腳踝。這樣的鬈鬚，怎不會維繫法蘭西的運命？噢，我的華咪，妳在哪裡？』

「我湊向前，對他說道：『打擾了，公民。』❸

「『是誰？誰在說話？』

「『公民軍官，在下是樹林中的愛國者。』

「『啊！哪兒？在哪裡？』

「『公民軍官，在下就在您的鼻頭上。』

「『喔，我看見了！您究竟是？是鳥人嗎？鳥神的後裔？您是否是神話裡的生物？』

「『在下也是一位公民，是人類的後裔。公民軍官，在下向您保證，家父和家母都是人類。事實上，在昔日的大戰，家母也是一名英勇的軍人。』

「『我瞭解了。噢，時代！噢，榮光！好公民，我信任您。我迫切想知道，您要帶給我們什麼訊息？』

「『有一支奧地利人的巡邏隊正在穿透法蘭西的防線！』

「『您說什麼？那麼，就征戰吧！時候已到！噢，溪流！溫柔的小溪！啊，不久之後，血水就要沾污妳的玉體！走吧，走吧！進攻吧！』

「中尉詩人一聲令下，輕騎兵就開始集結，整頓軍備。然而他們一副心不在焉、心平氣和的模樣，動作遲緩，有氣無力——我開始懷疑他們的作戰能力。

「『公民軍官，您可有作戰計畫？』

「『計畫？我的計畫，就是向敵人進攻啊！』

「『沒錯，可是您要如何進攻呢？』

「『如何進攻？採取密集攻勢啊！』

「『嗯，不妨聽聽我的建言。我建議先請您的士兵止步，散開陣勢，讓敵軍自投羅網！』

「巴比雍是一位很容易通融的傢伙，並沒有反對我的主意。輕騎兵在林中四下散開之後，簡直和綠蔭融合爲一，難以區辨——那位奧地利中尉一定無法區分法國士兵和樹影。奧薩帝國的巡邏隊根據地圖上的路線行進，不時粗率喊道：『向右轉！』『向左轉！』他們繼續走著，完全不知道一隊法國輕騎兵就守在樹間觀察他們。輕騎兵們大致保持安靜，只發出擾動樹葉或是拍動翅膀的自然聲響，實際上卻是在進行圍捕行動。我在樹上爲他們把風，不時吹出口哨或是喊出白鼬的呼聲，好讓他們知悉敵兵的動作，方便執行巧計。結果奧地利人全都傻呼呼地落入圈套。

「突然間，這群奧地利人聽見樹上有人喊道：『止步！以自由平等博愛之名，我要宣布，你們全被捕了！』枝葉間冒出一個半人半鬼的身影，揮動一支長管的獵槍。

「『赫啊！國家萬歲！』」法國輕騎兵從草叢間紛紛躍出，由巴比雍中尉帶頭。

「奧薩士兵們咬牙詛咒著，但他們還來不及反抗，武器就都給法國人奪去了。奧地利中尉將手中寶劍交出，臉色蒼白，但仍然趾高氣昂。

「我成為法蘭西共和國軍隊的得力助手。不過我仍然偏好獨自行動，我只需林中動物的幫忙就夠了。例如有一次，我將一窩黃蜂投向一支奧地利軍隊，他們果然逃之夭夭！

「我的名聲也傳進奧薩軍營。謠言滿天飛舞，居然有人傳說森林裡駐有無數的雅各賓份子，每棵樹上都躲了一個。無論奧薩軍隊身置何處，他們都保持警醒——只要有栗子從果莢中噗通跳出，只要有松鼠細聲尖叫，他們就會以為遭遇雅各賓份子夾擊，隨即倉惶改變路徑。如此，我只需要製造出最細微的聲響，就可以隨心所欲，任我調整奧薩軍隊的行進路線。

「有一天，我把一群士兵趕入一片細密扎人的矮樹叢，結果他們完全迷路。樹叢裡正好住了一窩山豬——因為山上炮聲隆隆，所以成群的山豬便來到低處的林中避難。奧地利軍人在樹叢中迷路，伸手不見五指——不幸，他們將毛絨絨的山豬惹火了：一隻隻山豬從四處跳出，發出淒厲吶喊。山豬翹起長嘴，朝向每一位士兵的跨下猛撞，士兵們個個被撞得四腳朝天——不只如此，山豬的尖蹄如雨點一般打在跌倒的士兵身上，並且以尖牙刺穿他們的肚皮。整支大隊驚恐逃逸。我和戰友手持毛瑟槍，在樹上乘勝追擊。僥倖逃回奧薩軍營的散兵很有藉口解釋自己爲何戰敗：他們要不是說一場地震在他們腳下突然張開土地的血盆大口，不然就說雅各賓份子從林中深處跳出來突擊——反正在他們心目中雅各賓份子就是惡魔，半人半獸，要不是住在樹上就是窩在樹叢裡。

「我說過，我偏愛一個人完成任務，頂多找些和我一起共患難的葡萄園起義同志。我和法國人的軍隊，則盡量撇清關係——大家都知道軍隊是怎麼一回事，他們只要一出動，就會出事。不過，我倒是很樂於擔任巴比雍中尉的前鋒，我也很爲他們那支巡邏隊的命運擔憂。這支隊伍在詩人軍官的統御之下，根本就四體不勤，不堪一擊。他們的制服上爬滿黴菌和地衣，甚至還長出石南和羊齒；尖聲的夜梟在他們的高頂皮軍帽上頭築巢，帽頂開出山谷野百合；他們長靴上凝結土塊，妨礙行進——整支隊伍都要在土裡扎根了。巴比雍中尉對於大自然一意迎合奉承，結果是讓這整支英勇的士兵變得不倫不類，又像畜牲又似植物。

「一定要喚醒他們。可是，該怎麼辦呢？我有了一個主意，便馬上向巴比雍中尉遊說。詩人軍官隨即向月亮詠嘆：

「『噢，明月！妳像口絡一樣渾圓！妳就像一顆炮彈，當年火藥供給妳衝力，只不過妳早已將衝力耗盡，於是妳繼續漫遊太虛，緩慢而沉靜！炮彈般的妳，何時會在我們頭上爆裂？噢，明月，請妳掀起砂塵星火的雲霧，請淹沒敵方的兵士和君王，請爲我帶來榮光吧！法蘭西公民同胞對我的不信任已經凝成高牆，請妳炸開牆孔吧！噢，胡昂，我的家鄉！噢，明月！噢，命運！噢，習俗！噢，青蛙！噢，女孩！噢，人生！』

「而我說：『公民……』

「我不時打斷巴比雍誦詩的興致。他很不高興，便狠狠問我：『怎麼啦！』

「『公民軍官，我有一帖良方，可讓您手下兵士振衰起弊──他們目前懶散成性，總有一天釀成大禍。』

「『好公民，如果眞有這帖良方，我可要感謝老天了。您知道，我一直渴求行動的力量。您的良方爲何？說吧。』

「『公民軍官，我的良方就是跳蚤。』

「『好公民！我很抱歉，要讓您失望了！法蘭西共和國的軍隊裡沒有半隻跳蚤！因爲法蘭西人民遭到經濟封鎖，饑荒四起，物價高昂，所以連跳蚤都活不下去了！』

「『公民軍官，不過我這裡倒可以提供一些。』

「『我不知道您究竟是在講道理，還是在開玩笑！總之我會向上級提出這項建議，看看結果如何。好公民，感謝您對共和國所做出的貢獻！噢，榮光！噢，胡昂！噢，跳蚤！噢，明月！』他狂叫離開。

「我頓然了悟，這番行動完全只能靠我自己。於是我蒐集了大量跳蚤——只要一見任何一位法國輕騎兵，我就用弩弓射出一隻跳蚤，儘量將蟲子射進對方的衣領中。接著，我也一捧一捧地，將跳蚤遍灑出去。這項任務是很危險的：如果我在灑蟲當時被人逮住，我徒有愛國名聲也無法將功抵過：他們會將我關入監獄，把我拉去法國，將我當成秕特的密使❹，把我推上斷頭台！幸好，我的秘密行動有老天保祐！跳蚤撲到那些輕騎兵身上之後，兵士身上的人性和尊嚴馬上都被喚醒了：他們在身上搔癢、抓蚤、除蟲；他們剝去生出青苔的衣物，丟棄長出蘑菇和蛛網的包裹和背囊；他們洗澡、剃鬍、梳髮。之後，他們果眞拾回對於人性的認識、對於文明的感知，從大自然的黑暗面奪回公民權。他們遺忘已久的行動欲望和戰鬥熱情，也都重新回到他們身上了！當戰事又起，這些兵士又有了新的動力：共和國的軍隊征服敵方，突破防線，屢屢告捷……」

---

❶這裡所指的兩軍，一方來自奧薩帝國，另一方來自法國。前者代表既有的貴族勢力，而後者的大革命卻予人自由解放的想像。也因此，柯西謨和前者作對，卻喜歡幫助後者。

❷法文。

❸法文。柯西謨稱呼法國軍官爲「公民」，聽起來有些古怪，卻有其道理：法國大革命標舉「公民」的重要性，因此柯西謨稱對方爲「公民」是有尊敬的意思。

❹英國在十八世紀有一對姓秕特（Pitt）的父子，都是政壇人物，兒子並曾任英國首相。

28

我的姐姐芭蒂斯妲和流亡的耶斯多馬及時逃離翁勃薩，沒有遭到共和國軍隊逮捕。翁勃薩的百姓似乎又回到葡萄園起義的時光。他們豎起「自由樹」，這一次就比較依循法國人的示範，而不是憑空亂想，有點像民俗慶典中的「豐饒樹」。不消說，柯西謨又爬到「自由樹」上頭，頭上還戴了頂「自由帽」❶——但他馬上覺得無聊，隨即匆匆離去。

貴族的豪宅外頭有些糾紛。有些人喊道，「貴族，貴族，滾出去！」❷而我呢，身為柯西謨的弟弟，又只是無足輕重的小貴族，所以沒有百姓來找我的麻煩。事實上，後來民衆以為我也是一名愛國志士。(也因此，在時勢又有變動時，我就遭殃了。)

人民建了一座「市政廳」，選出一名「市長」，一切都按法國人的規矩來❸。我哥也被提名進入臨時議會——雖然有許多人並不贊同，因為他們覺得我哥的腦袋已經不靈光了。老一輩的權貴看著民衆努力經營，卻嘲笑一番，認為這批百姓全是一籠傻鳥。

議會選在前熱內亞長官官邸舉行。柯西謨待在窗戶高度的稻子豆樹上，參與官邸內的討論。有時他插嘴抗議，有時他加入投票。其實大家都知道，革命人士比保守份子更加墨守成規——革命人士覺得柯西謨很可笑，認爲我哥與會的方式並不可行，甚至指出我哥的出現將使大會顯得不夠正式隆重，如此等等。等到里古利亞共和國成立，取代寡頭政治的熱內亞共和國之後，就沒有人選拔我哥參與政事了。

此時，柯西謨正將一部巨著寫完出版：《共和城邦芻議暨男女老幼人權宣言暨鳥獸蟲魚動物宣言暨花草樹木植物宣言》。這是一部理想之作，對任何政府來說都很有助益——可惜這部著作遭到忽視，淪爲一本死書。

在大部分的時候，柯西謨仍然待在森林裡；法國的工兵在林中開路，以便運送大炮。這些工兵留了長鬍子，戴了高頂皮軍帽，穿上皮圍裙。他們和其他士兵不同——或許不同之處，在於他們不像其他士兵一樣帶來災難和毀滅。工兵們在粗活的過程中得到滿足，他們的工作成就得以保存於世，他們有野心將工作成果達至盡善盡美的程度。工兵們也有許多故事可說：他們曾經橫越許多國家，見識過圍城和戰爭的場面；其中有人甚至目睹近來在巴黎發生的重大歷史事件，例如巴士底監獄事變以及斷頭台奇觀。夜裡，柯西謨經常聽他們說故事。工兵們收起鏟子和木樁之後，便圍坐營火前，抽著短菸斗，述說古舊的記憶。

在白天的時候，柯西謨會協助工兵測量土地。沒有人比柯西謨更能勝任這回事了；他很清楚，要在哪些地方築路才可以維持最平緩的坡度，才可以減少對植物的傷害。在規畫新路時，他其實比較不在乎法國炮兵的需度是什麼——他懸念的是，有許多百姓的住處一直無路可通呢。軍人入侵翁勃薩，雖然粗魯放蕩，但畢竟有個優點：民衆得以享用新路。

那時候，軍人爲民衆修路，好歹算是好事一椿。那年頭，法國佔領軍一直是翁勃薩民衆的心頭之痛——尤其當他們由「共和國軍隊」改名爲「皇家軍隊」之後❹。大家都跑去向諸位愛國人士抱怨：「看看你們的朋友在幹什麼好事！」而諸位愛國人士也只能攤開手臂，抬眼望天：「啊呀！士兵啊！只求天下太平了！」

拿破崙的軍隊從民衆的牲欄徵收豬、牛甚至山羊。他們收稅的貪風比從前更可怕。接下來，要徵兵了。爲什麼我們翁勃薩人要爲法國當兵？沒有人可以理解。被徵召的年輕人紛紛跑去森林躲起來。

柯西謨盡可能幫忙大家。他在林子裡看守牛群——畜農將牛隻趕入荒野，以免遭受法國人圍捕；他保管私藏的麥子和橄欖——麥子本來是要送去磨坊的，橄欖本來是要送去油廠的，但農人卻不敢妄動，以免拿破崙的軍隊跑來分一杯羹；他也教導那些遭受徵召的年輕人躲進林中洞穴。的確，柯西謨努力防止民衆遭到法國人威嚇凌辱——雖然他自己從來不曾對法國佔領軍發動攻擊，雖然已有些武裝游擊隊開始在森林外圍找法國人麻煩。柯西謨向來是非常固執的一個人，永遠不會承認自己交錯了朋友；他既然已經和法國人成爲朋友，他就要繼續對法國人表示忠誠——雖然人事全非，雖然一切發展都出乎他的意料之外。要記得，我哥已經不像以前那樣年輕了；任何一方人馬都不能再期待柯西謨發光發熱。

拿破崙前往米蘭接受加冕。之後，他在義大利境內遊歷一番。他每到一個城鎮，百姓都會熱情招待他，請他遊覽地方名勝。翁勃薩的人民也爲他設計了一份節目單，其中本地名勝之一就是「樹上愛國者」。類似情事經常出現；柯西謨並不會讓我們當地人大驚小怪，然而他在翁勃薩之外的義大利城市卻頗具盛名，他的名聲對外國人來說更是如雷貫耳。

拿破崙和柯西謨的會面，並非出於偶然，而來自精心安排。市政廳的禮儀委員會早就將大小事項安排妥當，以求在拿破崙心中留下美好印象。委員會挑了一棵好樹；他們偏愛橡木，可惜在最適合的會面地點只有一棵胡桃木——於是，他們採了一些橡木枝葉，安插在胡桃木上，讓人誤以爲這棵胡桃木是橡樹。他們也在樹上繫了法國國旗的三色緞帶、義大利北部的三色旗、帽章以及綵帶等等。在妝點完好的樹中央，委員會把我哥安置上去。他們讓我哥穿上節慶服飾。不過，我哥仍然戴著註冊商標般的貓皮帽，肩膀上還停了一隻松鼠。

一切都在早上十點準備好了，一大群民衆早就圍在樹下等候。不過，拿破崙當然不會準時出席，直到十一點半才姍姍來遲。我哥難免大感不滿——他年紀老大，膀胱無力，每隔一會兒就要躲到樹後方便一下才行。

拿破崙大帝駕到，隨員都披上閃閃發光的肩章。已經是中午時分。拿破崙的視線在樹上尋找柯西謨的身影，卻覺得陽光刺眼。他開始對柯西謨說出一些客套話。「好公民，久仰大名……」大帝以手遮光說道，「您在森林的名聲遠播……」他旁挪一步，以免陽光直接射入他眼睛，「您在我們濃綠的枝葉中締造傳奇……」❺柯西謨鞠躬行禮，但柯西謨低頭的時候他的腦袋就擋不住陽光了，陽光又打在拿破崙臉上——拿破崙只好再挪一步。

柯西謨眼見拿破崙如此忸怩不安，便禮貌問道，「陛下，在下可有效勞之處？」

「有，有，」拿破崙道，「請您往旁邊挪一步，拜託，幫忙擋掉一點陽光——過去一點——好了，請立定站好……」接著拿破崙突然靜默，若有所思，便向身邊的優堅總督說：「此情此景，讓我回想了一些事，似曾相識……」

柯西謨幫忙解圍，「陛下，您想到的記憶並沒有在您身上發生。您想到的是亞歷山大大帝。」

「啊，說得對！」拿破崙嘆道，「亞歷山大和哲學家迪歐吉尼相會的情境！」❻「陛下，您還記得您讀過的普魯塔克呢。」約瑟芬在旁說道❼。「但今非昔比。」柯西謨接著說，「當年亞歷山大就教迪歐吉尼：他可以爲迪歐吉尼做些什麼？而迪歐吉尼要求大帝挪動身子。」

拿破崙指頭一響，似乎終於想出他該講的話。他掃視身後跟隨的權貴，知道大家都在聆聽他說的話，便定了心，以流利的義大利語說道：「如果我不是拿破崙大帝，我寧可成爲公民柯西謨！」

然後他轉身離去。他的隨從也都跟著走了，刺馬釘叮噹作響。

風雲盛會，就是如此。有人期盼在一個禮拜之內，柯西謨就該收到拿破崙頒贈的榮譽勳章。對此虛名，我哥一點都不在乎，雖然我們其他家人都巴望得很。

---

❶「自由帽」原名「弗里幾亞帽」(Phrygian cap)，是種圓椎狀的軟帽，在十八世紀至十九世紀的時候流行，具有慶祝法國共和政體的意義。

❷這句話爲法文和其他語文夾雜而成。

❸「市政廳」和「市長」兩辭在文中是法文。

第二十八章

❹法國大革命之後，拿破崙加冕爲皇帝，並未眞正實現民主。

❺拿破崙的這些客套話是法文。

❻迪歐吉尼（Diogenes），西元前四世紀的希臘犬儒哲學家。

❼普魯塔克（Plutarch），西元一世紀的希臘傳記作家。又，這位約瑟芬（Josephine de Beauharnais）就是拿破崙的第一任妻子。

29

青春終究是要回歸地面的。就以樹木爲例吧，樹上一切——比如枯葉和果實——都註定墜落。而柯西謨也已經老邁。幾十年來，他熬過每一個寒夜，歷經風吹雨打，卻又幾無遮蔽，只能曝露空中，沒有家屋，沒有爐火，沒有溫熱的菜飯……他變成滿面皺紋的老頭，O型腿，猿猴般的雙臂，駝背，縮在毛皮斗篷裡，頭戴遮陽帽，活像毛絨絨的修道士。他的臉色遭受陽光烤炙，像栗子一樣佈滿縐褶，兩顆又圓又亮的眼珠子嵌在深紋裡。

拿破崙的軍隊來到布列希納河❶，而英國艦隊則在熱內亞登陸。日日夜夜，我們等候情勢逆轉的消息。柯西謨自己並沒有在翁勃薩露臉；他守在林中一棵松樹上，俯看工兵修的路——槍炮經由這條路送往馬蓮果❷——他也望向東邊，望向那一片荒蕪：只見牧羊人和羊隻，以及背負木材的驢子。我哥究竟在等候什麼呢？他已經見過拿破崙，他知道法國大革命已經結束——沒有什麼值得期待，這個世界已經江河日下。但我哥還是守在樹上，目光凝定，彷彿皇家軍隊隨時都將在小徑轉彎處出現。我哥想像著：皇家軍隊出現了，他們身上仍然披掛俄羅斯的冰霜，拿破崙騎在馬上，他沒刮鬍子的下巴深陷胸口，發燒著，臉色蒼白……想像中的拿破崙停在一棵松樹下（大帝身後，一陣刻意壓抑下來的混亂腳步聲，包袱和來福槍擱在地上鏗鏘作響，精疲力盡的士兵在路邊脫下靴子，剝下纏在腿上的破布條），大帝說道，「好公民柯西謨，您說得對，請您惠賜您的大作，請惠賜您的建言，雖然其他政府都不想理會：讓我們從新開始，再一次豎立『自由樹』，讓我們挽回天下一家的理想！」當然，這些都只是柯西謨的狂想和白日夢。

有一天，倒是有三名跛行男子在工兵的路上出現，他們從東邊走來❸。第一位男子的腿瘸了，撐著枴杖行進；第二位的頭上纏了繃帶；第三位是三人之中身體最勇健的，只在一隻眼睛上戴了黑眼罩。他們一身污穢破布，朽爛的穗子從胸口垂下，歪戴的帽子上已經沒有帽章，三人中的其中一位卻在帽上插了一根羽毛，長靴從腳底裂到膝蓋——從制服看來，他們原本應該屬於拿破崙的侍衛隊。他們沒有武器了，雖然其中一名還兀自舞動一只空劍鞘，而另一名則把槍管當作棍棒扛在肩上，上頭掛著一只包袱。他們邊走邊唱：「在我的國家……在我的國家……在我的國家……」❹活像酒鬼三重唱。

「嗨，陌生人，」我哥對他們喊道，「你們是誰？」

「好奇特的一隻鳥！你在樹上幹什麼？吃松子嗎？」

另一名男子道，「誰要吃松子啊？我們已經餓昏了，還只能吃松子呀？」

「又餓又渴！我們只能靠吃雪塊來解渴！」
「我們來自輕騎兵的第三軍團！」
「我們都是！」
「只剩我們了！」
「三百個人去，三個人回來，倒也不錯！」
「嗯，我熬過來了，可以心滿意足啦！」
「啊，你話不要說得太早！你可不可以活著回家，還不知道哩！」
「你去死好了！」
「我們都是奧斯特利茲的勝利者！」❺
「我們攻下維爾拿！呀呼！」❻
「嘿，鳥人，告訴我們吧，這附近哪裡有酒店？」
「我們已經把半個歐洲的酒窖都搜刮光了，可是還不夠喝呢！」
「我們身上都是彈孔，所以酒才灌入口，就漏光啦！」
「你知道你身上哪裡有彈孔呀？」

「我們要去一家可以簽帳的酒店！」

「我們改天回來再付錢！」

「讓拿破崙付錢吧！」

「呸……」

「讓沙皇付錢好了！他就在後頭跟著呢，把帳單交給他吧！」

柯西謨說，「這一帶沒酒可喝。但往前走可以看見一條小溪，你們可以在那邊解渴。」

「你這隻貓頭鷹，你在小溪裡淹死算了！」

「如果我的毛瑟槍沒有丟在維茲拉河，我現在就可以把你射下來，然後將你插在烤肉叉上，當小鳥來烤！」❼

「等一下好嗎？我要去溪裡洗腳，我的腳好痛。」

「隨便你，你要去洗你的……也可以。」

這三名男子一起前往溪邊，脫下靴子，開始洗腳、洗臉、洗衣服。他們還向柯西謨借了肥皂——像柯西謨這種人，年紀越長就越愛乾淨，他們只要一回想年輕歲月的邋遢就覺得自己可鄙，也因此柯西謨便隨身攜帶肥皂。溪裡的涼水稍微洗去這三名男子的酒氣。他們酒醒之後，終於看清自己的處境，便深沉地悲傷起來，開始嘆氣。但失意的他們卻在清水中獲得歡愉：他們撥水嬉戲，唱道，「在我的國家……在我的國家……」

柯西謨返回路邊樹上的看哨位置。他聽見馬蹄聲接近：是一隊輕騎兵，掀起沙塵。來者的制服，我哥並沒有見過。在這些士兵厚重的高頂皮軍帽底下，露出皎白的臉，留著鬍子卻顯憔悴，綠色的眼睛半開半闔。柯西謨向他們脫帽致意。「各位好。」

他們停步。「先生，請問，我們過去那邊，要花多少時間？」❽

「各位戰士，」柯西謨學過各種語言，所以也會說一點俄語，「要去哪裡呢？」❾

「不管這條路通往哪裡，都好……」

「喔，這條路通往許多地方。各位要去哪裡？」

「巴黎。」

「嗯，如果要去巴黎，另外有些比較好走的路。」

「不，不去巴黎了。去法國，打拿破崙。還可以去哪裡呢？」

「噢，這條路可以通往許多地方：歐利伐巴沙，莎索勾耳多，特拉巴……」

「咦，阿·利·伐·巴·斯？不，不。」

「嗯，各位還可以從這裡去馬賽……」

「馬賽？……好，好，馬賽……法蘭西……」

「各位去法國做什麼？」

「拿破崙來俄羅斯和我們的沙皇作戰，現在我們的沙皇在追趕拿破崙。」

「各位是從哪裡來的？」

「從查爾克華，基輔，還有羅斯托華。」

「各位一定見過許多美好的地方！各位比較喜歡我們這裡，還是俄羅斯呢？」

「漂亮的地方，醜陋的地方，對我們來說都一樣，我們最愛俄羅斯！」

又有沙塵飛起，一匹駿馬奔至，上頭是一位軍官。軍官對這些哥薩克騎兵吼道，「你們待在這裡幹什麼！」

這批騎兵匆匆向柯西謨告辭離去。

軍官留待在松樹下。他又高又瘦，神色高貴而憂鬱，沒戴帽的腦袋抬向雲層濃密的天空。

「日安，先生，」軍官對柯西謨說，「您懂得我們的語言？」⑩

「是的，軍官，」我哥答道，「但我的俄語並不會比您的法語好。」

「您是這裡的居民嗎？當拿破崙在這裡的時候，您也在？」
「是的，軍官。」
「當時發生了什麼事嗎？」
「先生，您也知道，軍隊總愛進行掠奪，不論他們嘴裡說了什麼理念。」
「沒錯，我們也搶奪財貨……不過我們沒有理念……」
軍官顯得悲傷而憂慮，雖然他打了勝仗。柯西謨挺喜歡他，便試圖提供一些安慰。「你們打贏了啊！」
「是的，我們在戰場上表現不錯。非常不錯。只不過，或許——」
突然傳來人聲叫嚷。有人開了槍。一陣扭打聲響。「怎麼了？」軍官驚道。那些哥薩克騎兵回來了，在地上拖行幾具半裸的屍體。他們手裡握了一些什麼——他們右手抓著彎刀，刀刃閃亮，而且果然淌著血；他們左手拎著那三名醉漢的毛絨絨腦袋。「法國人！拿破崙！去死吧！」
年輕軍官吼出一聲嚴厲的命令，吩咐士兵收拾武器。
「看哪……戰爭……幾年來，我一直努力面對一種可怖的怪物：戰爭……我滿懷理想，可是我恐怕永遠都沒辦法向自己解釋這些理想是什麼……」
「我也是一樣，」柯西謨答道，「我為自己的理想活了一輩子，可是我仍然無法對自己解說這些理想的意義。不過我的選擇畢竟是完全有益的‥我在樹上生活。」

軍官的情緒突然由憂悒轉爲緊張。「呃，」他說，「我該趕路了。」他向柯西謨行了禮。「再會，先生……請問大名？」

「柯西謨‧隆多男爵。」柯西謨朝向辭行的身影喊道，「您呢？」

「——安德烈王子——」軍官已經騎馬遠去。柯西謨沒有聽清楚對方的全名。

---

❶布列希納河（Beresina; Berezina），位於東歐。

❷馬蓮果（Marengo），義大利西北地名，拿破崙戰勝奧地利人的戰場。

❸這裡的東邊，即指俄羅斯方向。拿破崙的軍隊原本所向無敵，卻在俄羅斯戰役中慘敗。

❹法文。

❺奧斯特利茲（Austerlitz），捷克中部的城市，拿破崙在此戰勝俄軍和奧軍。

❻維爾拿（Vilna），立陶宛首都。

❼維茲拉河（Vistula），波蘭境內最長的河流。

❽這個人的發言中夾雜俄文。

❾柯西謨的回答中包含俄文。柯西謨和俄國士兵接下來的交談顯得笨拙，因爲雙方都不能熟練運用對方的語言。

❿這位軍官的發言中夾雜法文。

30

不知我們所處的十九世紀，將要何去何從？這個新世紀看來先天不足，而且恐怕後天失調。復辟的陰影籠罩整個歐洲：所有的革新人士——不論是雅各賓份子還是拿破崙的信徒——都被逐一擊敗；專制主義份子以及耶穌會會員再次橫行。青年人的理想，光與熱，十八世紀的希望，全都化為塵土。

我把這些想法私下寫進筆記本——不然，我也沒有其他可以宣洩情緒的管道。我這個人向來平靜無波，沒有多少衝勁和渴求；我身為一名父親，生在貴族之家，接受過教育，向來奉公守法。紛擾的政治生態從來沒有驚嚇到我，我也希望可以永遠不必理會政客的遊戲。但，我心裡是多麼悲傷啊！

以前我哥還在的時候，我的心境是不一樣的。我經常對自己說，「反正那是他的事」，然後就繼續關在家裡，過著與世無爭的生活。奧俄軍隊入侵、翁勃薩遭到併吞、新稅制實施等等政經事件，對我而言都不算什麼了不起的變局——我所感受到的重大改變是：打開窗戶，我再也看不見樹上的柯西謨。自從他從樹上消失之後，我似乎就要開始為許多學問操煩，比如哲學、政治和歷史。我關心時事，閱讀書籍，但往往不得竅門——原來，柯西謨的理念不在文字之間，他理解的事物廣大深遠，並非文字可以傳達，只能藉由生活實踐。柯西謨直到死前都還忠誠面對自己——只有像他這種人，才能夠留給人類一些什麼吧。

我記得他生病的景況。大家都知道柯西謨病了——他竟然把睡袋移往廣場中央的堅果樹上！以往，他睡眠的地點總是保持隱密；這是野生動物的習性。柯西謨發現，生病的他不能再躲起來，而該一直讓人觀看才行，於是他搬到廣場。見到這番光景，我心頭一懍——我早就知道我哥不願孤寂死去——或許他在廣場睡覺，就是他要回歸人群的徵兆。我們請一位醫生上樹；當醫生從樹上爬下時，他舉起雙臂苦笑。

我自己爬上梯子。「柯西謨，」我急道，「你已經六十五歲了，還要繼續待在樹上嗎？你是個說到做到的人，我們都瞭解，你的意志力實在非常驚人。反正你已經辦到了，果眞在樹上過了一輩子——現在，你可以回到地面來了吧！就算在海上度過一生的水手，偶爾也要上岸呀！」

沒用。柯西謨舉起一隻手，意味不表贊同。這時的他幾乎沒辦法說話了。他不時爬起身來，從頭到腳包裹毛毯，坐在枝頭曬太陽。除此之外，他動也不動。有一位老農婦——可能是我哥的舊日情人——會上樹照料他，爲他帶來熱食。我們一直讓梯子架在樹幹上，因爲我們不時需要爬上去看護我哥，而且有些人仍然希望我哥回心轉念、願意回到地面。(如此天真狂想的人，不是我而是別人；我已經把我哥摸清楚了。)廣場樹下，總有一群人圍在那兒陪伴我哥：民衆彼此閒談，有時也對我哥扯一兩句，雖然大家都知道我哥已經再也不想說話了。

他的病情加重。我們將一張床抬到樹上，讓這張床在樹上保持平衡。我哥竟然很樂意上床——但我們看了卻好懊悔：原來我哥喜歡在床上睡覺，早知道我們就該早點把床抬去上去給他！老實說，他從未拒絕生活的安適；雖然人在樹上，他卻一直努力追求舒服的生活。我們匆忙準備了一些生活用品給他，希望他可以過點好日子：我們送上屏風用來擋風，送上遮陽棚以及烤火盆。我哥的健康狀況改善了一些。我們又帶給他一張扶手椅，把椅子綁在兩根樹枝之間。我哥裹在毛毯中，成天坐在扶手椅上。

有一天早上，床上和扶椅上都不見人影。我們慌張起來，抬頭搜索柯西謨的去向——原來他爬到樹頂上去了，跨坐高枝上，只穿了一件襯衫。

「你到樹頂上幹嘛啊？」

柯西謨沒有應答。他身體發僵，能夠待在樹頂似乎眞是出自神蹟。我們找來一張用來蒐集橄欖的大被單，二十來人在樹下將被單拉緊，等候我哥摔跌進來。

這時醫生來了。要讓醫生爬上樹頂可不容易——我們以兩把梯子相接，高度才夠。醫生爬回地面之後，吩咐道：「該讓神父上去了。」

我們已經決定找一位培利可勒先生來幫忙。培利可勒是我哥的朋友，在法國人佔領時期曾經待在教會，在教會還沒有准許教士參加共濟會的時候他就已經是一名會員了，不久之前主教才准他重掌職責，他的一生歷盡波折。培利可勒爬上樹頂，身穿宗教儀式的衣袍，手裡端了聖水杯，身後跟了一位小助手。他在樹頂待了一會兒，似乎和我哥閒聊了幾句，之後才回抵地面。「他懺悔了嗎？培利可勒先生？」我們忙問。

「還沒，還沒，但他說沒關係，他無所謂。」我沒辦法從培利可勒身上套出更多的話。

在樹下拉起床單的衆人都累了。柯西謨仍然待在樹頂，動也不動。西風吹起，樹頂搖顫，而我們凝神期待。這時，空中出現一個大氣球。

原來，有些英國人正在海岸上空進行氣球旅行的實驗。空中這個氣球又大又好，上頭裝飾了流蘇和荷葉邊，下頭附有一只細枝編成的籃子。籃子裡有兩位軍官，肩披鍍金肩章，頭戴帶簷帽子，手持望遠鏡，凝望下方的風景、樹上的怪男、張開的被單、圍觀的群衆——眞是世界奇觀。柯西謨也抑起頭來，目光盯向氣球。

突然，一陣西風吹拂，氣球開始在風中搖晃，像鱒魚一般就要奔流入海。氣球上的軍官英勇不屈，連忙減低（據我猜想）氣球內的氣壓，同時放錨，希望可以勾住重物，藉以維持氣球平穩。鐵錨繫在長索下，在空中閃耀銀輝，隨同氣球的路徑斜掃廣場。錨的高度大約和堅果樹頂相仿，所以我們很擔心柯西謨會被錨擊中。但是，我們完全沒想到稍後會看見何等驚人景象。

垂死的柯西謨一見錨索向他逼近，便馬上抓住繩索，動用少年時代的神腿一躍上錨，整個身子都提了上去。然後，我們目瞪口呆，眼睜睜看著柯西謨隨同氣球飛走。勁風吹拂，氣球的行動彷彿完全不受干擾，飛至海平面，消失……

氣球飛越海灣之後，在彼岸著陸。繩索上只剩鐵錨，不見人影。氣球上的軍官當時太過忙碌，無暇細看氣球下方究竟出了什麼問題。據猜測，垂死的老人是在氣球飛越海灣的時候失蹤。

所以柯西謨消失了，甚至連他的遺體都沒能夠還歸大地，我們也無可奈何。在我家的墓園裡，有一座紀念柯西謨的墓碑，上頭寫著：「柯西謨・皮歐伐斯哥・迪・隆多——長居樹林——永懷大地——還諸天際」。

每在書寫的時候，我總會不時擱筆，走向窗口。窗外，一片空白。我們這些翁勃薩的老住民，原來習慣居住在一片綠蔭之間，未料景物變遷劇烈，我們只要望向窗外就覺得心痛。自從我哥離開之後——或者該說，自從砍樹的貪念征服衆人之後——樹木再也沒有權利在翁勃薩倖存。樹種也有所改變：不再是冬青槲、榆樹和橡木；非洲、澳洲、美洲，以及東印度的植物都將根莖侵入我們這裡。老樹只能留在高地，橄欖待在山丘，松樹栗樹關在山林裡；海岸低處的主人是澳大利亞的紅色油加利、肥腫的牽牛花、散置的巨大花園，以及棕櫚。成簇的棕櫚身形細瘦，是來自沙漠的荒涼樹種。

翁勃薩不再。我凝望騰空的天色，自問：翁勃薩可曾眞正存在過？枝葉交疊形成網孔，細密無盡，經過網孔篩過之後的天空只餘下飄忽光點，或許就要在這樣的環境裡我哥才可以過著鳥雀一般的生活吧。這般風景，就編織在一片空無之上。不禁聯想起我的書寫過程。我任憑筆墨在紙頁之間流轉，密集勾畫出刪節的記號、校正的字樣、塗鴉、墨漬，有時留白，有時妙語如珠，有時徒留星火般的微瑣點子，之後脫軌離題，在枝葉和雲彩上頭耗費太多字句，接著所寫過的文辭又交錯起來，向前騰躍，跑啊，跑啊，跑啊，霹靂啪啦奔放出最後一串沒有意義的詞彙、意念與空夢，最後故事於焉結束。

第三十章

大師名作坊⑨⓪⑥＝卡爾維諾作品集

樹上的男爵 Il Barone Rampante

著　者──伊塔羅・卡爾維諾
譯　者──紀大偉
董事長
發行人──孫思照
社　長──莊展信
出版者──時報文化出版企業股份有限公司
台北市108和平西路三段二四〇號四F
發行專線──(〇二)二三〇六──六八四二
讀者免費服務專線──〇八〇〇──二三一──七〇五
(如果您對本書品質與服務有任何不滿意的地方，請打這支電話。)
郵撥──〇一〇三八五四〜〇時報出版公司
信箱──台北郵政七九〜九九信箱
電子郵件信箱──liter@mail.chinatimes.com.tw
網址──http://www.chinatimes.com.tw/ctpub/main.htm

主編──鄭麗娥
編輯──高桂萍
校對──禹曲辰・紀大偉
排版──正豐電腦排版有限公司
製版──高銘照相製版有限公司
印刷──盈昌印刷有限公司

初版一刷──一九九八年九月一日
定價──新台幣二五〇元

◎行政院新聞局局版北市業字第八〇號

家圖書館出版品預行編目資料

樹上的男爵 / 伊塔羅・卡爾維諾(Italo Calvino)著 ; 紀大偉譯. -- 初版. -- 臺北市 : 時報文化, 1998[民87]
面 ; 公分. -- (大師名作坊 ; 906) (卡爾維諾作品集)
譯自 : Il barone rampante
ISBN 957-13-2666-6(平裝)

877.57　　87011041

Printed in Taiwan
ISBN 957-13-2666-6

請沿虛線摺下裝訂，謝謝！

世界一流作家名作精粹

寄回本卡，大師名作將優先與您分享

(下列資料請以數字填在每題前之空格處)

＿＿＿＿您從哪裏得知本書／

1書店 2報紙廣告 3報紙專欄 4雜誌廣告
5親友介紹 6DM廣告傳單 7其它／＿＿＿＿

＿＿＿＿您希望我們爲您出版哪一類的大師作品／

1長篇小說 2中、短篇小說 3詩 4戲劇
5其它／＿＿＿＿＿＿＿＿

您對本書的意見／

＿＿＿＿內容／1滿意 2尚可 3應改進
＿＿＿＿編輯／1滿意 2尚可 3應改進
＿＿＿＿封面設計／1滿意 2尚可 3應改進
＿＿＿＿校對／1滿意 2尚可 3應改進
＿＿＿＿翻譯／1滿意 2尚可 3應改進
＿＿＿＿定價／1偏低 2適中 3偏高

您希望我們爲您出版哪一位大師的作品(請註明國籍)／

1＿＿＿＿ 2＿＿＿＿ 3＿＿＿＿

您的建議／

廣告回郵
北區郵政管理局登
記證北台字1500號
免貼郵票

時報出版
CHINA TIMES PUBLISHING COMPANY
尊重智慧與創意的文化事業

地址：台北市108和平西路三段240號4F
電話：(080)231705(讀者免費服務專線)
(02)23066842・23024075(讀者服務中心)
郵撥：0103854—0時報出版公司

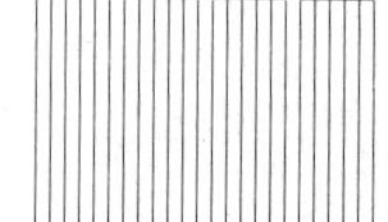

請寄回這張服務卡(免貼郵票)，您可以——
●隨時收到最新的出版訊息。
●參加專爲您設計的各項回饋優惠活動。

編號：AA906	書名：樹上的男爵
姓名：	性別：①男 ②女
出生日期： 年 月 日	身分證字號：

學歷：①小學 ②國中 ③高中 ④大專 ⑤研究所(含以上)

職業：①學生 ②公務(含軍警) ③家管 ④服務
⑤金融 ⑥製造 ⑦資訊 ⑧大眾傳播 ⑨自由業
⑩農漁牧 ⑪退休

地址： 縣/市 鄉/鎮/區 村 里
鄰 路(街) 段 巷 弄 號 樓

郵遞區號：